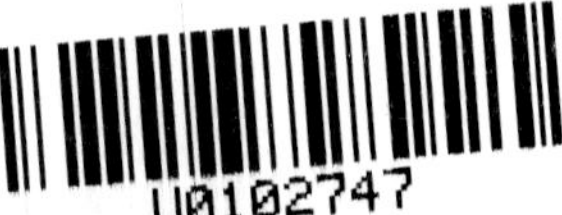

百里香 飲食文學

百里香是藥草也是香料；
英文Thyme源自希臘文Thumos，
意指芳香四溢、香氣襲人。
百里香也是人類廚房裏最早的食材；
西元前三〇〇〇年，兩河流域的蘇美人即開始使用百里香，
醫學之父希波克拉底傳世的四百多種藥草中亦有此物，
他建議人們在餐後飲用它，幫助消化。
百里香也是激發勇氣、增進信心的象徵；
它被繡在羅馬軍人的披肩上激發勇氣，並解百毒以增進信心。
中世紀瘟疫蔓延全歐洲，它是治療疫病的聖藥。

百里香飲食文學書系，
引介中外飲食文學的經典之作，
精選的作家與作品堪稱當代飲食文化的先鋒、
從飲食體現生命熱情的傳奇高手。

一如百里香，我們透過閱讀飲食文學，
激發勇氣，增益信心，
重新開啓知覺與五感，

一家讀書，百里傳香。

如何煮狼

How to Cook a Wolf

M·F·K·費雪／M.F.K.Fisher 著
韓良憶 譯

如何煮狼／M.F.K 費雪（M.F.K Fisher）著；韓良憶譯,
--初版. -- 台北市 : 麥田出版 : 城邦文化發行, 2004[民93]
面；公分. --（百里香飲食文學；1）譯自 : How to Cook a Wolf
ISBN 986-7691-91-1（平裝）
1.烹飪 2.食譜
427 92016619

百里香飲食文學 01

如何煮狼

How to Cook a Wolf

作　　者　M.F.K費雪
譯　　者　韓良憶
主　　編　蕭秀琴
責任編輯　羅珮芳

發 行 人　凃玉雲
出　　版　麥田出版
台北市信義路二段213號11樓
電話：（02）2351-7776　傳真：（02）2351-9179
發　　行　城邦文化事業股份有限公司
台北市民生東路二段141號2樓
電話：（02）2500-0888　傳真：（02）2500-1938
郵撥帳號　18966004 城邦文化事業股份有限公司
網　　址　www.cite.com.tw
電子信箱　service@cite.com.tw
香港發行所　城邦（香港）出版集團有限公司
香港北角英皇道 310 號雲華大廈 4F 504室
電話：25086231　傳真：25789337
馬新發行所　城邦（馬新）出版集團
Cite(M)Sdn.Bhd.(458372U)
11, Jalan 30 D/146, Desa Tasik, Sungai Besi,
57000 Kuala Lumpur, Malaysia
電話：（603）90563833　傳真：（603）90562833
印　　刷　凌晨企業有限公司
初版一刷　2004年1月
版權代理　大蘋果股份有限公司
ISBN　986-7691-91-1　

售價：320元　　Printed in Taiwan

M·F·K·費雪與《飲食之藝》

張錯

她是當代飲食文化的一則傳奇，橫跨歐美兩陸。美食專家（gastrologist）稱她為指路明燈，甚至是飲食學的「女掌門人」（the grand dame of gastronomy）。甚至，她一手淡逸雅緻小品散文，當年以第二次世界大戰百物匱乏，民生艱苦，巧婦難為佳餚的困境，寫下無數夾雜人情溫暖的省儉菜譜。由此看來，所謂飲食，已不單純指麵包與酒，而是附帶食物一起的歷史文化、社會環境，甚至個人與集體錯綜關係與感情。也就說，M·F·K·費雪（她的全名是瑪莉·法蘭茜絲·肯尼迪·費雪——Mary Frances Kennedy Fisher，因為第一任丈夫姓費雪，但平日仍喜人家呼她瑪莉·法蘭茜絲）已不止是所謂食譜作家。她除告訴讀者如何烹飪，還揉合了個人經驗與時代背景，更以一種生命哲理看待飲食，怪不得詩人奧登（W. H.

Auden）讀完她的著述，不禁脫口而出：「我不知道美國當代還有誰能寫出更佳的散文。」

奧登這句名言使費雪如登龍門，自後所有對費雪著作的文評都唯奧登馬首是瞻。其實這句話的來源大有可書之處，一九四二年，正逢戰禍連綿，經濟蕭條，費雪想起童年第一次世界大戰家中主婦省吃儉用情景，感觸之餘寫了一本《如何煮狼》（*How to Cook a Wolf*，以下篇幅簡稱《煮狼》）。狼者，即是童話中那三隻小豬與大壞狼（big bad wolf）。假如我們現實一旦如童話，大壞狼來敲門，我們在家的小豬該怎麼辦？假如現實的大壞狼是民生疲憊，經濟拮据，在家為主婦的小豬又該怎麼辦？飲食到了這種境界，已經不是掙扎求生的果腹，同時更是人類生命尊嚴的一道防線，更也是文明不肯倒退回茹毛飲血的最後堡壘。因此，烹煮壞狼成了每一個家庭主婦（或主夫？）的挑戰，那是如何把壞狼從門外誘進鍋內，透過費雪語言文字的魔力，而煮成一鍋紅燒狼肉。

此書後來在一九五四年與費雪其他四本著作合成一書，名《飲食之藝》（*The Art of Eating*），以下簡稱《食藝》，後來書商幾經轉手，到了一九九〇年，已成麥米倫（Macmillan）暢銷平裝書。這本早期的「五合一」在英國交由費伯（Faber & Faber）出版，但竟由於某種頗為混亂的政治出版爭執，《煮狼》一書竟然被禁，然而此「四合一」當年出版，由奧登執筆作導言，前述那句名言被輾轉引用。多年後，《煮狼》重新被選入英國版《飲食之藝》。但美國版，導言在一九五四年版本卻由另一名家法狄曼（Clifton Fadiman）執筆。

英美文壇在五、六〇年代仍然流行以名家導介著作，以求臻達強烈推薦效果。當年此類「名家」，因為閱讀風氣鼎盛，可謂洛陽紙貴，有如明星般架勢，許多更僱有代理人（agent）來接洽寫作業務。據費雪本人後來追述，《食藝》出版時求稿於法狄曼，他的代理人竟開口要五百大元，五〇年代的五百元，大概就是等於八〇年代的六、七千元吧。然亦無他法，費雪只好求助於父親及出版商，雙方分擔一半，方才解決問題。《食藝》後來再版，費雪依然忿忿不平，在序中一再追述當年仳離攜兩女獨自謀生，如何負債累累及一貧如洗，孤立無援，而依然要為這五百大元四處告貸。如今看來雲淡風清，但當年水深火熱卻也刻骨銘心。

現今觀諸法狄曼那篇「導言」，亦是無甚可觀。短短一篇不到二千五百字序文，空虛廣泛，旁徵博引，不過是一些歷代名家說過有關飲食之雋言，儘管另有新意，也不過是假若梭羅不在湖濱茹毛飲血，而有一名法國大廚，他一定不會就在四十五之齡營養不良夭折。蕭伯納如果放棄素食，也許活得比他九十四歲的高齡還要長久。全篇頗令人感到興趣的一段話，是下面的幾行——

費雪太太不是以專家來書寫，而是以全人類而寫，稜角分明，擇善固執，雖有急躁處，卻也氣韻動人。旅歷豐富而四海一家，即使有著許多她無法忍受的事物。她是徹底的人，而不是一個徒具作家虛名的美食家。她有一種內在狂熱，而正是這種狂熱，有別於熱忱或嗜好。

如果費雪知道她要花五百元來讀這段話，她一定不會向父親開口。法狄曼跟著指出，儘管作者如何慧黠把飲食接連人類龐大經驗，他卻不願意讀者單純把她以哲者看待，因為飲食之道，仍在乎實實在在於刀叉鍋盆、雞鴨牛羊、青菜果蔬中掙扎奮鬥，尋求更高之美味境界。

屆此，我們應該稍述費雪身世，以便進一步瞭解她的作品與成長互為表裏的關係。

費雪（一九〇八—一九九二年）本名已如前述，原生長於美國中西部密西根州，八歲隨雙親到南加州的惠特爾市（Whittier）居住，此市即前總統尼克遜生長之地，亦為「教友派」（Quaker）聚居市鎮，想來亦是當然，美國著名詩人約翰·惠特爾（John Whittier, 1807-1892）即為沉默嚴謹見稱之「教友派」詩人，此市應是以他為名。但費雪本姓肯尼迪（Kennedy），應為愛爾蘭後裔，雖信仰天主教或新教派，但卻不屬美國立足多年的本土「教友派」，所以當年來到惠特爾，人生路不熟，只屬暫居性質，怎知費雪的父親接辦了一張本地報紙，自當總裁，竟然業務頗佳，自後四十二年，費雪父親一直留在惠特爾，直至逝世。

費雪像許多美國長大的少女，十八歲高中畢業後便想離家到遠遠的地方唸書，但卻不順利，便又回到南加州，直到她在加大洛杉磯分校（UCLA）唸暑假班時碰到她第一任丈夫亞勞·費雪（Al Fisher），馬上墜入情網，跟隨著亞勞到法國的狄鐘大學（University of Dijon）唸書，在那兒奠基下她對法國飲食的認識與見聞，更直接影響日後寫作飲食文化有關歐美種種習俗認識。三年後，費雪拿了狄鐘的學士學位，他先生拿了文學博士，雙雙回到南加州。亞勞在西方學院（Occidental College）任教，費雪則開始嘗試寫作。

然後就在此時，費雪碰到她的第二任丈夫派瑞許（Dillwyn Parrish），此人多才多藝，在她生命中可謂佔一大席位，我們在許多日後訪談中隱隱覺得，他可能就是她最深愛的人。但非常可惜，派氏早逝於一種當時無法醫治的循環系統疾病。因為派瑞許，費雪與第一任丈夫離異，也因為派瑞許，費雪後來度過一段非常艱困的單身日子，在好萊塢給大明星寫噱頭對話（gags），一直到她碰到唐奴．佛利德（Donald Friede）而下嫁給他。這時費雪已經是成名作家，目前流行的幾本飲食經典，都在那段四〇年代間出版。但好景不常，一九五一年又與佛利德離異。雖如此，費雪與佛利德（及其新妻子）一生保持良好維繫，也就因為佛氏夫婦任職於世界出版社（World Publishing）而促成費雪於一九五四年把前述的五本著作合成一本《飲食之藝》出版。這五本著作分別為：

1. 《逕自上菜》（*Serve it Forth*）
2. 《牡蠣之書》（*Consider the Oyster*）
3. 《如何煮狼》（*How to Cook a Wolf*）
4. 《老饕自述》（*The Gastronomical Me*）
5. 《美食順口溜》（*An Alphabet for Gourmets*）

書出版後，費雪帶著女兒們旅居法國南部美食名鎮普羅旺斯

(Provence)，近年讀過英國作家彼得．梅爾（Peter Mayle）在一九八九年出版的《歲居普羅旺斯》（*A Year in Provence*），中譯本為《山居歲月》，曾於文中驚嘆這片淳樸而未經都市污染的法南美食地區，尤其人情濃郁（鄰居邀宴是非常有趣的一章）、法人對飲食之著迷，以及如何烹調狐狸一段，更令人難以忘懷。觀其文氣，他絕對曾閱及費雪有關飲食著作，或甚至她在五〇年代及七〇年代分別在普羅旺斯地區的種種經歷。

一九七〇年費雪定居於北加州酒鄉附近地區的艾倫幽谷（Glen Ellen），在那兒自己設計了著名的「終老居」（The Last House），並由友人賜地代建，二十多年來讀書寫作，著述等身，訪客不斷，直到九二年去世。

因為費雪著作多達二十餘種，無法一一盡述其中細節，本文僅自其前述生平，配合有關著作內容，勾勒出費雪人如其文的寫作風格特徵。另一方面，費雪逝世後，生平好友鮑勞爾（Lawrence Clark Powell）提供數十年來書函，加上費雪母親亦有收集女兒自幼寄回家中每封信札，於一九九七年出版了一部《M·F·K·費雪函件集一九二九—一九九一》（*M. F. K. Fisher: A Life in Letters*），提供了寶貴資料，此英文書名具有特別雙義，我們可以解釋此書為費雪終生函件，也可以解作費雪終生奉獻在文藝（letters）裏。

《逕自上菜》出版於一九三七年，一炮而紅。那年費雪出書、離婚、並與新歡計畫再赴瑞士居住。此書寫作計畫早自一九三二年，也就是這年她在洛杉磯公共圖書館閒時閱讀烹飪書籍，激發她對飲食文化興趣時，得識第二任丈夫派瑞許，並陸續寫出一系列有關人生與飲食，包括追憶留法種種飲食經驗的文章。費雪出版此書時才十九歲，然而文筆洗鍊，老氣橫秋，令人閱之愛不釋手，拊掌稱善。譬如書開首第二篇〈遙想青春年少〉（When a Man Is Small），便由童年飲食習慣追述到中年發胖的五十歲。她說——

> 當年過半百，尤其仍要保持可悲的年輕力壯飲食習慣，我們就開始發福。這時即便最笨的人也要注意；但非常不幸，我們太習慣看到中年後發福的人了，於是便要接受雙下巴與大肚皮，認為這是步入老年一部分。

這種文字令人讀後精神為之一振，跟著她繼續調侃男人種種饞嘴窘態，文章結尾時，語調為之一變，意味深長這樣說——

但我們一定會老，也一定要吃。這些事實一旦被接受，男人便應順理成章去愉快學習更好的飲食習慣，而不會年老體胖而因噎廢食，並能兩相調和。

達利蘭（Telleyrand）曾說人生有兩大要事，一是吃得好，二是和女人相處得好。歲月迢遞，塵埃落定，怎樣和女人或友儕相處得好，好像也沒有那麼重要了。倒是對美味那種深遠激賞，卻溫暖長留我們心中。

當然，讀者對費雪文章的興趣，卻不盡在飲食哲理，因為如何烹飪或飲食內涵都是人之大欲。而費雪也不負眾望，幾篇談法國蝸牛、飼兔待烹、或處女採松露的文章都膾炙人口，為文壇津津樂道。

據費雪自稱，幼時嗜食奇珍異食，但從未想到會去吃那些蠕動濕潮的蝸牛。在法國有兩年，夫婦兩人和本地家庭住在一起，其祖父老爹（Papazi）為烹調蝸牛高手，法國人一年能吃掉五千萬隻蝸牛，許多均是家庭式菜餚。老爹亦不例外，每年早春便慫恿眾人（包括他三個小孫子）一起去「狩獵」蝸牛。但是費雪卻傻呼呼的詢問：

「為什麼不買現成的吃就行啦？」

隨著是一片震撼沉默，小孫子們瞪視著我，老爹的臉變紅而傲慢。終於他的女兒開口反駁，以一種斯文語調對我說：

「噢，太太，老爹泡製蝸牛天下第一！對，儘管店裏的蝸牛味道不錯，但我老爹手法卻是一種藝術！更是一種成就！」

這就是飲食之藝，不只在乎如何終極之吃，還要在乎最初如何尋找，以及如何泡製過程，費雪總算是上了寶貴一課，明白「家廚」與「市廚」的分別。

終於他們等到出外捕獵蝸牛的那一天，等到天色入黑回家，每人都揹著一大袋自林間撿獲的「獵物」，大家歡樂逾恆。

第二天一早，他們發現院子裏放了一只大箱子，上蓋一塊大玻璃，黏在玻璃上是成千上百的蝸牛，曬著太陽以取暖，如是一連數日。

老爹解釋說，這是把蝸牛弄乾淨的方法，他們一定要排清體內的毒素——「你可這樣說，它們一定要活活餓死！」

「那要多久呢?」費雪問。

「幾天吧!也許一星期,這些蝸牛滿能熬的。」

幾天後,蝸牛一一跌落箱內,每晚他們都聽到餓得手足發軟的蝸牛,掉落在「黑洞」大箱的聲音,第二天一早,便趕緊去點數「倖存者」還有多少,同時也祈求它們「早登極樂」好讓大家有覺好睡。終於天從人願,老爹開始工作,從過沸水以便殼肉分離,到除污去垢,連清擦蝸殼的小彎刷子也是巴黎特製,再把蝸肉塞回老窩,老爹和女兒到菜市場把佐料購備,然後就是費雪和這家庭三代同堂大嚼蝸牛之樂——

——

當我們終於嚐到這些「金蝸牛」(les escargots),熱燙燙、香噴噴穿在彎叉時,毫無疑問,「飯館蝸牛」只給未能和老爹一起的不快樂人吃,或是給那些毛躁不能等待完美藝術的傻瓜。

中國飲食文化和法國頗有相近之處,那就是除了強調烹飪的種種「藝術」過程外(譬如沈括或李漁的食譜),還有一項——物以稀為貴。費雪描述法式飲食時曾提到松露（truffles），讀者不要誤會二十世紀同名的另一種巧克力糖，大概是襲用其顏色、形狀、及美名。這是生長在地下的一種菇菌，肉眼不能見，而又為天下之美味，兩千年來歐洲人在地中海一帶不遺餘力訓練犬隻與豬豕專門用嗅覺來搜掘此種有些重達兩磅的松露。在法國，除犬豕外，竟還相信處女鼻子能嗅到松露，費雪夫婦有一天和一名法國朋友及越南友人吳保定聊天時，法國朋友娓娓告訴她那時找到一名老處女搜菇的經驗，文詞神態活現，維妙維肖，令人忍俊不絕。

但是在同一文內，費雪提到飼兔宰兔，卻令兔肉饕者大開眼界。人類因為饞嘴肉食，想出種種理由來解釋飼與殺的因果（令人想起魯迅的〈狂人日記〉），養兔亦是如此，必須自娘胎時就餵以牛奶，稍長後，飼以嫩蔬及雜菜沙拉、紅蘿蔔及粟米粒，還不能忘記提供九層塔之類香料，兔子在生時吃進肚子會比屠殺後抹在肚子內更好味道，最後殺兔時最好灌以烈酒，一方面是人道式麻醉宰殺，另一方面也造就上佳兔肉。

所謂老饕（gourmet）並非指貪吃之人，而實是一個有選擇性而懂吃的美食家（gastronomer）。同樣，有選擇性並非揀飲擇食，非奇珍百味不能實其腹。相反，一個美食家對費雪而言是，兼容並蓄，頗有大智若愚，大巧若拙之意。《老饕自述》一書因此不能單純看作飲食文章，其實亦是費雪本人回憶成長期與食物的關係，而在她含蓄清新的散文章句裏，令人覺得食物（food）的描述與食用，是一種龐大隱喻，從而勾勒出人成長軌跡。在此書「前言」中，她強調人家常問她為何要寫飲食文章，最好答案當然是肚子餓，但人與食物、安穩、愛三者密不可分，寫其一均會牽涉到其二，或其三。因此往往表面只是單純的吃，可是與誰一起吃，在什麼地方或環境吃，吃什麼，均是人與人之間的一種共享（communion）。

她看來是一個喜歡吃蠔的人，因為蠔對美食者是致命吸引力，不然不會寫一本叫《牡蠣之書》的書。然而據她後來的《老饕自述》有一文〈第一隻蠔〉（The First Oyster）內追述，在她十六歲寄宿在天主教女子中學時的一個聖誕節，吃到第一隻鮮蠔，大快朵頤之餘，心中感覺卻溫馨無比——

> 有一次聖誕餐會，舍監給我們吃東岸鮮蠔，那些蠔還附在原來的貝殼上。
>
> 以一九二〇年代早期的南加州來說，沒有比這次經驗更具異國情調了。氣候溫暖怡人，從東部運來的貝殼活海鮮就是一個油田大亨的美夢成真，或是每年只有一兩次，在雨果法國餐館內的

一個私家房間，裝飾著粉紅燭罩及一隻金絲雀。當然任何土產軟體是不入流的，而更為「貴客」所摒食。

《牡蠣之書》全書均與食蠔有關，甚至伸延入在東方如何植入養珠在蠔體。所謂考慮（原文書名為*Consider the Oyster*），是指無論在菜單點食或家常便飯，都可「考慮食用鮮蠔」，因為蠔為天下美味，亦為前述所謂美食家致命吸引力。食用不潔生蠔，大則致命，小則腹胃中毒，苦不堪言。然而美食者（費雪文中多用男性的「他」）多以身試法，作者更把食蠔者分成三大類：生食者、熟食者、弗論生熟，唯蠔均食者。以前兩類的生或熟，費雪提供不少精彩食譜煮食，然而提到生蠔，她卻眉飛色舞寫下了「牡蠣的月分」（R is for Oyster）一文。

章名中的「R」，指的是含有此英文字母的月分，如九、十、十一、十二月，均可生吃鮮蠔而無中毒之虞。然而男人卻偏愛鋌而走險，偏愛五、六月之肥蠔。此雖為毫無根據之事，然而實用不潔生蠔而死，卻也是實情。

據費雪曾在緬因州見一墓碑，上刻：

此乃史嚥珠之墓
因食用壞蠔而薨

C. Pearl Swallow
He died of a bab oyster

（張錯按：上文有雙關語，讀者宜用原文演譯）

費雪繼以幽默語氣謂此君可謂人如其名，然而結局卻是人為食亡（The man's name was good for such an end, but probably the end was not.）。人如其名者，姓嚥（swallow），自然是囫圇吞棗也。然而人為食亡者，即指嚥錯壞蠔也。尤其此人名帶「珍珠」，珠自蠔生，吞珠者，亦即吞蠔也。

閒話休提，雖謂歲尾蠔無毒，並無科學根據，然而箇中確有道理，因為蠔多在五、六月繁殖待產，屆時雖謂蠔肥，然對殖蠔者而言，確有殺雞取卵之害。如果能逃過饕餮五、六月之食劫，自應提倡歲尾蠔肥且無毒之說。

除了以蠔為食，還可以以蠔為味，在這方面費雪帶給西方非常豐富的東方菜餚。她指出，烹飪中以蠔為味者有兩種，一是蠔油，另一是蠔豉，以上二者均是中國南方廣東叫法。有關蠔豉乾吃法，她找到一九二八年紐約麥米倫出版一本叫《中華家常菜》（*Cook at Home in Chinese*），作者為羅亨利（Henry Low），書中有一道「蠔豉鬆」的做法如下：

用料：

1大杯去衣竹筍（切好）
1大杯白菜（切好）
1大杯去皮馬蹄
½杯切碎瘦豬肉
1顆大蒜（壓碎）
1片切碎青薑

2湯匙蠔油
½茶匙糖
½杯水、少量鹽、少量胡椒
½顆切碎之生菜
1茶匙味精
2茶匙芡粉

做法：

將蠔豉泡水5小時後，切去硬塊，再剁成小塊，與其他切碎各物拌好，加薑蒜，味精，胡椒及糖，在油鑊炒4分鐘，加蠔油及水再煮4分鐘；再加芡粉，打糊，拌汁，煮1分鐘。用生菜葉舖在碟子，然後把煮好之菜倒在葉上。

由於中國菜式的色香味均臻上乘，儕諸各國名菜毫不遜色。同時營養及味道兼收並蓄，費雪對東方食物是頗為注意的，她很早便懂得「魚露」鮮味，並且考證連早期羅馬人也有同樣強烈味道的調味醬油，而泡製亦大同小異利用魚腐化水，而成精華之方法製成，讓西方飲食大開眼界。這種「中西合璧」的烹飪觀念有如比較文學的世界觀理論，放諸四海皆準，上面提到的蠔油便被她用做調味漢堡祕法，卻也鮮味無比。

然而最值得一提，仍是費雪如何把生命與飲食提昇——化腐朽為神奇。《煮狼》一書是這觀念代表作。前面已述該書之寫成動機，因而「狼」成為一種象徵，具有正反兩面，在童話裏，是衣冠，也是禽獸。在後佛洛伊德的觀念，它也是我們發現自己的一面鏡子，可能每個人心中都有一匹狼，不斷地敲著我們各種慾念大門，甚至更特別指涉食慾，因為費雪引用莎士比亞的話——「食慾是一匹無所不在的狼」（Appetite, a universal wolf.）。但是如何誘導這隻壞狼，讓牠掉進我們鍋子，而不是被牠吃掉，就是飲食藝術。隨著《煮狼》哲學是一種省吃儉用的倫理美德，與戰後浮誇奢侈的飲食相比，更顯得上一代淳樸高貴的一面。費雪在本書之前後記都特別提到，此書是「方法」論（How to）的工具書來解決民生問題之餘，進一步闡述簡單、儉省、適當、滿足，才是煮狼的妙方。因此每章的題目都是「如何」開始，譬如：〈如何捕捉狼〉（How to Catch the Wolf），〈如何燒水〉（How to Boil Water）（殺狼，其實是論煮湯之道），〈如何迎春〉（How to Greet the Spring）（煮魚），〈如何不去煮沸一顆蛋〉（How Not to Boil an Egg）（內有教授煎「芙蓉蛋」），〈如何餓中作樂〉（How to Be Cheerful Though Starving），〈如何宰狼〉（How to Carve the Wolf）（肉食精華，包括牛腦、牛腎之煮法），〈如何令鴿子吶喊〉（How to Make a Pigeon Cry）（包括兔子及野雉），〈如何引誘狼〉（How to Lure the Wolf）（即是如何刺激食慾）以及〈如何與狼共飲〉（How to Drink to the Wolf）（佐食之酒）。

但是最令人感動卻是〈如何活下去〉（How to Keep Alive）中的飲食之藝。假若每人都是走過一段艱苦貧困的從前（使人也想起二十世紀五、六〇年代台灣常用的「克難」兩字），那種窘境而又要張羅飲食，可說得是壞狼已伸了一條腿進門了。費雪假設在一九四〇年代美國（大概一塊錢等於現在九〇年代五十塊左右吧），如果拮据手無分文，就算借來五角錢，也可以活上三天到一星期。她設計了一個用五角錢作飲食的方程式，首先，要能借到烹飪之所，即廚房爐灶之類，如屬租借，大概烹煮食物之煤氣便要花上一角錢。於是剩下四角，再用一角五分買碎牛肉，一角買穀類食物，其餘的一角五分花在蔬菜及紅蘿蔔、番茄之類。然後將各物切或絞碎，按法煮成一大鍋大雜拌（sludge）。這類食物是美國經濟大蕭條（Great Depression）許多母親或妻子養活一家數口的飲食方法。費雪在另一篇文章〈如何餓中取樂〉更直指食藝不在乎如何填飽飢餓，而在乎如何在共食的快樂氣氛與緩慢咀嚼中，享受出美味。

後語

去逐一贅述費雪論食藝之文是沒有需要的，但是經過上面各種輪廓勾勒，我們似乎瞭解到飲食之藝仍是一種人世超越，藉食物種種不同味道或烹調方法來介紹接引，把我們帶到有如中國道家所謂「至樂」或「達生」，或甚至有如莊子〈養生主〉內神乎其技的庖丁，牛刀也好，飲食也好，都能入世，也能出世。

本文為方便，一直以費雪稱呼，其實她一直被人呼為M·F·K，許多南加州居住的人都認識她或收藏閱讀她的著作，譬如南加州大學藝術史系教授烏妮絲·侯活（Eunice Howe）的先生，便曾與亞勞·費雪一同任教於西方學院，而對M·F·K具備豐富親熱感情，我更得承告知M·F·K晚年婉拒加州大學洛杉磯分校頒發的名譽博士學位，算得是對塵世的一種超越與捨棄。

這種從地糧到靈糧過程，也就是費雪一生寫照，使我想起耶穌的話——「我就是生命的糧，到我這裏來的，必定不餓；信我的，永遠不渴。只是我對你們說過，你們已經看見我還是不信。」（〈約翰福音〉六：三十

五）

耶穌說上面這番話自有其來龍去脈，自從出道行使第一件聖蹟把水變酒，跟著許多神蹟，無非讓世人明白其背後意義，並非神蹟本身——包括山中聖訓，以五餅二魚餵飽五千人。然而世人依然不悟，以為追隨或找到耶穌後，便可享用吃喝不盡的地糧。殊不知一切食物，猶如肉身，皆是成住壞空，唯有靈糧，才是永遠。因此耶穌不斷解說，有盡生命，所吃亦為有盡食物，人子才是生命的糧，信他才能擺脫飢渴，得到溫飽。

然而我們知道，耶穌在世，即便世人親眼目睹，親耳聽聞，也是不信，更毋論他誕生後的第二個千禧年，眾人鎮日思量仍是如何烹調餅魚香味，研討不外餅魚的多種吃法。因此，M．F．K費雪之所為世人閱讀喜愛，蘊含著多重演繹，至少我們知道，她的著作仍然等待著進一步研讀，以便舔嚐到飲食之藝的另一層境界——味外之味，言有盡而味無窮。

（本文作者為美國南加州大學比較文學教授）

《如何煮狼》初版發行於一九四二年，當時戰火正熾，物資至為匱乏。作者在一九五一年修訂本書，添加詳盡的旁注、附注，並補充了一些精選的食譜。這些篇幅現已併入內文中適當部位，加上括弧注明，以下的修訂版導言即為一例。

——編者

修訂版導言

究竟是戰爭，還是和平，更能促使我們在語言層面與精神層面的字彙產生變化，這一點實在很難弄個明白。

然而，可以肯定的是，寫於實施配給券和燈火管制等悲慘措施的二次大戰時期，討論該如何活得像樣一點的這本書，在不到十年間，已顯得古怪又好笑，它就在這麼短短幾年中，成了老骨董。書才出版九、十年而已，這會兒讀來卻詭異又奇特，活像是一本百年前發行的燙金磚塊書，比方《仕女隨身必備指南》、《姊妹、母親與妻子歷來最佳烹飪法》……。

儘管自《如何煮狼》最早於一九四二年出版以來，我們的生理問題已有了明顯的改變，可是在戰火正熾之時，人實在很難把事情一五一十交代清楚。

眼下沒有配給券了（前兩天我才聽說，英國的瓦斯配給制度在實施近十二年後，終於解除。隔了這麼久才解除，簡直教人震驚！未免也太久了吧……）：再也沒有藍券、紅券，以及該撕下與不該撕下的薄紙印花。只要荷包負擔得起，我們現在高興買多少馬佚房牛排、波本威士忌和糖粉，就買多少，這類美食佳釀的價錢，漲了幾乎整整一倍呢。

我們起碼是暫時不必費心張羅基本的存糧，以因應燈火管制了……在此同時，我們也設法別去思索該在何時、何地，拿什麼以及怎樣去供養僥倖沒被又一種新的砲彈炸死的人，連隨便想一下也不行。

這從而說明了一點，和平其實是不堪一擊的。

二次大戰有個較不令人感到不寒而慄的層面是，儘管它是場砲火滿天飛的戰爭，卻教會了我們這些僥倖活下來的人，該如何去過，對我們而言，堪稱寶貴無比的日常生活。所謂戰爭，起碼在道德上，就是冰冷的武器和熾熱的言語。（在寫下這段用語謹慎的文字一個星期後，亦即最後付梓印行的一個小時後，這段話顯得加倍荒唐，古往今來哪有武器是冰冷的啊？）

我猜想，在已落幕的這次戰爭期間，只要是下過廚、上過市場的男男女女，多半皆已徹底喪失二〇年代那種滿不在乎、奢華浪費的調調兒。他們對烹調之事將始終心懷戒慎，直到閉目長眠的那一日方休。他們會覺得，即使奶油供應源源不絕，它仍是珍貴無比的物資，絲毫浪費不得；肉也一樣，還有蛋，以及世上一切購自遠方的香料，它們一度那麼稀罕，如今則蒙上一層重要的新意義。這是件好事，因為這麼一來，我們就再也不會對我們為維生而吃下的食物，抱持一種漫不經心的可恥態度。如果我們光是賴活著，卻不去思考，也沒有一顆感恩的心，我們就不算是人，而是禽獸。

戰爭誠然是獸行，但有件事情足以證明我們是人類，那就是，即便碰到戰爭，我們都有能力從中學習如何過得更好。我想，這本寫於戰時的書，不管有多麼膚淺又古怪，有時甚至還會不經意地出現教人毛骨悚然的幽默感，但只要它仍有助於解決那個無可避免的課題，就值得再讀它一讀。

我之所以不厭其煩地加寫了一些東西，原因就在這裏。當然，並不是每一個新的段落都是為了實用的目的而添加進去。可是，就連這會兒暫時被安撫下來的狼，光吃麵包也活不下去。

我之所以還加進了更多東西，原因就在這裏，我偷偷把其他食譜塞進書裏。有些簡直奢侈浪費得無可救藥（足足有十六個蛋哪！），有些倒滿有用處，有些則很好笑，有一則麵包食譜，就算狼光靠它，都活得下去。

按照這些「額外」的食譜下廚烹飪時，完全不必去考慮預算問題，也不必豎起一半的耳朵，傾聽野獸在門口嗅來聞去的聲響。因為我知道，我就是知道，這些菜餚的香味，會叫那野獸懷抱著某種超乎感覺與道德的羞愧，哀泣而去。

M·F·K·F

門口有什麼在低嗚哀叫，
地上有什麼在搔爬，
皇天在上！幹活啊！幹活啊！
狼已經來到門邊了！

C·P·S·紀爾曼（C.P.S. Gilman）

雖無鐵杉，如何仍成聖賢

尋尋覓覓，終得賢士，
文質彬彬，宛若蘇格拉底或柏拉圖，
遞上鐵杉為酬報，
抑或視同甘藷，烤一烤！

——《往更長遠看》，唐·馬奎斯（注①）

雖然眾聲喧譁，又是討論又是研究，我們接下來數年會是什麼光景，此外還有許多人在沉思，我們的兒子會有什麼樣的未來。（為什麼只有兒子？我自寫下這段話以來，已添了兩個女兒，她們也從而建構出我信仰的模式與結構！）眼下的情況似乎很簡單，有很多事情出了錯，而這些錯誤可以改正，也必須改正。我們信念的組織結構出現大破洞，且變得毫無章法。

注①：*Taking the Longer View*，Don Marquis，一八七八—一九三七年，美國作家、詩人。

有項至為明顯的謬誤就是，指出我們應該吃些什麼。智者始終都曉得，一個國家靠著身體吸收的東西，還有心靈獲取的知識，而生存下去。這會兒，那醜惡而又不得不啟動的戰爭機器，既已拿走我們的鋼鐵、棉花與人性，為了自私的安樂，為了我們相信自己所信仰的理想之故，我們私己的秘密機制務必更加堅強。

烹飪界有一派熱心卻愚蠢的人士，抱持一項至為愚蠢的看法，那就是一天三餐應當「均衡」。（大雜誌的廣告至今仍不乏此一說法，不過在現實生活中，堅持應用的人越來越少：兒科醫師，甚至婦科醫師都承認，在飲食營養和其他方面，人類多半都會自行選擇能滿足其身體需求的東西。）

首先，並非人人一天都需要或想要吃三頓飯，有不少人偏好吃兩頓、一頓、一頓半，或五頓。

其次，說不定也是最重要的，所謂「均衡」，完全是因人而異。有人因為體質的關係，可能需要攝取較多的蛋白質；另一個人，說不定是性情較易緊張的人（或者甚至是性情比較冷淡的人），則可能認為肉、蛋和乳酪皆有如劇毒，而必須盡量欣欣然地靠沙拉和煮南瓜維生。

當然，碰到把無數人聚集一處的情形，比方軍營、學校或監獄，便非得施行名稱頗具反諷意味的「快樂媒介」不可。在上述場所，就是必須用最少的力氣，殺死最少的人。

同時，眼下最常見的情況是，在美食烹飪這件事上，已知的快樂媒介就是均衡的飲食。

幾乎每一個立意良善的社教機構，凡提到均衡的飲食，指的就是一套膳食計畫，這意味著病人一天吃三餐，餐餐有一定分量的碳水化合物、蛋白質、澱粉質，還有某一分量的國際單位（International Units），以及比例正確的某幾種維生素和礦物質等等，諸如此類。

這從而濃縮精簡成下面這回事（此處在無意間玩了一個不大恰當的文字遊戲：不管烹調的是什麼，下廚時幾乎都會碰到需把食材煮至濃縮的困擾，以及隨之而來缺乏美味的結果），亦即，早餐必備水果或果汁，冷或熱的穀物粥、蛋、烹法不外乎四種的醃豬肉、麵包或烤吐司，還有咖啡（或茶，或牛奶）；午餐喝湯、吃馬鈴薯、肉、一兩種蔬菜和一道「沙拉」、一份布丁或某種蛋糕，還有咖啡或茶或牛奶。至於晚餐，那個沉悶又熟悉的老調子照舊揚起，大概會再喝湯，再吃蛋，再吃蔬菜和燉煮水果……還有咖啡、茶或牛奶。

當然，隨著社教機構的不同，這一套既可悲又沒有意義的措施，會出現大同小異的情況。不過，我們可將這套措施當成民主的證明，或者視之為人類竟可盲目至此的證據，因為亞利桑納州畢特摩爾和你家附近的醫院，本質上竟然一模一樣。（當然啦，把湯（雙倍清高湯）端上桌前，先來份生蠔配魚子醬；不吃蛋，改食炙烤菲力牛肉拼肥鵝肝；免了青豆加胡蘿蔔這道營養健康的老菜，來份清淡如白雲的佛羅倫斯烤節瓜吧……不要燉棗乾，改上酒煮水果……這樣吃下來，照樣是均衡得不得了的一餐！）

根據理論，阮囊羞澀的世人始終是有福的，因為他們被迫去吃些比較純淨可靠的食物，財大氣粗的傢伙則不然。眼前情況卻像是，這個理論根本是個謊言。我們孜孜不倦，竭力證明人人生而平等，鼓勵廣播電台、電影，特別是週刊、月刊，把一個荒誕的理想灌輸進一家之「煮」的腦子裏，因此不論走到哪裏，都有熱心腸的婦女不斷地鞭策自己和手中掌握的預算，殫精竭慮地要為丈夫、孩子提供每日「均衡」的三餐飲食。

我們人類對何謂正確的人體營養，較以往有了較為完備的認知，這一點誠然是無庸置疑的。可是，所有那些動人心弦的名稱，卻多少教我們越弄越糊塗（維他命B_2、味精、……只要不歇斯底里，少量使用，都是很好的東西……），在我們為求上進而閱讀的高尚雜誌中，「食物主編」也循循善誘、鄭重勸誡，這讓我們更加茫然。

我們想把小寶應該吸收的維生素和礦物質，統統餵給他，好讓他以後長得又高又壯，我們之所以如此，並不是因為聽別人講起，而是出自本能，察覺到這是正確的做法。然而那是一場多麼教人手忙腳亂的競賽啊：嬰兒奶粉、一覽表、一疊疊的碗盤、這裏來一杓，那裏來一點，如此這般，一天三回，一成不變，沒完沒了！而且，小寶有時不大聽話（「又是水波蛋啊？昨天才吃過嘛！」），他的腸胃也不怎麼乖，因為你哪裏會曉得番茄汁加烤吐司，竟會在他的五臟六腑裏頭搗蛋呀？

三餐均衡這個討厭鬼，不但考驗了大美國家庭的意志和意願，更讓荷包承受了地獄一般的苦境。各「家政雜誌」每個月都有無數頁貌似效率十足的篇幅，洋洋灑灑列出二十八條左右的重點，還附有一週各餐的建議菜單，每天都有一道理應令人垂涎的菜餚。文章篇首通常會疾呼：「為人母者，力行節約吧！下面為您介紹如何一個人只花三毛九！試試看，幫幫山姆大叔吧！」（換做今日，可辦不到！要是你遵照均衡餐食的原則，就辦不到！就算上批發商店買材料，一次煮給十五個人吃，也辦不到！這一點我很清楚，因為我試過。我曾經到拍賣場買來沒人要的馬鈴薯、凹陷的罐頭……卻只讓帳簿上多了赤字，頭上添了白髮。）

接著你又讀到那個熟悉的老套：早餐：果汁、冷或熱的穀物、煎蛋附培根、奶油烤吐司、咖啡或茶或牛奶；午餐：番茄湯、碎牛肉餅、馬鈴薯泥、利馬豆、華道夫沙拉……何必再講下去？這些都太令人耳熟能詳了。同時，也教人喪氣。歷史如今已走到這一步，我們應該用腦用心，以求生存……既然活著，就活得優雅一點。有些努力求知，見過世面的人，一直告誡我們，要依循母親們走過的道路而行，但是連我們當中最愚蠢的人，心裏都很清楚，那套計畫不大對勁，別的層面不提，至少在美食層面上就有問題。（這套計畫在當時看來可能沒什麼錯。我們得承認，這會兒已出現了小兒痲痺症，可是在五十年前，還有嬰兒因夏日腹瀉而夭折。我們已經有進步了。）

不行，我們非變不可。要是那些從旁指點的人幫不上忙，我們就得自己來。我們必須根據我們學過的道理，同時換個方式，根據我們的想法，擬定自己的均衡原則。

設若小寶每天皆應攝食水果、蔬菜、澱粉，還有肉類或其他蛋白質。（幾乎每位優秀的飲食營養專家都會告訴你，正常且「面面俱到」的飲食計畫，應包括所有非維他命丸或藥水所能提供的必要維生素。）再設若小寶體型適中。（否則的話，你們母子兩人就應該去看醫生，後者可能會告訴你，暫時別給孩子吃水果，甚或連牛奶都不准喝……）

那麼，別再一心指望自己不愧是負責供養一家人的鎮家之寶，而年復一年，日復一日，一天三次的把一大堆乏味，有時甚至難吃得要命的食物，組合成例行的一餐，不妨試試以下這個簡單的計畫：力求一整天飲食均衡，而非一天當中每餐都得均衡。（我以非常鄭重的態度寫下這條附注，要是有辦法的話，過了一〇八年，我還會以沉著又自信的態度，替這條附注另加一條附注。我建議的是真理，而真理值得複述，這也許會讓人厭煩作嘔，因為一切的真理多少都帶有一點自鳴得意的意味，但絕不會淪落至荒謬可笑的地步。）

試試看吧，那既簡單省事，又有趣，而且——或許最重要的是——受人喜愛。

老一輩的人因多年來不加思索照單全收，從而受到制約，起先會納悶，每頓飯必備的那四、五樣乏味的玩意兒，怎麼不見了，於是在吃完肉以後，像受過訓練的猴子般抬起頭，自動但不怎麼興致勃勃地問起，今晚要吃哪種布丁。

最佳答案是，用完如此美味的一餐，吃過那麼豐盛的砂鍋、那麼一道道的菜餚以後，人的感官已獲得充分的滿足，就算受到制約，也不會再有胃口吃東西。

你為——就說是小寶好了，還有其他依賴你取得營養的人擬出的計畫，包括一頓澱粉類食物、一頓蔬果餐和一頓肉食。當然啦，分量難免會有所增補，有時會吃點心（的確是很多：比方說，有人會囫圇塞進太多肉或太多澱粉，有愛心的鎮家之寶當然務必留心這種怪癖，）但是總括來說，計畫就是可以這麼簡單。

早餐呢，可以吃烤吐司，可以準備一大疊抹了厚厚一層牛油的烤吐司，還有一碗蜂蜜或果醬，以及為小寶準備的牛奶和你的咖啡。你盡可使出大手筆，因為這一頓的花費是那麼低廉。你盡可開開心心，因為你不必忙得團團轉，一下子得煎蛋，一下子又得處理凌亂的碗碟，油膩的鍋子，以及空氣中那股驅之不去的臭味。

或者，碰到寒冷的早晨，你可以煮鍋熱穀物粥……可不是用去殼去胚的小麥煮出一鍋慘白的糧食，而是色澤金黃、帶有堅果味的一鍋好粥。偶爾一次，不用牛奶和糖，改加楓糖漿和融化的牛油，或者在粥裏添些葡萄乾或切碎的椰棗。這是很厚實的一餐，不論是看在眼裏，或吃進肚裏，都勝過任何一種老套的組合，比方番茄汁配烤吐司，還是這個那個之類的。

如果你想讓小寶喝果汁（有那麼多人甚至不等到喝上一口不可避免的晨間咖啡，便無意識地灌下一杯新鮮果汁，這一點依然叫我訝異。我堅決相信，這種組合全然等同於毒藥，只要看看數百萬個如此攝食的人，體內的化學平衡狀態，便可明白這一點），你大可安排在中午以前或下午給他喝，那時果汁才不會在他的胃腸裏頭和澱粉質打仗，並且毫不含糊、清清爽爽地提振他的元氣。

午餐呢，夏日時分可以拌一大盤沙拉，或者燒一鍋蔬菜，煮一道材料豐盛、令人活力倍增的湯（……替老人家沏壺熱茶；準備牛奶，誰想喝就喝……還有量多且味美的牛油吐司）。只要分量夠，所需準備的就僅此而已。

至於晚餐，如果你想嚴守你的「均衡的一天」原則，準備乳酪酥浮類（soufflé）和清淡的沙拉；荷包充裕的話，一塊炙烤得半生熟的牛排和一盤成熟飽滿的番茄片，上面灑了香草。

就這樣，再來點紅葡萄酒，喜歡的話，配啤酒也成（還有一條貨真價實的麵包，抹不抹奶油、烤不烤，都行），最後來杯好咖啡，這樣的一餐是如此簡單樸實，一開頭會讓同桌的人大吃一驚，末了卻一舉兩得，既滿足了他們的飢腸，也讓要求營養均衡的腦袋感到滿意。〔帶臭味的上好乳酪，是多餘的助消化劑，但是偶爾來點也挺不錯的，比方卡蒙貝爾

（Camembert）乳酪或利德克朗茲（Liederkranz）乳酪，配沒吃完的麵包、沒喝完的酒，以饗尚未飽足的腸胃。」

然後，當他們開始思索，我們大多數的菜單其實是無意識的放縱，特別是當他們思及這些菜單其實愚蠢單調到可怕的地步時，他們也會拋卻許多老習慣，開始和你一樣，吃起他們想吃的東西，而不再盲從於父母和祖父母的教誨。他們的生活會更豐富、更健康，最棒的是，他們的味蕾說不定會甦醒過來，享受新的樂趣，或憶起舊的樂趣。時局如此，我益發衷心期盼這一切的到來。

如何捕捉狼

有創意的節約，是華麗的原動力。
——《論貴族》，愛默生（Ralph Waldo Emerson）

上一次大戰時（「上一次大戰」如今代表不同的意義了，我寫下這個句子時，不過三十來歲，當時想到的是一九一七年前後的事，眼下我早已四十好幾，心裏往往會先說「下一次」，繼而才會想到「上一次」……），一度對糖和奶油實施配給制度，施行期不長不短，恰好足夠讓每一位熱心的年輕家庭主婦驚慌，我奶奶坐著邊打毛衣，邊聽一小批激動的主婦，以自豪卻不失過火的語氣，討論各自用什麼節約的辦法來烤蛋糕。當然，每位太太都覺得自個兒的法子最好，要嘛堅稱用紅糖或焦糖漿加小蘇打，比用白糖要好得多；要嘛說，只要多加點香料，就可用培根油脂來代替牛油，或者說，根本用不著加蛋。

最後，奶奶疊好正在打的毛衣，接著握起雙手，手指交叉。她可難得如此，因為她認為，凡是真正的淑女，一刻都不可讓自己的手指閒散無事。

「各位的談話的確是很有趣。」她平日講話的語氣，本就有點酸溜溜的，此時更甚（有人對我表示，奶奶不可能像我一向形容的那麼不討人喜歡，只有精神醫師才會知道這是怎麼一回事……）。「各位好朋友，最教我覺得有意思的是，聽了一下午的話，我這會兒才明白，我結婚成家已經五十多年了，都不曉得自己一直都在用戰時的預算持家呢！我以前從來就不知道，用常識下廚，竟然只有在緊急時期，才稱得上時髦。」

奶奶的觀察所得，遣詞用語大可不必如此冷嘲熱諷（就我聽來的說法，奶奶自認，平時非得裝出一副很不好相處的模樣，否則便是軟弱的表示），不過她那番見解，在當時看來，大概是正確無誤的……而今看來，甚至更加中肯。（這會兒也一樣，事隔八年，所謂的和平時期！）

本國每一份印刷精美的雜誌，在在充斥著整頁的廣告，建議所有的美國人「試試看較廉宜的肉品所帶來的新震撼」；各家婦女刊物的家政主編則幾乎是語無倫次地報導一項教人興奮的大發現，那就是同樣一筆錢，能夠並且應該買到更多的東西。維生素為人津津樂道、大書特書——說法偶爾有點含混不清——我們丟棄的食物足可供養歐洲，此一陳腔濫調，在每則社論專欄中，抬起它那顆空洞的腦袋瓜。（此處用空洞二字來形容如此痛苦的事實，似乎太過殘酷冷血。到處都有一大堆被浪費掉的馬鈴薯、咖啡、細嫩的乳豬和奶粉，我們的經濟也好，我們的良心也罷，都因此更加羞愧難當。）

換句話說，並非所有的婦女都像我奶奶那麼明智……直到她們不得不然。我相信，她們起初只是一時熱心過度，被沖昏了頭，接著下來，她們也會跟她一樣，變得徹底實際起來，而且肯定不會像她那麼尖刻。

一旦狼開始證明，他真的來了，這時你會清清楚楚地感到慌張，這一點是事實。「皇天在上，幹活吧！幹活吧！」

你和朋友提起，他們要嘛跟你一樣腦中一團混亂，要嘛滿腦子全是聳人聽聞的種種謀生對策，比方和另外三對志同道合的夫婦，一同到市府臨時供應站，採購所有的糧食。

你和一位女性前輩談起，她往往會寫張長長的清單給你，列出每樣菜都少不了蛋和鮮奶油的食譜，就算你負擔得起，這兩項材料都會引發你家那口子的花粉熱，這清單越看越不可靠。

你閱讀的雜誌文章，充斥著繁複的表格，不時提到維他命B_1、維他命B_2、非有機營養素和國際單位。你設法鄭重處理，準備好一本辭典和一枝鉛筆，至少填滿整月表格中第一週的部分，在上頭以小圓圈、三角形和箭頭做記號，表示各種礦物質和維他命，直到你在對手雜誌上看到幾乎一模一樣的表格，才恍然大悟，原來對你來說，它已蒙上一層象徵意義。（我想我們這會兒看到這類的對策，已經不像以前那麼興奮。這或許不是個好跡象：吃藥、打針並非萬能！）

戰事初起的頭幾個月期間，連廣告上都充斥著錯誤的資訊和狂熱（有篇跨頁廣告以一副儼然發現了什麼令人屏息以待的大事的口吻，重複節約再節約這個字眼，足足有十七遍之多！），隨處可見千篇一律的文章，無非在倡導如何樂在採買廉價食品，並且少買一些，陰霾當頭，我們務必得學會如何更善加發揮每一塊錢的購買力。

以前怎麼樣都沒想過這類事情的婦女，即將發現燃料和燈火變得珍貴稀少，而且絕對無法囤積，就算她們有足夠的錢付帳也一樣。一開頭，她們氣惱得很，但後來還是學會只用一點點瓦斯和電力，運用巧妙而節約的方法，燒出好菜。（在和平時期買得到的現今這些鍋碗瓢盆，是足以應付戰時節約政策的卓越投資。只要善加利用，像水煮蛋這樣簡單的菜色，所耗費的燃料會比用一個設計拙劣的薄鍋子來煮，少了一半，即使在今日，煮一顆三分鐘的水煮蛋，所花的時間和一七二二年時，還是差不了多少。）各家雜誌往往都針對節約方法作出一大堆不錯的建議，還有很多像我奶奶那樣的人也各有對策，因此，到頭來，請自作明智的判斷。

重點在於，汰擇出你自己最喜歡做的事，這麼一來，儘管這世上各式各樣教人氣結的意外越來越多，你仍可活得稱心又如意。（其中有些意外挺滑稽的，比方裝了牛奶固體物資、氧化氮之類東西的密封罐，當以罐口朝下的正確方式握好時，它會噴出「甜點澆頭」，令人模模糊糊地回想起發泡鮮奶油，可要是一不留心將罐口朝上，便會在室內造成挺有意思的社交災難。）

如何分配你的美德

節約是分配的美德，要訣不在於節流，而在於選擇。

——《致高貴領主函》，艾德蒙·柏克（注①），一七九六年

不論是未來可能有孫兒的人也好，或如今已是祖字輩的人也罷，就算他們不至於像我奶奶那樣，一輩子都在精打細算，大部分的人，一生當中都曾實行過某種形式的精打細算。他們的系統有時的確會發出怪聲，在拮据的日子過去以後，他們能夠用洞察的眼光，回顧往事，不過在狼似乎真的正在門外徘徊的當兒，人是不可能有洞察力的。

我想到一個特定對象，這人如今是位小有名氣的報紙發行人，發行那些給重量級心智看的重量級報紙（這類報紙的內容和讀者的心中充斥著用九種語言寫的深奧雙關語，其中至少有五種是已經死掉的語言）。（我認

注①：Edmund Burke，一七二九—一七九七年，愛爾蘭政治思想家。

識的一位口才最辯詰的人，曾經對我說：「千萬別因固守事實，而毀掉一個好故事。」這大概就是為什麼以下這個版本的故事——基本上正是它呈現在這裏的形貌——讀起來多少有點加油添醋的意味，那是我和好幾位忠實的朋友共同連綴出來的。這位著名的重量級報紙發行人，就算眼下獲得的營養沒比多年以前豐富許多，智慧卻增長了不少，則比較喜歡這個版本。）他在法國一個小大學修博士學位時，發現貧窮所帶來的一種頗為恐怖的樂趣，會令年紀較長、身心較疲憊的人垂頭喪氣，但卻讓他興高采烈得不得了。

因為弄不到熱水、刀片或肥皂，最後連鏡子也沒有，他便不再刮鬍子，結果長了一臉鬍鬚，活像舊約聖經裏的人物，一副天才怪人相。

他每逢週一、週四上市場買菜，不斷從一家低級的寄宿宿舍，搬到另一家更低級的宿舍，直到人家再也不讓他賒帳，最後不知何故，淪落到得在他簡陋的住處的戶外廁所中，用單爐嘴的瓦斯爐煮食。

他開始為自己烹調相當簡便、井井有條且分量不多的餐食，不過在缺水的情況下仍得洗碗卻是個難題，因此他發覺自己碗盤越用越少。他差點就要把碗盤統統丟掉，直接從燉鍋裏用手抓菜吃了，但他覺得還是得在自己和野蠻人之間保留一些區隔，折衷之後，僅留下一只大湯盤和一根湯匙。

於是，他一連好幾星期，孤獨且雄壯地進食，對他自己和這種自由又美好的生活，滿意得不得了，以致從未注意到他的房間和房東太太，有多醜、多臭、多陰沉。（滋味厚實的燉菜，第二天的味道會更好，第三天又更棒，可是到了第四天，除非天氣涼爽合宜，否則……）

然而，惰性和一股或許是想達成徹底實用主義的慾望，終究還是征服了他，他發覺與其到處張羅要水，好清洗他僅有的盤子與湯匙，不如把盤裏、匙上的玩意兒吃個精光，所以他乾脆花好幾分鐘，緩緩且一絲不苟地把它們舔個乾淨，舔到這兩樣最廉價的餐具光燦明亮到不能再亮的地步為止。

他如今受到逼問時，才承認說，他後來在床沿坐了好一會兒，然後靜靜地且十分哀傷地，把光潔的盤子砸碎，湯匙拗彎成環，起身到街角的理髮店，將滿面鬍腮剃光，然後借了一筆足夠的款子，重回一家不怎麼樣的館子包伙。（他還帶著幾分歡喜的語氣補充說，在一連好幾個月光靠吃自個兒燉的樸實菜餚維持良好的健康後，他吃了豐盛得不得了的一頓大餐，結果卻因此病得像條小狗一樣。）（我認得一個人，因為動了惻隱之心，把太過豐盛的食物餵給一個挨餓許久的人，反而害死了那個人。那顯然是意外致人於死，而非謀殺，因為在那以前，他既沒見過也沒聽說過他的受害者。）

這個故事說不定蘊含著一個教訓，它聽來像是真有什麼教訓似的。起碼這證明了，人若獨居，為了要活下去，在碰到不得不然的情況時，會做出別人可能覺得不堪入目的醜態。（只要有人在場，我就沒法吞下一顆生雞蛋，就算我很想吃也一樣，至少我是這麼以為。）

還有其他的法子可以省錢，有些寫在烹飪書中供人研究，有些則僅藏在某些人的心裏，要是沒這些法子，這些人恐怕會更餓。眼下縈繞我們心頭的全是戰爭，還有它帶來的成億上兆的殘酷意外，不妨請教一下老一輩的人，看他們當年是怎麼愚弄惡狼的。

有人會跟你提起乾草箱。乾草箱是樣很簡單的玩意兒，就是備好兩只牢固的木箱，把一只裝進另一只裏面，在兩者之間塞滿乾草，可能的話，外頭再罩一塊結實的油氈或油布。不管想燒什麼菜餚，先將之煮到沸滾，接著置入緊緊塞了一層乾草的內箱中，外頭覆滿乾草，然後把箱子關牢，罩好。（在此姑且解述一句有關野兔的古老飲食諺語：先抓好乾草再講！這年頭，誰還會有乾草哪？）接下來計時，計數到比你一般燉肉、熬粥或煨菜所需的時間多一倍時，打開乾草箱，菜已燜燒好了。這種方法很原始，碰到燃料告急時，知道這法子，可是好事一樁。

要是你付得起一開頭的費用，有個更為摩登的辦法，不失為良策，那就是一種壓力鍋，樣子像是鍋蓋上裝有響笛的荷蘭烤鍋。它幾乎能創造奇蹟：三分鐘煮熟豌豆莢，再多加幾分鐘，便可烹調出一塊鮮嫩多汁且味道十足的瑞士牛排，凡此種種，不勝枚舉。它將烹調時間縮短至簡直無趣的地步……不過，當然啦，如果你想省瓦斯，或者在軍火工廠上班，既沒空也沒閒情逸致享受下廚之樂，便值得備上一口。

另一位業餘家政專家會告訴你無數個以少充多的辦法。回想起來，大多數辦法聽來都很差勁，然而實地操作起來卻不失可靠，只不過燒出來的菜色不怎麼美觀就是了。比方說，蛋炒至半熟時，加進麵包屑，可讓炒蛋「分量大增」。說實在的，如果用的麵包屑品質像樣（比如自家烘焙的麵包或貨真價值的蕎麥麵包），那麼炒蛋不但味美，口感也好。或者在做酥浮類時，在三顆蛋白蛋黃分開的雞蛋裏，添加一杯烘烤過的穀物，烤出的成品足供四人食用。（……我不得不說，至少足供其中三人食用，你會覺得膩味透了，恨不得今後再也不瞧這玩意兒一眼。）

還有一個妙訣可讓你在製作果醬、蜜餞時，減少一半的用糖量，那就是先混合好兩杯水果、一杯糖和正確分量的清水，接著加進半小匙的小蘇打。我自個兒從未試過這法子，不過經歷過上次大戰的英、美兩國熱心主婦們，信誓旦旦地表示，此法的確有效，而且糖票的耗損自然也減少了許多。（當然啦，如今還有個幾乎是全球通行的方法：果膠，我恨透了這法子，我敢擔保我一輩子都會討厭它，任何東西只要加了果膠，就會凝結成一副晦暗又粗糙的醜樣子。我寧願只吃一湯匙用水果和糖製成的果凍，也不願吃上十二匙那玩意兒做的東西，或許反之亦然。）

至於奶油和其他種酥油，我一直覺得亦宜取少量最上等的油，而不取大量的次等貨色。然而，不少家庭習於食用一大堆酥餅和油炸物，沒法棄絕這類食品，是有幾樣名聲不錯的代用品，不僅可替代牛油，甚至可以用來替代牛油代用品！（據說科學家正在研發一種新式且美味的沙拉與烹調用油，是由葡萄柚皮中提煉出來的。）

如果你用蔬菜油或豬油炸東西，絕對不可把油燒到猛冒煙，而應在油光泛藍，表面不會流動時開始油炸。如果常吃培根，千萬別倒棄油脂，將它倒進金屬容器中，再倒點水在上頭。燒焦的食物渣會沉入水中，乾淨的油脂冷卻後會浮至上層，很容易便可將它撈到另一只杯子或碗裏。這種油脂需存放在陰暗涼爽處，不可置於冰箱。橄欖油亦應如此收存，要是你運氣夠好，張羅得到的話。

至於你的冰箱嘛。（想當然爾地認定你仍有冰箱，它依舊管用，且未被紅十字分會徵用而塞滿了血漿，是件再輕鬆也不過的事。）（這可冷硬地提醒了我們，眼下的這場戰爭——好像大夥兒都是這麼說的——是場冷戰……）至於你的冰箱嘛，這麼著，有幾個最聰明的冰箱使用法。

當然，保持冰箱清潔可減少食物腐壞所造成的浪費，如果是台自動冰箱，定期除霜可讓能源消耗量減低至令人驚喜的程度。店裏買回的肉和其他食物，千萬不要包裝原封不動地放進冰箱，這樣不但會多消耗冷氣，冷藏效果也較差。收存奶油的方法幾乎也是如此，應該拆掉包裝紙盒，但留下有保護作用的薄紙，或者放進有蓋的容器裏。蔬菜在進冰箱冷藏以前，務必清洗乾淨，萵苣生菜和其他沙拉菜類應切除白心。小枝的青蔥和歐芹（parsley，又名荷蘭芹、巴西里）等強健的調味香草，洗過、瀝乾水分，收進罐中蓋緊，可保香和保鮮好一陣子。曉得它們隨時都在那裏，若有需要，隨時皆可取用，這感覺真好（你一旦養成這習慣，需要用到它們的次數，會比原本以為的多）。

如果你常常煮米飯或義大利麵和通心粉之類的麵食，不妨擱上一小匙左右的牛油或蔬菜油，如此不但可防止湯汁沸滾時溢出鍋外，同時也能為一鍋好湯打好底子。（既然眼下戰爭已經結束了，哈哈，我會在鍋中加入三倍的油。）把你煮的米或麵撈出瀝乾以後，水別倒掉，加少許的洋蔥，有肉湯的話，倒一點進去，或者加進兩個高湯塊，這麼一來，就有一鍋絕不丟人現眼的營養好湯了。

煮米飯、馬鈴薯、義大利麵或其他澱粉質食物時，別一次只煮一頓的量，改煮足夠吃兩頓的分量。兩者消耗的燃料量幾乎一樣，而且事隔幾天，可用各種不同的方法，將煮好的東西重新加熱，再度端上桌。（啊，加了一大堆葡萄乾的米飯布丁！啊，摻了蜂蜜和杏仁的焗烤牛油義大利麵！啊，馬鈴薯隨便怎麼烹調都好，但是加了雞蛋和乳酪再入鍋油炸的，尤其妙哉！啊！）（幾乎所有的食物都能比照處理，比方說，大多數蔬菜冷藏以後做成沙拉都很美味，菜煮好以後別加牛油，靜置一旁，尤其好吃。）

這個規則十分簡單，但實際運用的人卻少得驚人，同樣的規則多少也適用於烤箱：設法把烤箱的每一寸空間填滿。如果要用華氏二百五十至四百度的烤箱烤東西，就算你晚餐不想吃烤蘋果，也擺上一盤，一起烤了再說。雖說低溫慢烤味道更好，不過只要不把外皮烤焦，用高溫烘烤也無妨。烤好的蘋果可佐以鮮奶油——如果有的話，或者加了肉桂和肉豆蔻煮過的牛奶，再配上牛油吐司和茶，便是美味的一餐。

烤箱在烤東西時，還可以做一件事，就是順便烤上一盤已經老得無法入口的薄片麵包，只要你小心留意，不讓麵包烤得太焦，便可烤出美味的薄脆吐司。喜歡的話，可以先用清水或淡奶水浸麵包，奶水中可摻一點糖，甚至加點鹽和胡椒亦無不可，再烤成麵包乾，配湯或配茶都很好。（眼下瓦斯管內的瓦斯源源不絕，市面上柴火不缺，而且說正格的，只消按個鈕，電力便來了，這些瑣碎的妙訣似乎顯得更小家子氣。然而，在這每則妙訣中，都帶有一種基本的深思熟慮，那是一股追索事物核心的精神，是一口貨真價實的麵包，是垂涎已久的烤蘋果那股沉緩的滋味。只要我們繼續為維生而吃，不管眼前仍有戰事或者是天下太平，我們都必須堅守如此這般的深思熟慮。）

或可連殼烤些核桃，趁熱吃，配上新鮮的冷蘋果，可以的話，再來杯波特酒，飯後談天說地時來上這麼一套甜點，很能助興。

在這各種省錢方法正運用借來的熱力，在那兒慢慢地烤著、冒著煙時，你可以烤上一大塊牛肉。當初付帳時，這塊肉像貴得沒道理，可是只要你們家的人數和胃口都算正常的話，它足供一家人吃上好長一陣子。肉烤到還剩最後一小時左右時，可將馬鈴薯圍在肉邊一起烤，馬鈴薯的外皮如果塗了油，且從烤箱取出時，用叉子再戳一戳，就不會變得又粘又濕，品質好的馬鈴薯甚至連冷掉了以後，都還能用來做砂鍋菜或沙拉。

抑或，你可以烹調家政專家口中愛說的「一網打盡的盤餐」、「協調餐」，或者按照比較不那麼委婉的說法，一道砂鍋菜。這樣的一餐只要有巧妙的規劃和調味，亦可美味十足（並為明天的又一餐，留下可口的基礎——除非它原本就已用到了昨天的剩菜）。

比方說，做一道烤火腿片。（這道菜的食譜詳列在第一九〇頁，事隔八年，我注意到，我對它的主要評語維持不變：很好吃。我會做的主要改變是，不用水，改用一杯蘋果酒或白葡萄酒。同時，就算是烹調白癡，也都曉得如何替蘋果去核。）比你計畫中晚餐要用的火腿量，再多加一點，因為第二天可以切丁加進乳酪焗通心粉、煎蛋捲，或隨便什麼菜裏都行。

青蔬沙拉很配這道菜餚，再來點淡啤酒或相當辛辣的白酒。至於餐後點心，如果你想來點的話，沒有什麼能比熱薑餅更能烘托火腿和蘋果的濃烈味道。選那種深色薑餅，它的包裝紙盒印有瑪麗・鮑爾・華盛頓（注②）

注②：Mary Ball Washington，美國第一任總統華盛頓的母親。

高雅的倩影（廣告詞是這麼說的），一打開即香氣撲鼻，或者按家母可靠的食譜，自製味道好一些、價格便宜一點的伊笛絲薑餅，食譜見於第二八六頁。（迅速但小心地瞥上一眼，就能證實我的看法無誤，這的確是古往今來最棒的薑餅食譜。永別了，包裝盒上瑪麗．鮑爾．華盛頓的高雅倩影！）

如果你打算餅一出爐便吃，趁熱澆上一點雪莉酒，味道更好，可能的話，也塗上一點無鹽奶油。再不然，簡單的葡萄酒醬汁或硬醬汁（注③）也很好。

如果有吃不完的薑餅，冷食的滋味一般勝過熱食。倘若薑餅放太久，不新鮮了（不過我從未聽說有薑餅被人久放不吃的事），可以把它掰開來，烤了以後配茶吃，味道很香。（茶？現在哪還有人喝茶呀？這原本是「人們」做的事，是文雅的儀式、細緻的禮節。直至我三十多歲以前，在我看來，這意味謹言慎行的少年男女大口吞下蛋糕和餅乾，而年紀稍長、見識較多的人，則在一旁輕啜茶水。眼下呢？眼下我無法面對番紅花香料麵包或水果乾蛋糕……而且我喝太多茶會醉。）

要是你不愛吃乳酪通心粉，第二天可以把吃剩的火腿切丁，和煮熟的麵條一同放進塗了奶油的砂鍋中，再倒進一小罐用酥油炒至焦黃的蘑菇，灑點鹽和現磨的胡椒調味，烘烤至熱透為止（小烤皿比大砂鍋省熱源）。配上沙拉、乳酪和咖啡，又成一頓「一網打盡的盤餐」。

趁著烤火腿的同時，在烤箱中一併烤幾顆洗淨的連皮甘薯或藷蕷，還有一盤蘋果、其他種蛋糕，或任何需用中小火力烤的東西。這麼一來，接下來兩天，你就可以做甘薯布丁之類的厚實甜點了。

或者，將藷蕷去皮、搗碎、調味，填進塗了牛油的淺烤盤中，在藷蕷泥上鋪用水煮過的小香腸。進熱烤箱中烤至香腸熟透、表皮焦黃，需時至少二十分鐘。

有一種出奇美味的蛋糕，我在上次大戰時很愛吃，晚上作夢還會夢到，這一回打仗時，我烤給小孩吃，結果幾乎一模一樣。這種蛋糕的麵糊打發好以後，可以放進烤箱中，和火腿或其他什麼打算吃上一個星期的東

注③：wine sauce和hard sauce，做法見二八八—二八九頁。

西一起烤。它的名字不怎麼討人歡心，叫做「戰爭蛋糕」，呈長條型，口感略粗，質地濕潤，耐放且成本低。我在書中似乎把晚上夢到戰爭蛋糕的事說了兩遍，我讀到第二八〇頁時，差一點想把「夢」改寫成「夢魘」，好顯示一點消化不良的意思。問題在於，我知道這個食譜實在太棒了。

切一薄片的蛋糕，再來一杯牛奶，便是可口的午餐。一旦蛋糕似乎不再那麼新鮮時，可以切成一片片，淋點雪莉酒，烤一烤，趁熱配上葡萄酒醬汁，成為美味的甜點。（這簡直是輕描淡寫的絕佳例子！我真正想說的是：「當蛋糕捲曲、變硬，顯然無法使用時。」）

探究一下烤箱可以同時烤多少東西，是件極有趣又有益處的消遣。同樣的道理運用在爐子上，幾乎一樣好用，要是你有蒸鍋或大號的荷蘭烤鍋的話，尤其妙哉。這麼一來，你大可一次炊煮好幾種蔬菜，或者採取沒那麼節省但不失明智的辦法，用一口鍋子、同一鍋蒸氣，把每種蔬菜分開來，輪番蒸熟，如此便可備妥好幾種菜，供接下來一星期重新加熱食用。

還有一鍋可口好湯，凡是需要加高湯或甚至清水的菜餚，用上這湯，都能收到神效。

最好把湯裝進舊的琴酒瓶裏，收進冰箱，和其他裝滿蔬果罐頭剩餘汁液的酒瓶排在一起。早餐如有喝剩的番茄汁，可以倒進去；要是你還保持早餐前喝一杯熱檸檬水的習慣，不妨把僅存的最後幾滴檸檬汁，也擠進湯中；亦可將罐頭蔬菜汁加進去，還可把浸過歐芹莖的熱水，灌進瓶裏。換句話說，除非蔬菜腐爛，絕不丟棄任何一種菜葉或菜汁。不然，你就是個大傻瓜！（說得沒錯！）

只要保持酒瓶的冷度，偶爾搖晃一下，汁液就不致腐敗，遇有不時之需，便可派上用場。這瓶富含維生素和礦物質的東西，本來可能被沖下水管，然而它不折不扣可是個聚寶瓶呢。（說得沒錯！）

偶爾，試喝一杯你搶救下來的蔬菜汁，不管它原本是什麼菜，不論是新鮮煮熟的還是罐頭的，喜歡的話，加番茄汁稀釋，或者加點檸檬汁和調味料。它會令你出奇地精力充沛——說正格的，幾乎像個人了（……有鑒於我們的基本狀態，那是我們當致力追求的境界）。

各種蔬菜，是清蒸的也好，不是也罷，炊煮的時間皆越短越好，用水量也越少越好。如此一來，至少有一半的礦物質會留在水中。菜需立即瀝乾，要嘛立刻食用，要嘛使之冷卻，收進冰箱，留待他日再用。不是當場要吃的菜，不可蒸至全熟，因為稍後熱菜時，又會再煮一遍。當然，除了連同蔬菜一起煮的調味香草外，蔬菜須等到準備食用之時，才能加入調味料和牛油。（眼下我又長了點兒見識，打算幾天後才吃的蔬菜，我在煮的時候可不會加香草，而會等到那一天才加。）

拌沙拉用的蔬菜，務必保持清脆，就像昔日義大利人還能像樣地吃頓飯時，威尼斯每家小館都有供應的那一碟碟節瓜、細長的四季豆和花椰菜。想當年，你想吃啥，就點啥：記得有連皮煮的小馬鈴薯，還有用橄欖油煮熟的朝鮮薊，個頭如你的大姆指大小，而且嫩多了……侍者會把它們一股腦地扔進一只醜陋的白色大碗中，灑上一點油和醋，接下來，你就會有一盤清新有如春天、並讓你所有感官知覺皆為之一振的沙拉了。儘管氣氛絕不會令人如此迷醉、神魂顛倒，然而要拌出這樣的沙拉仍非難事。你仍舊找得到小巧玲瓏的新鮮蔬菜，仍舊曉得如何不把菜煮至全熟，然後冷藏起來，盛裝在碗中，供人食用。（既然這麼做得花時間，我們幹嘛不多多利用這辦法呢？管它味道有多細緻，我吃膩了「拌生菜沙拉」啦。我想吃一道有十幾種小巧蔬菜的沙拉：外皮柔嫩的粉紅色馬鈴薯、蘆筍尖、青豆、細如粗髮的兩吋長四季豆……我想將它們分別煮到清爽又完美的熟度，我想用分量不多不少的油和作料，將它們統統拌在一起。幹嘛不這麼做呢？眼前戰爭已經平息了，有什麼能阻止我們呢？我們難道忙於應付和平，而無法享受諸如此類的樂趣？）

你依然可以優雅、明智地活著，這一部分得歸功於不少人，他們提筆講述生活之道，說不定談到太多維他命B和省錢的辦法，一部分則得歸功於你自個兒與生俱來的知覺，你就是曉得該如何利用現有的資源，阻止惡狼在鑰匙孔外太過飢渴地嗅來聞去。

如何燒水

「喂，小姐。」我說：「你怎麼稱呼這玩意兒？」「先生，這叫湯。」她說。「湯？這叫湯？這麼著，殺了我算了！」我客氣地說：「我這五十年來航行於上的，不就是這玩意兒嗎？」

——《老水手的譏刺格言》，亨利・崔維揚（Henry Trewelyan），一八六九年

1

我小的時候，聽說過一位頗可疑的人物，連燒開水都不會。我忘了她到底是誰：好像是個南方姑娘，是我母親在維吉尼亞州的老同學。「哎唷，」我母親半不以為然，半不無欽羨地搖搖頭，噴著鼻息說：「哎唷，她連燒開水都不會啊！」接著我母親會補充一句：「那時她還沒出嫁。」

有好一陣子，我以為人只要一嚐到婚姻之樂，便會得到新的智慧，那是一種隨著婚戒自動滑進新娘手中的神秘知識。她終於在頃刻之間，徹底

頓悟燒開水的方法。

這會兒，我的想法不一樣了。我如今相信，是南方姑娘也好，不是也罷，甚至是處女也好，不是也罷，總之，沒有多少婦女領悟到一個道理，那就是把水盛進鍋中煮沸，受到很多條件的限制。水何時算燒開？到底是在什麼時候，水才是水？

韋氏大辭典說，當水是無色無味的透明液體，由兩份氫氣和一份氧氣組成時，它就是水。它可以是雨、是海，甚至是鑽石的光澤。不過，我所謂的水……就是那位南方姑娘不會煮的水……指的是從水龍頭裏流出來的清澈好水，運氣好的人則是從泉裏或井裏汲來的水，用來煮狼再好也不過。

水何時算燒開呢？可以這麼講，當水加熱至華氏二百二十度時，就燒開了，這一點沒有多少人會有異議。至於我，我會這樣說，當水劇烈地冒著大大的氣泡，看來好像就快躍出水壺，同時一改呢喃般的低吟，發出驚天動地的吵鬧聲，並且噴出蒸氣時，就是在沸騰了。（我有位從小就用俄式銅壺燒水的朋友，只用一句話來形容適合泡茶的水：「發了瘋似的沸滾。」她從來不會光只是說，小麵包或吐司必須烘熱或很熱，而會以同樣鏗鏘有力的方式說，必須「熱—熱—熱！」，不管那麵包有多麼乾澀乏味，熱字的發音都務必像斬釘截鐵一般，激動有力。）

水煮到這喧囂且怒氣沖沖的一刻，就可以使用了，當然，這裏有項先決條件是，煮水的容器必須乾淨且派得上一般用場，而不是純粹用來研究水何時會沸騰的科學器皿。雖然很久以前我以為，已婚的人至少對於燒開水一事有先見之明，可是大多數人並不知道水也有煮到最恰到好處的一刻，再煮下去就會像烹調過頭的炙烤牛排或火焰可麗餅（crêpe suzette）一樣，太老了。

在古怪卻有趣的舊小說中，爐火上往往熱著一壺水，讓人隨時都能泡出一杯好茶。愛喝茶的人看了這段描寫，心裏卻會很不舒服。他們要用新鮮的活水泡茶，可不要用表面上看來符合韋氏大辭典的定義，其實疲乏而又無滋無味的液體——換句話說，就是已煮過頭到糟糕透頂的玩意兒。

（海拔高度會改變燒開水的聲音和速度，在高處煮開水似乎更吵。）

我可以放心大膽地講：水一煮沸，就可以用了。只要底下有足夠的火力，水是一定會沸騰的。就在這一刻，說時遲那時快，將水注入茶壺中，或者倒在管它原本是什麼用途、這會兒又幹嘛要派上用場的器具上頭、四周或裏面。如果當場還用不著，先熄火，等你自己準備好時，重頭再煮一遍。等個一會兒並不礙事，讓水沸煮太久可就不妙了。

這下子，不論你還是不是在室之身，都大可自認已經會燒開水了。沒人會對你大搖其頭，但我母親有時提到那位南方姑娘，卻還是會搖頭。要是偶爾有人搖頭，起碼你會明白，那並不是因為你用煮過頭的氫氧化合物泡了茶。

2

從煮水到煮裏面有東西的水，這樣自然而然的演變，幾乎無法避免，而且大多數時候都教人衷心期待。把清水當成固定飲食，難免嫌稀薄，就連聖徒——這年頭，聖徒出奇地多——也會欣然同意，只要來一點調味香草和說不定一兩根胡蘿蔔，碰到節日或許再來少許瘦骨頭，便能大大改進多少有點清寡無味的熱水。

換句話說，湯很好喝。（說實在的，我現在煮的湯比九年前的更好喝。這一部分是因為我對飲食這門時時在推陳出新的學問，所知越來越多，一部分則是由於我的年紀越來越大。眼下我更愛喝熱呼呼的好湯，再過十年，或二十年、三十年，還會益發地愛喝。）

湯說不定是僅次於烤肉，世上最古老的熟食。（雖然艾斯科菲耶大師（注）有句金玉良言說：「名之為湯的營養液體，是相當近期才起源的事物，以現今形態被端上桌享用，更絕不早於十九世紀初。」）

最好別去沉思湯當初怎麼會被發現，這件事就留給廣播電台編劇，和想讓孩子對石器時代感興趣的大人去傷腦筋。任何人都能在四萬本多半都很差勁的烹飪書中，讀到一鍋骨頭湯如何無法避免地發展成王后雞湯（potage à la Reine）和維琪馬鈴薯冷湯（Crème Vichysoisse）的故事。（眼下想必有五萬本了，多半仍很差勁，或至少沉悶無趣。我敢打賭說，過去八

注：Auguste Escoffier，一八四六—一九三五年，法國廚藝大師。

年以來，美國出版的真正重要的烹飪書，不超過八本……而且其中不超過一本，是不可或缺的。（我起初寫的是：「一本也沒有。」）

「必須先仔細且徹底瞭解若干基本規則，才能學會製做確實美味至極的高湯的一切規定。」一位美食家寫道，接著鉅細靡遺，把整個儀式好生描寫了一遍。其中最好的高湯食譜，大概是雪拉．希朋（Sheila Hibben）在她的《廚房手冊》（*Kitchen Manual*）所寫的那一個，煮出來的湯就像她的文筆，清澈、飽滿又能給人安慰，凡有意至少接觸一下何謂精緻美食（la haute cuisine）的人，都不妨好好讀讀這本書。不過，現在的人只有窄小的廚房，生活又匆忙，這一類製作基本高湯的古典程序，譬如她的，譬如穆迪夫人（Mrs. Moody）和艾斯科菲耶的，會變成越來越像是僅供人臥讀、過過乾癮，而不大可能讓人實地遵照辦理的食譜。

另一個缺點——對於正構思怎樣煮狼最好的人而言，說不定最重要的就是，那匹狼每晚十二點半左右，便在鑰匙孔外嗅個不停。（到了這會兒，我自個兒的那匹狼，幾乎算是家裏的一分子了。如今他每天凌晨四點左右最吵鬧，他之所以改變作息時間，原因有現代生活的壓力、日光節約時間與腺質改變（我的，不是他的）等等。他聽來依然飢腸轆轆。）那就是，等你特地休假一天，配集好必要的材料，用足夠的燃料又煨又熬又煮，接著過濾雜質，使湯變清澄，此時你早已用掉一週糧食預算的大半啦。如此固然能煮出好湯，但是人不能單靠喝清湯過活，要是你照本宣科地熬好高湯，就沒剩多少款項可以買其他東西了。

數世紀以來不知有多少人以訛傳訛，以為法國每一口好爐子的後方，都有一鍋流傳多年的好湯，就像老式酵母，長了又長，卻始終源自最初的「麵種」，因此去年復活節丟進去的雞骨架，雖然早已不見蹤影，卻仍為今日的菜餚貢獻了它的香氣。

我不喜歡這個虛構故事，不大想去相信它。我認為偶爾應該懷著像過年般除舊布新的心態，把湯鍋洗刷得煥然一新。應該清空鍋子，刮掉渣漬，用清水、少許胡椒粒、任何昨天的剩菜，以及今天的骨頭、萵苣葉和冷吐司之類的，重頭開始煮湯。把它擺在爐灶後方，讓湯在那兒小火煨著，偶爾攪動一下，如此便可做出可口的清湯，既可用它來熬醬汁，也可煮出讓人恢復元氣的湯品。

何況……

在鄉下地方或任何爐火始終不滅的大廚房裏，備上一鍋老湯的確經濟實惠。要是換做別處，還這麼做就太愚蠢、太食古不化，只會使得燃料支出節節升高，且老讓屋裏瀰漫著一股氣味。

不管是在辦公室或是紅十字會上班的人，都務必從閱讀艾斯科菲耶和希朋等人的著作中，盡量拾掇因緬懷往事而覺得安心的那股感受，然後聽天由命（希望不會太難！），動手煮下面這道湯。它花不了多少錢，費時更少，而且變化多端，全看家裏有什麼蔬菜而定。

§中式清湯

2杯清牛肉湯或清雞湯（1罐）或做菜時剩下的蔬菜汁
2杯（1罐）番茄汁
1根西洋芹菜，切成薄片
½杯白葡萄酒（或½顆的檸檬汁）
1整支青蔥，切成很薄的薄片，以及／或者一些家中現有的蔬菜片，
比方南瓜、小黃瓜、蘿蔔等等

1大匙牛油或橄欖油

將清湯和番茄汁煮熱。其他材料統統置入1只溫熱的有蓋大湯碗或砂鍋中，倒進熱湯，立刻上菜。近乎透明、圓月和半月形的生菜，漂浮在湯面，白酒則給了湯一種細膩的滋味，通常毋需添加其他調味料。

這道清湯其實就算不加肉湯也無妨，儘管如此，它卻很能刺激食慾，樣子也好看，而且絕不會被人嫌棄太稀薄無味，一如林肯總統所形容的「一碗用順勢療法熬製的湯，就是用水煮鴿子的影子，而且是隻餓死的鴿子。」這是第一道開胃菜，配上抹了牛油的吐司，接下來或許再來份烤蘋果佐鮮奶油，便是簡單但美味的一頓正餐。

另一道耗時甚短的好喝清湯，是從洋蔥湯變化而來，它會令你欣然憶起，曾經一大早在巴黎的中央市場，注視一輛輛的大貨車，卸下一堆堆的小胡蘿蔔和圓滾滾、光滑如緞的洋蔥，當最後一輛車卸好貨，揚長而去，你喝起洋蔥湯。（那是你嗎，抑或是記憶中曾在夢裏見過的某人……那是個又長又祥和的夢境，既美且令人激動。）

我只喝過一種就是沒辦法喜歡的洋蔥湯，是在瑞士法語區的二流舞會喝到的，它又油又膩、又濃又稠、色澤要褐不褐，專給像我這樣的頑強分子喝。那些場合其實是時髦人士的慈善聚會，主題從幫助罹患喉炎的瑞士山歌歌手到亟待施以援手的薄雪草獵犬等，不一而足。舞會勢必在閒置已久、美麗且滿布灰塵的古老賭場中舉行，且勢必會供應香檳，而且有從巴黎南下而來的「熱爵士」樂隊助興。我是常客，可是我真受不了黎明前的那一碗湯……

截至目前，其他叫做洋蔥湯的食譜都還可以。安伯斯・奚斯（Ambrose Heath）有本經典小書，書名直截了當，就叫《好湯》（*Good Soups*），書中可靠的美味食譜還不少。其中最棒的大概是編號第一的那一個，在結尾，他以廚師間對談的絕妙口吻，聲明道：「此乃湯中之湯。」他也提供了葛拉斯夫人（Mrs. Glasse）的食譜（一七六七年），並引述了我最欣賞的洋蔥湯食譜，但不知何故，我始終無法試做看看。他多少有點含糊不清地以特殊一詞來形容此一食譜，我則可以比較開誠布公地聲明，自我多年前首次在保羅・雷布（Paul Reboux）的《新烹調》（*Nouvelle*

Cuisine）一書中讀到這個食譜以來，即深深為之著迷，不可自拔。食譜中除了必要的洋蔥外，尚有不甜的香檳、半個成熟的卡蒙貝乳酪、幾枚打散的雞蛋，以及三十顆將皮剝得一乾二淨的核桃；我在我編列的美味食譜集裏，對此食譜的最後注解是：「在凌晨三至四時之間食用，以保持開朗。」

經過三思，並對雷布先生的建議作了充分的考慮後，我認為只宜列出下面這一道安全穩健且非常基本的食譜，但願出版社能原諒我……！

§巴黎洋蔥湯

2罐（1夸特）牛高湯或清湯
2到3顆洋蔥，切成薄片
3大匙牛油或上好的食用油
滿滿1大匙麵粉
黑麥麵包，切成薄片並烘烤成吐司
重口味的乳酪屑（帕馬乳酪類）

用油煎炒洋蔥，灑上麵粉，用小火不斷翻炒約10分鐘，至焦黃。湯入鍋，湯最好先熱過，慢慢燉煮到洋蔥變得熟爛。在烤過的麵包上厚厚撒一層乳酪，置於炙烤火力下方，烤至乳酪融化。（這個方法勝過把麵包和乳酪放進湯裏融化，因為如此麵包可保持香脆。）將湯注入有蓋的湯碗中，上面覆蓋麵包，立刻上桌。

或可稱這道湯為「清淡但令人飽足」的湯品，再配上一道美味的沙拉、水果和咖啡，便讓飢腸轆轆的一家人吃得心滿意足。〔所有的烹飪書都很有趣，起碼在我看來是如此，不過我認為，其中那些最值得一讀的，寫的內容都與湯有關（奚斯的，馬朋夫人的），而像艾斯科菲耶的著作那樣包羅萬象的書，最精采的段落往往也和此一變化無窮的題材有關。〕

還有不少湯品本身即可當做正餐享用，且一如所有同類型的菜色，可依掌廚者的意願和荷包來做改變。以下為巧達湯的基本食譜，可以此為本多方加以變化處理，不管是樸實的鄉村風味，還是優雅的城市風味，都行。

§巧達湯

½磅瘦培根肉或鹹豬肉，切丁
2顆大的洋蔥，切末
½個青椒，切末
3杯水
3顆大的馬鈴薯，切丁
鹽和胡椒適量

½杯濃鮮奶油（可省）
1小罐甜椒末（可省）
1罐玉米粒
1罐蛤蜊肉末
1罐番茄泥或任何你想得到的東西

將培根肉煎脆，加進洋蔥和青椒，煎炒至焦黃。注入水，煮滾。加進馬鈴薯，小火慢煮至軟爛。加進其餘材料，煮至熱透，上桌享用。（要是湯太稠了，可加魚高湯，或者再加點水或鮮奶油。我父親喜歡湯濃到湯匙插進去後都不會傾倒的程度，我自己則偏好稀一點的。）

有若干懷著自豪心態大力提倡鄉土佳餚的人表示，煮巧達湯只能用蘇打餅乾屑，否則就是無禮至極、十惡不赦。這一派人士大可略去馬鈴薯不用，改用他們心儀的材料使湯濃稠，從而感到幸福快樂。

還有另外一件事令愛喝巧達湯的人士爭議不休，那就是，到底是用牛奶，還是用番茄和水，才是正確的做法。古早以前，這大概得由交通運輸和天氣狀況等等來決定：冬季時分乳牛生氣勃勃，乳量豐富；到了夏天，番茄飽滿多汁，就用番茄……

有誰曉得呢？況且，又有誰在乎呢？應該你愛吃什麼，便盡量多吃什麼，要是你想既用牛奶，也用番茄，既加蘇打餅乾屑，又加馬鈴薯，儘管這麼做吧，只要煮出來的東西對你的味便行（聽來多少有點可疑，但未嘗不可）。

莫杜依子爵（Vicomte de Mauduit）曾經對人表示，或者是有人對莫杜依子爵說，吃是一門藝術，足可與人類選擇用來逃避現實的其他方法相提並論，這話說得雖略有倨傲之嫌，卻是實話。在若干程度上，目前當紅的維琪馬鈴薯冷湯，正是一個奇怪的證據。

從紐約到舊金山，有一百家時髦的餐廳都供應這道滋味溫和的油潤濃湯。多少有點神秘的，它似乎不但安撫了昔日貴族祖父們狂暴的胃，也撫慰了今日的孩子們悸動的心。前者並非迫不及待地在藍魯邦或傑克等時尚館子點用這道湯品，而是不管樂意與否，都在維琪（Vicky）或巴登巴登（Baden-Baden）等療養勝地，按處方喝下這道湯。

這道湯濃郁而細膩，帶著一絲不苟的滑潤口感，潔白的湯面灑了細香蔥，看來雖略嫌鄉土氣，卻很漂亮。它其中似乎有著什麼，使得患了鼻竇炎或其他職業病的懷古都會青年，忘了眼下是什麼時代，而安坐著一兩分鐘，又覺神清氣爽。

非常可惜的是，如今若想按正確的做法——至少得像希朋夫人的古典清湯那樣——來煮這道美食魔藥，會太昂貴又太複雜。鮮奶油的含脂量必須不偏不倚，正好占二十四%：湯的溫度有時得是華氏一百九十六度，有時得是二百一十二度。必須在恰好的正確時刻，加進十六分之一小匙的豆蔻。

然而，不論你贊不贊同，確實有折衷辦法可供採用。下面的這一則食譜，其實結合了艾斯科菲耶的巧婦湯（Soupe á la Bonne Femme），以及我在瑞士的渥德州瓦斯公司月曆上找到的一則食譜。這湯熱燙過癮，要是想把它變成過得去的維琪馬鈴薯冷湯，則得將鮮奶油（酸的或很濃的）打進湯中，然後放進冰箱最冷的部位，冷藏至少二十四小時。

§馬鈴薯奶油濃湯

4顆中型馬鈴薯，削皮切成薄片
2顆味道溫和的洋蔥，切成薄片
2大匙麵粉、鹽和胡椒
4大匙牛油（此處不容妥協）

1杯煮馬鈴薯的汁
3杯煮熱的濃牛奶
1大匙歐芹末
1大匙細香蔥末（張羅得到的話）

用一半的牛油溫火燉洋蔥15分鐘，加進馬鈴薯，和少量清水，2杯左右，蓋過表面，溫火煮至馬鈴薯變軟。瀝去水分，保留1杯煮汁，將蔬菜置濾器中，加壓使穿透過濾孔。（細孔的濾器，我越來越注意到，大多數的普通廚子，我自己便是其中之一，對篩子和濾器的區別越來越馬虎，他們通常在掌廚數年後，會開始將就著用一樣多用途的器具，來應付各項多少算是常態的任務，嘖、嘖、嘖！（明天就去五金行……不，今天就去！）

用剩餘的牛油和麵粉做油麵糊（roux），加進馬鈴薯煮汁和調味料及熱牛奶，邊加邊攪拌。混合湯和濾過的蔬菜，用打蛋器攪打數分鐘，煮至熟透。加進調味香草末，立刻上桌。（或冷藏起來，次日當成維琪馬鈴薯冷湯喝。）

另外還有一種湯，絕對不會溫和無味，反而帶著一種怪誕的吸引力。（我不知道自己為什麼寫下怪誕二字。在美國，每逢夏季便益發普遍地供應這道湯品，它和任何一種洋基巧達湯一樣，也還不錯。）一如維琪馬鈴薯冷湯，它也得冰透了才能上桌。在溽暑時節，身心疲憊、暴躁易怒的都市人，除了他們祖母口中的「冷馬鈴薯濃湯」外，有了另一項選擇。這道湯做起來既省事又便宜，而且不同於維琪冷湯，它的製法有伸縮變化的空間，主要看你種有或買得起多少的調味香草。

以下的食譜部分衍生自保羅·雷布的做法，部分則來自一艘義大利貨輪上的西班牙大廚，這艘輪船曾一度往來於馬賽和奧勒岡州波特蘭之間。

§蔬菜冷湯

（過去幾年來，我發覺自己常常針對蔬菜冷湯的正確做法到底是什麼，進行既奧秘又實際的討論。我依然忠於這個食譜，不過，我也要強調，就像一切好喝的本土湯品，這道湯的做法會隨著掌廚者的不同而有所變化，這是個事實。）

1大把各色調味香草，舉凡細香蔥、茴芹、歐芹、九層塔、牛至等……選任何一種或照單全收皆可，但只可用新鮮的香草

1瓣蒜頭

1個甜椒或鐘形椒

2顆剝皮去籽的番茄

1小杯橄欖油（或實在美味的堅果油或替代品）

1顆檸檬的汁

1顆味道溫和的洋蔥，切得薄如紙片
1杯黃瓜丁
鹽和胡椒
½杯麵包屑

切碎香草，和蒜頭、甜椒與番茄一同搗成糊狀，邊搗邊徐徐加入橄欖油和檸檬汁。

加進約3杯的冷水（我仍然要說，這才是正確的湯汁，不過我常改用上好的肉高湯或魚高湯就是了），或隨個人喜好增減水量。把洋蔥和小黃瓜加進湯中，調味，灑上麵包屑，冷藏至少4小時再食用。

這道蔬菜冷湯可隨手邊有的蔬菜種類來做變化，不過一定要有大力搗碎混合的油、蒜、檸檬汁和香草（這是個重要的訣竅：說實在的，它是由軟化的香草、油和酸……結合而成的濃醃醬），還有洋蔥以及在湯面載浮載沉的其他蔬菜；同時，的確得非常的冰涼。這是完美的夏季湯品，就像凡夫俗子吃下去的一切簡樸菜色，它令人食指大動、清新爽口，且稍微有點反常。

不論午餐或晚餐，都適合喝這道湯。（在炎熱的西班牙，還會有冰塊浮在湯面。我發現，美國人多半覺得加冰塊太怪了，因此沒這麼做。）做露天燒烤時，在你正翻烤牛排的當兒，要是想拿點正當又不含酒精的東西，塞塞客人的嘴，尤其適合上這道湯：在桌面擺上一大碗，讓客人自個兒動手舀進杯子裏，喜歡的話，亦可配些烤過的脆麵包片。這麼一來，當你宣布要上主菜了，管它是菲力牛排，還是漢堡肉餅，你都會發現，客人皆已胃口大開，神清氣爽，談笑風生。（我總是刻意準備分量綽綽有餘的蔬菜冷湯，它只要冷藏得當，擺越久風味越足，酷熱的上午喝上一碗涼透的冷湯，真教人身心暢快。對有嚴重宿醉的可憐人而言，這更是絕佳的早餐。）

還有道好喝的夏季湯品，是根據下面這一則食譜製做的。我有份越來冗長且「難以啟齒的菜色」單子，這道湯也列名其上。要是我告訴那些含笑啜飲著這道湯的人，湯裏不但有碎蝦仁，甚且還有白脫乳（butter-milk），他們不退避三舍、作嘔欲吐、落荒而逃才怪。所以，我什麼也不說，逕自從隱形的大桶裏舀湯，端給一大批渾然無所覺卻快活無比的人喝。

§酸奶冷湯

1½磅熟蝦仁，切碎
½中型黃瓜，切小丁
1大匙新鮮蒔蘿屑
1大匙現成的芥末醬
1小匙鹽
1小匙糖
1夸特白脫奶

混合碎蝦仁、黃瓜和調味料；加進白脫奶，邊加邊攪拌，冷藏至涼透。分量：6人份。

3

世上最能令飢腸轆轆的人兒感到心滿意足的湯，說不定是義大利什蔬湯（minestrone）。這道湯也能滿足疲倦的、憂慮的、遭逢不幸的、負債累累的、有著不大不小的苦惱的、熱戀中的、身強力壯的，或者得應付任何一種亂七八糟的事情的人。

據若干忠實的什蔬湯愛好者表示，此湯務必用豆湯為底；有些人則說，把泡軟煮熟的豆子打成糊做成湯底，煮出來的根本不叫義大利什蔬湯，而只是濃湯（minestra）罷了。不過，其他還有些人表示：一、湯裏非加蔬菜不可，並且得先和大量的火腿丁或培根丁炒過，從而染上一層油光。二、絕對忌諱被任何一種肉所玷污。還有一個問題也是各說各話，並無定論，那就是，湯煮到最後一刻，到底要不要加入小型的熟麵食，好比碎掉的義大利麵。此外，說不定尚有許多歧見，因為就像所有本質純粹、不摻雜質的菜色一樣，有多少人煮這道湯，就有多少種不同的做法。

然而，這總是一道樸實無華的濃湯，令人身心溫暖又充實，湯中飽含菜香，最後必得灑些上好的乳酪，讓各種滋味合為一體。「來上這麼一道濃湯，」馬札夫人（Mrs. Mazza）曾寫道：「湯面灑了羅馬羊乾酪屑，配上香脆的大蒜酸麵糰麵包、沙拉和一杯葡萄酒，我就算好好的享用一餐了。」

這是道合乎經濟效益的湯，一部分是因為到了第二、第三天再飲用，滋味更佳，而煮湯所需的時間表面看來很長，可是平均下來，每一份湯耗費的時間才幾分鐘而已。洋蔥、蒜頭、馬鈴薯和嫩包心菜，在市場上或你家的蔬菜罐頭裏，幾乎時時都有，想再摻點當令的其他蔬菜，隨便哪種都行，也未嘗不可。能用新鮮蔬菜無疑是最好的，不過亦可從各式冷凍蔬菜包裏，這裏那裏各取出一些，留待每週一次或兩個月一次煮什蔬湯時使用，要是你真的有心用這個做法來烹煮這道多少有點麻煩卻令人滿足的湯品，來武裝自個兒的身心膽識，就算用的是罐頭蔬菜，也聊勝於無。

§基本義大利什蔬湯

½磅培根、鹹豬肉或火腿肥肉
1顆小的洋蔥，切末
1片洋芹，切末
1把歐芹，切末
2杯番茄，去皮
1小匙新鮮九層塔（可省，但若有會很好）
1小匙披薩草（可省，但若有會很好）
1小匙甜羅勒（可省，但若有會很好）

洋蔥用熱油脂煎軟，加進洋芹、歐芹和幾種調味香草，炒10分鐘，使菜沾上一層油光，有必要的話，可淋少許水，以防黏鍋。

加進番茄，不斷翻炒，小心別讓菜變焦了。

加進2或3夸特的水，攪拌一下，喜歡的話，可以灑點豆蔻。（這湯真有適應性，煮起來好玩極了！）

把下列蔬菜的至少前5種，用蔬菜刨削器具上洞口最細的那一面擦碎

（或切塊，小火慢煮至軟後，用馬鈴薯搗泥器搗碎，再加進任何一種義大利麵食。比起我以前列出的方法，我更喜歡這個辦法），然後加進湯中。

2顆大的洋蔥

1顆馬鈴薯，連皮

1（或2）瓣蒜頭

½顆小的包心菜（能用皺葉甘藍，那是最好）

3根胡蘿蔔

6片洋芹

一些菠菜……好比說，一大把吧

一些四季豆……同上（你曉得我的意思了吧？）

將整鍋湯慢煮至沸騰，然後讓它保持微滾，煮至蔬菜熟爛為止。喜歡的話，在準備上桌前的20分鐘，加進一些義大利麵食（如果你打算一鍋湯要喝不只一回，第二天再加麵）。狠狠地、用力地攪動湯，碗底要不要擺上1片烤麵包都行，可是一定要準備1大碗乾酪屑，好灑在每碗湯中，因為那些要喝湯的愉快人兒，大概都會想加點乾酪。

至於這一餐還要再吃點什麼別的，我和馬札夫人意見一致。碰到有什麼蔬湯喝的那一晚，再多燒些什麼，都是多餘，因為反正沒人會想要再吃別的東西。把蛋糕甜點省下來，留待他日菜量較少，肚子較餓時再上吧。

4

凡加了碎蔬菜的湯品，皆有好多不同的做法。這得看廚子的巧思和荷包的豐儉而定……更甭提其他一些因素，比方氣候和戰爭，甚至政治學識。（我曉得有好幾位熱心且思慮周密的婦女，寧可見自個兒的孩子骨瘦如柴，也不願煮這道菜名洋裏洋氣的什蔬湯，因為在一九四二這一年，美國正和義大利打仗呢。凡此種種，皆蘊含一個有點教人厭倦卻基本的真理，那就是，不分你我，人人都只能祈願，要不了多久，正義就會打倒強權。）（這會兒到了五〇年代，有些人沒有辦法，就是討厭羅宋湯！幸好，我可不會。）

要是你就是沒法煮什蔬湯，還是說不喜歡或不願意喜歡煮什蔬湯，我的建議是，不妨試煮下面這一道實惠的湯品，可以看自個兒的園子裏有什麼蔬菜，而加以變化，不過要是能用家中或市場上最廉宜的材料，顯然是再好也不過了。

§青蔬湯

2大匙牛油或上好的蔬菜油
1大把西洋菜
½顆萵苣生菜
3顆連莖的小洋蔥
2或3片包心菜
4片洋芹的莖
調味料

1枝百里香或牛至，可能的話
1把歐芹
2罐（4杯）雞或牛高湯
1顆蛋黃
½杯濃稠鮮奶油（也是可能的話）

把蔬菜（當然是清洗過的）剁碎或攪碎。（我想凡是好廚房裏，應該都備有搗臼和杵吧，我自個兒用的是木造的，不過我希望總有一天能擁有石臼和石杵。）小火用油煎炒菜末10分鐘左右，加進高湯。蓋上鍋蓋，小火慢煮約45分鐘至菜熟爛為止。混合蛋黃和鮮奶油，攪打一下，把湯倒進有蓋大湯碗後，加進蛋黃鮮奶油，灑上現磨的黑胡椒。

這道可靠的青蔬湯還有一個更為細緻的做法，列在下面。這道湯的美味不但繫於某幾種不變的材料（主要是酸模），時機的掌握也很重要，大概就像中國人所說的火候。

頭一回為我煮這湯的，是舊金山的一位俏佳人，她曾是地中海一帶中型城市的首席芭蕾女伶……奔波勞累的生活，顯然讓她燒菜宴客時像是在玩家家酒一樣，不費吹灰之力，一餐上八道菜，講究得不得了。

自認識她以來，我常常調製她做的湯，可是始終沒法像她那樣，不慌不忙，優雅有致。因為她的緣故，我將這湯稱為艾兒絲湯（Potage Else），而不採用她原本取的那個較不自覺（且謙虛）的名稱：「艾絲甘」巧婦湯（Potage Bonne Femme "Esquin"）。

§艾兒絲湯

3大匙牛油
3枝歐芹
3片萵苣生菜葉
1顆中型洋蔥
1品脫酸模
豆蔻、鹽、胡椒

2大匙麵粉
2夸特滾熱的濃櫝牛高湯
4顆蛋黃
1杯鮮奶油
茴芹，可能的話

在大的湯鍋中融化牛油，將歐芹、萵苣生菜、洋蔥和酸模切碎，連同一小撮豆蔻、鹽和胡椒，一同加進鍋中。緊緊蓋上鍋蓋，用小火煮10分鐘，把菜煮軟，麵粉入鍋，混合均勻。徐徐加進2夸特滾熱的高湯；有茴芹的話，添入少許茴芹末，讓整鍋湯沸煮10分鐘。蛋黃打散，加入鮮奶油混合均勻後，把這稠化劑慢慢注入湯中，邊倒邊不斷攪拌，勿使湯再度沸騰，立刻上桌。

（我逐漸發展製做出一道可口的湯，就是把萵苣生菜、青蔥、歐芹和調味香草共一夸特，一律切碎後，用臼杵磨成糊狀，再徐徐添加調味料和一夸特的香濃牛奶，接著冷藏至涼透……當成夏日午餐。）

另一方面，要是你討厭各種什蔬湯，覺得切得碎碎的蔬菜只適合給沒牙齒的嬰兒和老人家吃，那麼不妨來做做實驗。

首先，在廚房裏找個合宜的地方，安裝一具牢固且品牌名聲響亮的開罐器：譬如說，裝在水槽上方或一側。（當然我指的是很像老式側搖式留聲機的那種，因為在我看來，其他種的開罐器都可能使人勃然大怒，地板髒兮兮，最後還造成血中毒。）（如今大多數的開罐器都附加了一個精巧的小玩意兒，能把它固定在牆上，使得你能加裝碎冰器（夏天很合用）、磨刀器（隨時都合用）等，這玩意兒讓製造廠商和廚子皆蒙其利，是很好的投資。）

一旦把所費不貲的開罐器用螺絲拴牢了，就準備收取它的效益吧，只要你的臂膀還能施力開罐，只要你還能買到罐頭，效益便會源源不絕。首先，如果負擔得起，用罐頭湯填滿櫥櫃的一層架子：做全國廣告的牌子名聲固然很好，不過往往也有地方上的製罐廠，生產不知名但出奇美味（且便宜）的蘑菇濃湯、蛤蜊湯或番茄糊，端看你住的地區出產什麼而定。

等到櫥櫃中已備齊你愛吃的食物和幾樣不是很熟悉的東西，就開始組合排列。（或者加東西！比方在黑豆湯中加幾片熟透的酪梨，或者在稀薄的豌豆湯中，加些煎過的黃瓜片。）把這個那個倒進鍋中，攪拌一下，加熱，就這麼端上桌：好比說，番茄汁和蛤蜊汁。

亦可在最後一刻，在蘑菇湯和番茄湯中，添加少許雪莉酒，或在湯面灑上一點肉桂或豆蔻粉。豌豆濃湯和番茄湯同新鮮的九層塔屑很配。雞肉清湯和番茄汁混合在一起，味道不錯，最後一刻再淋少許的檸檬汁，灑些乳酪屑，滋味更細膩。幾乎所有清湯都適合加上一點鮮奶油或酸奶油，但得在最後一刻才加，攪一兩下，讓鮮奶油在湯盤中形成漩渦狀。

再不然，不要等到最後一刻，一開始就變個花樣，用一點牛油將一把蔥花炒軟，接著將番茄汁和牛高湯倒進鍋裏，熱透，另用培根油將麵包丁煎至金黃香脆，灑在湯上。麵包丁不妨一次多做一點，需要時再放進烤箱回熱，在麵包丁下面墊一張紙，以便吸收多餘的油分。

根據相當可靠的旅行報導，南美洲歐利諾科河的原住民，煮湯的時候會加一種特製的泥巴丸子，而且覺得真是可口。眼下我們這半球的敦親睦鄰政策，讓我們除了輕輕說一聲：¡Que deliciosa!（真好吃呀！），其他的什麼也不能講。我們不必學南方的泥土美味，而可在生牛肉末裏摻點調味香草屑，揉成肉丸子，外頭滾一層麵粉，以防肉丸散掉，然後扔進滾煮的牛肉番茄清湯中，煮五到十分鐘後上桌。

或者買一罐上好的魚肉丸子，如今已有國產貨，而非瑞典貨。把整罐的魚丸連同湯汁，統統倒進熱馬鈴薯湯中，灑上一大把歐芹屑，好讓色澤看起來不會太過慘白。

不然，混合一顆雞蛋、恰好一杯的麵包屑以及兩大匙左右的乳酪屑，加少許豆蔻添香，再灑鹽和胡椒。任選一種你愛喝的清湯，在爐上燒滾了以後，將混合好的東西倒進湯裏，拚命用力攪拌，蓋上鍋蓋煮五分鐘左右，再次攪拌，這麼一來便煮成了速簡的義大利蛋花湯，而且很好喝哦……大概吧。（一般廚子應該多試試稠化劑：將一顆或更多顆蛋黃混合少許鮮奶油或高湯。不管煮什麼湯，在上菜前，把稠化劑加進湯中，使湯變得更滑潤、更濃稠，也更可口。）

也可把白飯、少許西米或一把最細的細麵，加進手頭有的任何一種稀薄的湯裏。（要是你對這類麵食漿糊的觀感，尤其是西米，和我的一樣，在你喝湯的當兒，幾乎是輕而易舉地便可佯裝自個兒已重返瑞士某家二流寄宿公寓，看著三位年事已高的英國老小姐，一邊仔細量度著她們的助消化飲料，一邊設法不去傾聽那對度蜜月的奧地利小倆口，正在她們後面的那桌打情罵俏。當湯中那一粒粒軟綿綿的澱粉球，喚起對往事的回憶時，連那股思古之幽情，都變得不那麼讓人愉快。）

沉淪至此，把這整件事一筆勾消，說不定比較好。心甘情願把西米加進湯中，與其走到這個地步，說不定乾脆打開大門讓狼大搖大擺地進屋來，然後像那位南方姑娘一樣，慨嘆自己連燒開水也不會。〔除非……除非你因為瘋狂大採購，或有位慷慨的大叔，而得以烹煮塔雷杭清湯（Consomme Talleyrand）：把四個未去皮的大松露削進一只有蓋大湯皿中，注入滿滿一杯的不甜雪莉酒、一小撮紅辣椒粉。蓋上蓋子，靜置一小時，倒進三品脫加了兩大匙西米沸煮過的上好熱清湯，好喝。〕

如何迎春

嫩葉處處；
山杜鵑啼唱；
吾之初鰹！

——日本俳句

數百年以來，世人認為魚理當被食用，一：因為吃魚益智，二：因為魚容易消化，三：因為魚較不血腥，所以在為宗教信仰而守齋時，適合食用。除上述原因以外，漁產通常豐盛，而且往往很美味，也是理由之一，這一點始終不假，起碼在和平時期是如此。

然而，到了這會兒，世界各水域一片混亂，很不可靠，魚遂變成稀罕的食物。連海鷗都在挨餓，漁夫不是在打仗，就是在集中營裏，過去「愛用燻鯡魚配茶」的那些人呢（注①）……但願他們能找到別的替代品，就算沒那麼令人胃口大開，可也還算適當。（我聽說，在漫長的戰爭（以及

注①：此處指的是嗜食燻鯡魚的英國人。

「和平」）時期，英國魚攤上從鯨肉到紐西蘭長貝等各式各樣異國水產，都像是英國廚師不得不揹負的沉重十字架。」

有不少海邊村莊，自古以來就以魚、麵包和葡萄酒為主食，這雖然是項事實，卻有睿智的生化學家認為，吃魚有害人體。這個看法較適合應用於高度文明的餐飲，而不大適合簡樸的鄉村小菜；不過，有件事是放諸四海皆準的，那就是，除非把魚冰起來，或者煙燻保存，否則魚肉就像禽肉，也極易腐壞。種種保存方法中，至少有一樣會使魚肉變得較不易消化，就好像母雞下的蛋，原本質地敏感脆弱，煮熟了以後，在人的胃裏卻比皮革還強韌。

戰爭當前，我們所有配備有冷藏庫的貨輪，都去載運其他更攸關生死的貨品，這使海魚在中西部，變成像海豚蛋一樣稀罕，而湖魚則成了東西兩岸的兒童只能在歷史書中讀到的東西。

在大多數地方，晚上若想吃魚，最好的辦法就是到河邊去，再不然，只要你能躲過哨兵，避開地雷，可以趁著潮汐變化的當兒，划著小船出海，自個兒釣些鯰魚或鱸魚。次佳的辦法是，吃點罐頭鮪魚或鮭魚，要是你還找得到有商店在販賣的話……因為舊金山漁人碼頭的義大利船隊這會兒都不准出海，而沿海的罐頭工廠則正在尋覓人手，好取代日本工人。那些日本人幹起活來身手好不俐落，先砍下魚頭，擠出內臟，然後把魚排得整整齊齊，呈一直線。

「越是好的魚，越得用簡單的方法來烹調。」希朋夫人說，要是你張羅得到一尾鮮魚，首先得牢記她這番金玉良言。（我越來越覺得冷凍魚挺不錯的，先是魚柳，目前還有整尾的鱒魚，都很好。）如果魚本身品質就好，簡單燒烤一下，比淋上複雜又昂貴的醬汁，更能嚐出原味。魚得用高熱的火力來炙烤，如此翻動魚身時，才不致黏底破皮，而且個頭最小的魚，當然得用最熱的火力，如此厚片的魚才不會烤得外焦裏生。

通常由魚販代為處理好的魚，首先得洗淨，拭乾，再塗上油，而後才能灑調味料，開始炙烤。如果要把魚盛在淺烤皿中燒烤的話，做法也一樣，應該準備好許多融化的奶油，再淋點萊姆汁或檸檬汁一同加熱會更好。大多數時候，這就是和魚最對味的完美醬汁，連一點點的香草都別加，以免奪味。（除非魚實在太新鮮、味道太細膩了，否則我在抹油以前，往往會先在魚身上抹點醬油，冷凍魚尤其得如此，這會讓最後的魚汁變得更美味。我是向一位名叫保羅的韓裔美國人，一夸特一夸特地買醬油，若想一次買上一加侖，也未嘗不可。）

美國的煎魚多半都有個大問題（我是指，純正的煎魚，而非連可靠的餐廳都經常販售的那種裹了一層麵衣、教人作嘔的可怕玩意兒），就是煎得太久。魚和蛋一樣，皆應快烹淡煮，趁熱噴香上桌。

要用哪種油來煎魚，全看個人習慣和荷包大小而定。說不定，你認定無鹽奶油是唯一適合的油，而且一俟魚煎至金黃，便得立刻倒掉油，另外融化更多的奶油，澆在魚上。也說不定，你認定就算是煎鮮鱒魚，也該來點培根油，味道才會又濃又香，這樣一來，不但魚好吃，配魚吃的烤吐司也會更可口。這兩種不同的看法，或可分別名之為精緻美食和野炊派。只要魚鮮油純，兩種看法都對，毋需爭論。（我以前會排隊買捕自沙加緬度河的鯰魚，有位幫我燒菜的紐奧良姑娘，名叫貝雅，會把魚滾上一層薄薄的白玉米粉，玉米粉中摻了很多紅辣椒粉，而後用上好的培根油來煎魚。這說不定是個很常見的手法，不過我可是從沒見過，而它簡直妙極了。）

任何一本可靠的烹飪書，都不乏許多烹調各色魚類的好食譜，比方希朋夫人的《廚房手冊》和艾斯科菲耶的美國版《烹飪的藝術》（*Fine Art of Cookery*）等，對於這個主題，皆有精采可喜的討論。〔私心以為，凡是識字的廚子，都有必要讀讀布伊亞—薩瓦蘭（注②）在《口味生理學》書中論及〈煎炸的藝術〉（*Tge Art of Frying*）的章節。〕要是吃膩了用各種做法烹調過的魚，幾乎任何一種肉質細膩的魚皆可切成薄片，浸泡在檸檬或萊姆汁中，過了四個小時後，你便會發覺，既無爐又無火，魚肉卻已被醃熟。瀝去酸汁，在魚片上薄薄地塗抹一層加了胡椒的美奶滋，即是一道美味的開胃小菜。

儘管有些頑固保守的美食鑑賞家認為，罐頭魚只配給野貓吃，然而，把現下的罐裝鮪魚、鮭魚和蝦仁，加進你的菜單中，卻是個明智的做法——只要你買得到。說實在的，凡是還張羅得到的魚罐頭，大概都是安全無虞的。當然，罐頭本身不能有破損才行。（隨時間流逝，罐頭是越來越可

注②：Anthelme Brillat-Savarin，一七五五—一八二六年，法國美食家，最著名的作品即為《口味生理學》（*The Physiology of Taste*），費雪曾將之譯成英文。

靠了。看來已經膨脹，開罐時會嘶嘶作響或送出一股氣流的罐頭，不必考慮，立刻丟棄。罐內呈黑色，往往也很可疑；我仰仗的主要還是我好奇的鼻子。話說回來，現代一般的製罐技術，和死亡與稅捐此二項亦是無所不在的現實事物，幾乎一樣可靠。）

料理魚罐頭的省錢方法，數也數不清，多半耗費不了多少時間。因此，如果你在工廠或辦公室上班，用魚罐頭燒菜，尤其是明智的做法。

請記住，魚罐頭的氣味和滋味，都比鮮魚濃烈，因此做菜時宜多放調味料。罐頭魚肉已經烹熟了，因此加熱時僅需把其他材料煮熟，讓所有的味道調合在一起即可。罐頭魚肉易碎，故而得在最後一刻才加進必須邊煮邊攪拌的醬汁裏。罐中原有的魚汁很不錯，可以的話，在同一道菜餚裏淋上一些。要是罐頭用的是油（這事越來越不可能了），可以用來做法式沙拉醬汁，換換口味。

有道做起來又快又省事的西班牙美味食譜，適合配馬鈴薯吃。把馬鈴薯削皮切丁，快煮以後，加一把調味香草屑和一些奶油，拌一拌即可。

§鮭魚（或鮪魚）煎餅

2顆蛋
1杯罐頭鮭魚
1大匙歐芹屑
2大匙融化牛油或食用油

將蛋打散，鮭魚撕成碎片，稍稍拌合一下，加進歐芹屑，讓魚蛋汁變得稠稠的，像煎餅麵糊一樣。有必要的話，可加乾麵包屑，使質地更稠。用牛油煎至金黃即可。

有道類似的食譜來自夏威夷，說不定起源自中國。這道菜本身即可做為一餐，再來點淡啤酒或白葡萄酒佐餐，好的很。逢到夏日心情愉快，想慶祝一下，餐後或可再來份萊姆鳳梨冰。

§夏威夷蝦仁

3大匙動物油脂
2杯罐頭或新鮮蝦仁
½杯西芹末
½杯切碎的青椒
½杯切碎的罐頭或新鮮蘑菇

1顆小的洋蔥，切末
3大匙醬油
3杯白飯
3顆蛋
3大匙清水

用油將洋蔥炒黃，加進西芹、青椒、蘑菇，炒2分鐘。

蝦仁下鍋，輕輕翻炒2分鐘，隨即加進白飯和醬油（或英式辣香醋（Worcestershire sauce），如果你要加英式辣香醋，當然只用1大匙就好。醬油鹹而不辣，辣香醋卻帶辣味），翻炒至熱，需時大約2分鐘。

混合蛋和清水，打散，倒進鍋中的炒飯上，迅速拌炒，立刻上桌。

還有一道蝦仁佳餚，雖名為咖哩，卻不怎麼像真正的咖哩。吃完這道菜，再來份生菜沙拉，最後來杯咖啡，美味極了。

§蝦仁蛋咖哩

2小匙咖哩粉（視口味而定）
⅔杯淡鮮奶油
2杯濃縮的蘑菇濃湯
1½杯蝦仁（煮熟、罐頭或冷凍的）
4顆熟透的水煮蛋，切片
熱呼呼且鬆軟的白飯
咖哩作料：
椰子、蔬果甜辣醬（chutney）、糖漬薑等

混合咖哩粉和鮮奶油，加進濃湯中，拌勻。加進蝦仁和蛋，隔水加熱，盡量不去攪拌。配白飯和任何咖哩作料吃。這道菜很適合盛裝在保溫鍋中，用來當自助餐菜色滿不錯。

濃縮蘑菇湯雖然絕非十全十美，但是在烹飪發生麻煩時，卻能即時給人助力。於是一樣小家碧玉的基本材料，搖身一變成為一道道華美的女王佳餚。下面這道食譜，即為典型的例子，而且可視你手邊有的調味香草和腦袋裏的想法，加以變化。

§焙烤鮪魚（或鮭魚）佐蘑菇醬汁

1罐大的魚罐頭
鹽和胡椒
1顆甜洋蔥，切成圈狀薄片
1個青椒，切絲

1罐濃縮蘑菇濃湯
½罐的清水
2大匙歐芹屑
乳酪屑（可省）

在烤盤內部塗厚厚的牛油，把弄碎的魚肉、洋蔥、青椒和歐芹，一層層疊在盤中。濃湯以清水稀釋，倒在上面，喜歡的話，灑點乳酪屑，在中溫的烤箱中（華氏四百度）烤20分鐘左右。

當然，凡是這類的菜餚皆可放進小砂鍋中焙烤，烤的時間較短。（或者盛裝於大貝殼裏，我覺得大多數的天然貝殼都太小了……就像大多數雪莉酒杯……就像大多數雞尾酒杯……尤其是，就像大多數的香檳酒杯，太小了。）罐頭蘑菇湯中可加紅甜椒片，或吃剩的青豆……等等。

儘管生化學家相信，人的體內沒有魚比較好，人的口腹之慾卻背道而馳。可惜啊，戰爭竟從中作梗，所有那些暈頭轉向的鱒魚、梭魚，眼下都得閃躲深水炸彈，這件事光想都教人傷心。而那位滿腹渴望的小小日本人，在俳句結尾如此深情款款地描寫春日鰹魚那第一口令人嘴角生津的美味，也令人同樣難過。

如何不去沸煮一顆蛋

全熟的、毫無破損的蛋哪，
何庸欲求，
玫瑰那綻放的激情？

——普特南（注①）

一顆尚未打破的蛋，說不定是世上最私密的事物之一。

蛋沒破以前，你會覺得，雞蛋的秘密全藏在蛋殼那美麗且冷淡無情的曲線底下，只有它自己曉得；殼色則或白或褐，或滿布斑點。它一亮相，形體即已飽滿無缺，而且母雞幾乎是不痛不癢的，便下了蛋。（蛋的本身大概沒什麼苦惱，可是事隔九年，生了兩個女兒以後，我這會兒對母雞有何感受，倒不是那麼有把握了。說不定，我當初下筆太快。）蛋乖乖臥在乾草堆上，無思無想，除非碰上雷雨交加，或者氣溫陡升，否則蛋可以保鮮好幾天，取悅人的味蕾。

注①：H.P.Putnam，一八九四—一九四八年，美國詩人。

然而，儘管蛋殼是如此不具個性，有關它的兩三事，還是猜得出來。懂得訣竅的人，只要把蛋拿到強光底下一照，便可判定好幾項教人驚訝的事實。就連傻瓜也能告訴你，把蛋放在一碗清水中，要是蛋不新鮮，它會站直了，說不定還會載浮載沉。

對付不新鮮的蛋，上上策就是不買，因為它一無是處，買了划不來。要是不小心買到了，別再多費心思，以後不再光顧這家店就是了。

國家在打仗也好，天下太平也罷，母雞只要吃得飽，便會照常履行天職。可惜這整個產業的產品太細緻又極易腐壞，而眼下國內大多數卡車又忙著四處載運士兵，因此不論雞蛋供應得充不充足，蛋價都貴得讓人難受。（……雞飼料的價錢和供應狀況亦然。）

上一次大戰期間，家庭主婦總是趁蛋價最低時，買上好幾打，擱在瓦罐中，再把一種叫做水玻璃的噁心玩意兒倒在上頭。

我還記得下樓到地下室裏，在石罐中摸索著想撈兩個蛋，好給廚子烤蛋糕用的情形：我舀出包裹著厚厚一層水玻璃的可怕玩意兒，那像果凍一樣的化學物質發出刺耳的噪音，我孤零零地站在陰冷黝黑的房間裏，覺得緊張又害怕。我當場決定，至今心意不改，那就是，我寧可只能偶爾吃上一顆新鮮的雞蛋，也不要在一整個地下室裏擺滿這些不可靠的老蛋。儘管老蛋「幾乎和新鮮的一樣好」，卻連煎蛋捲也不配，而只能拿來烤蛋糕或餅乾。

當然，要確知自個兒打算吃下肚的，果真是枚新鮮的雞蛋，最好的辦法就是，養一隻下蛋的母雞。此一方案缺點不少，而我生而為人，從來就不覺得自己和一隻雞（注②）之間，存有什麼感應（比起牠們蠢笨、潦草粗糙又無所不食的軀體，雞的頭多少嫌太小了一點），遂一直安於讓別人去照料雞舍，就算買蛋比擁有一隻雞還昂貴也一樣。

不管雞蛋貴不貴，偶爾買上一些，都是划算的投資。除非醫生囑咐你不能吃蛋，或者你無論如何就是不愛吃，否則別老是吃肉，三不五時改吃雞蛋吧。老派的想法是，雞蛋太清淡又太平凡無奇，是「無效的食物」，

注②：我想我在這裏應該改用複數形才對：是活生生的雞，而非俯臥在盤子上的雞。就算如此，我也會欣然放棄，即使雞肉用非凡的手法烹調過……或者加了蘑菇，照樣。

然而事實卻證明了，此乃無稽之談，因為兩枚雞蛋和一塊多汁的牛排，營養價值同樣豐富……而且，除非烹調手法極為高明，否則蛋可比牛排難消化十倍。

對付一顆雞蛋最明智的辦法說不定是，根本別去煮它。愛泡酒吧的老手會向你證明，一顆草原生蠔（……參見第一三五頁之注⑤）便能迅速令人恢復元氣。你是宿醉也好，或僅僅是疲倦也罷，只要吞下一顆加了少許牛奶或雪莉酒打散的生雞蛋，立時三刻便會覺得自己比較像個人了。（我的兩個孩子很喜歡吃一種能補充體力的點心，就是在黑麵包上先抹一層蛋黃，再灑上不少紅糖。）

有位生化學家曾對我說，蛋每多煮一分鐘，在肚子裏就得多花三小時去消化它。果真如此，光是想到一顆普通的三分鐘水煮蛋，竟會讓胃在那兒抽呀磨呀，勞動九小時，便讓我憂心忡忡，而野餐時大啖鑲蛋的往事，似乎也變得教人頭皮發麻。

要是就算用了最高明的手法來掩飾生蛋的滋味，你照樣拒絕生吞雞蛋，那麼最簡單的雞蛋烹調法便是用水沸煮。說實話，應該是不去沸煮它，因為「用水沸煮雞蛋」可是大錯特錯的講法。

有好幾種辦法，可以不必沸煮雞蛋，而把蛋煮得熟透，卻依舊柔嫩，且幾乎和生蛋一樣好消化。

有個相當不錯的法子就是，先用冷水沖洗雞蛋，以防煮破蛋殼，再把蛋輕輕地拋進微滾的水中用小火烹煮，想煮多久，便煮多久。以此法煮蛋，所需時間相當於用熱得冒泡的沸水來煮，蛋一樣很快就熟了，而且剝掉殼以後，得到的會是一顆烹法較得當的雞蛋。

另一個法子，亦即我認為最好的辦法是，把蛋放進小鍋中，用冷水蓋過蛋面，以大火煮，等水一開始冒泡，蛋就煮好了。如此煮出來的蛋，比用熱水煮的蛋來得嫩，因為整枚雞蛋都承受到溫和的熱力，而用熱水煮蛋卻會讓最靠近蛋殼的部位，一下子便熟了。

我至今仍未見過自冷水開始煮蛋，而把蛋煮破的情形，不過有些人煮蛋以前，會想也不想便在蛋殼上刺一個小孔，以防蛋液外流或蛋殼破損。

（如果你在參考生化學家的說法，思考過全熟的水煮蛋得花上多少小時，甚或多少天才能消化以後，還是想吃，請由冷水開始煮蛋，等水開始冒泡便熄火，把蛋留在鍋中，待水變冷時才取用。蛋會很嫩，而且比較不會引發噩夢。）（容我說句小小的雙關語，這法子有「破綻」，自我懷抱樂觀的精神，寫下上面這段文字以來，便發現如此煮出來的蛋，往往不好剝，剝殼時會把一半的蛋白也順便剝掉，哼！）

要是你一心以為，只有毛頭小娃才吃連殼煮的蛋，或者打死也不承認經巧手煮熟的雞蛋，用小匙舀出蛋殼後，置於杯中，以鹽和現磨的黑胡椒適度調味，再加上一大團牛油，配熱吐司一起吃，可能會給人至福之感，那麼水煮蛋就絕對不是適合你的一道菜。不妨燒熱一只長柄淺鍋或耐熱碟，丟進一小塊牛油，盪一盪（牛油最好留在鍋底，好吸收來自蛋的熱度而融化……），或者加些培根油脂或尚可的食用油。（我想必是受了戰爭影響，一時糊塗了。前一陣子，我才請一位廚子走路，此人竟用我最好的橄欖油煎蛋。那些蛋、那油、整間屋子，最後是那位廚子，全都變得滑溜溜的，教人受不了。）等油看來已經很熱了，將一兩枚新鮮雞蛋打進鍋中，接著……這可是個秘訣……立刻熄火，緊緊蓋上鍋蓋，燜上三分鐘左右。如此蛋會柔嫩而不生，配吐司和咖啡，或來份沙拉和白葡萄酒，當做正餐，實在美味。

當然，這是個權宜的辦法。嚴格說來，那不能叫做煎蛋，可是它和我吃過的上好煎蛋，並無多少不同。

我也煎得出出奇難吃的煎蛋，儘管別人跟我講過各式煎蛋的方法，我還是照舊煎出難吃的煎蛋：硬梆梆的，邊緣活像某種上了漿的蕾絲花邊，滋味半像硫磺，半像燒焦的報紙。依我看，想知道可靠的煎蛋法的上上策就是，幾乎是問誰都好，就是別問我。不然，查閱烹飪書，或做做實驗。

愛吃蛋捲（omelet）的人有多少，有關煎蛋捲的理論便有多少，不過大致上可分為兩大派別：法國派，極少把蛋混在一起打散，而像做蛋奶酥，或稱酥浮類那樣，蛋白和蛋黃先分開來打，再混合起來。

接著，當然還有義大利香煎蛋餅（frittata）派別，就是混合蛋和各種冷的熟蔬菜，然後煎成像是一張厚餅一樣；這是相當好的一個派別。

此外，尚有東方派，最佳的例子是賣雜碎的小吃店通常稱之為「芙蓉」的一道菜，是某種煎餅，裏頭有蛋，有豆芽等，不勝枚舉。

最後，要把蛋打進鍋中，烹調成料想中的模樣，還有一派可靠且十分簡單的做法。布伊亞—薩瓦蘭稱之為攪蛋（oeufs brouillis），我則叫它做炒蛋。

艾斯科菲耶所著《烹飪指南》（*Guide Culinaire*）的美國譯本，說不定是在不知不覺中，對完美的法國蛋捲下了最佳定義：「被包裹在一層凝結蛋皮中的炒蛋。」在我看來，這個句子本身好像並不大能勾起人的食慾，不過因為沒有別人能說得更妙，就把它當成開胃佳言吧。〔用它本來的語言來說，則簡單多了：une omelette baveuse（注③）。〕

依照以下的指示，便可做出即使配不上前述定義，起碼也不致辜負下定義之人的法式蛋捲。要是頭一回煎出一大塊又硬又醜的玩意兒，至少再試一次，一定成功。

§基本法式蛋捲

6顆雞蛋
3大匙牛油（不得已的話，可改用上好的食用油）
鹽和胡椒

先看清楚，煎鍋（直徑8或10吋）的底面一定得平滑，在鍋中燒熱牛油，熱至油發出堅果味，但仍未變焦黃時。（「這樣不但能讓蛋味道細膩，」艾斯科菲耶說：「且油須熱到發出香味時，熱度才足以使雞蛋凝結成形到完美的境界。」）晃晃鍋子，使鍋子底部都沾到油。

用叉子將蛋輕輕打散，加鹽和胡椒調味，倒入鍋中。一等邊緣凝結了，便將平鏟伸進蛋餅下方，讓尚未熟的蛋液，統統流到已熟的蛋底下。（眼下我已經認命，弄清了一件事，如果我用的是熟悉的鍋子，並且讓分量恰好的無鹽牛油合宜地分布到鍋內各處，同時假如當時的星宿、風向，還有一般的情緒狀態都相當良好和諧的話，那麼我就能碰也不碰平鏟，便煎出無懈可擊的蛋捲。類似的情境往往是歷史的偶然。）如此這般做個一兩次，千萬不要讓蛋在那兒慢慢變熟，當蛋的底部被煎得焦黃悅目，而上層仍像乳酪一般軟軟濕濕時，將它對折起來（要是你有大師身手，則把它捲起來），滑進盤中，迅速上桌。

隨你高興，蛋捲中可添加調味香草屑、乳酪、蘑菇或隨便什麼都行，

注③：字義直譯為令人垂涎的蛋捲，在法國烹飪中指沒炒全熟的蛋。

要嘛加進打散的蛋液中，要嘛在準備把煎蛋對折起來以前加進去。（可以把分量不少、用細膩的奶油濃汁烹調的禽肉或魚肉，或者稍稍用牛油煎炒過的新嫩豌豆或蘆筍尖，鋪在蛋上，再對折成蛋捲。）

第二派的蛋捲大致上專屬於某些上了癮的蛋捲食客所有，這派人士認為，蛋黃和蛋白應當分開來，用力攪打，然後再混合在一起。這項技術該牢記在心的要訣說不定就是，打得綿密的泡沫蛋液不能用旺火快炒，而得小火慢煎。（我搞不清楚自己怎麼會講出這樣的話，炒蛋當然是該旺火快炒，不過好吃的蛋捲（酥浮類）應該在高熱的烤爐裏，烘烤十五至廿分鐘才對，至少眼下我是這麼認定的。）這麼一來，它將「傲然挺立，而非如倦馬一般四肢疲軟」，馬札夫人如是有云，而她言之有理。

§基本酥浮類蛋捲

6顆雞蛋

3大匙牛油（若無牛油，則改用過得去的食用油）

5大匙熱開水
鹽和胡椒

把蛋白、蛋黃分開，將蛋白打至鬆發黏稠，蛋黃打至如鮮奶油般柔滑。將熱水和調味料加進蛋黃中，混勻，拌入蛋白。熱一只底面平滑的長柄淺鍋，加進牛油，晃晃鍋子，使牛油遍布鍋內，熱至牛油冒泡，把混合好的蛋液倒進鍋中不去動它，以文火煎至底部焦黃。將整鍋蛋捲置於炙烤火力底下，稍微烤一下表面。就好像要測試蛋糕烤好了沒有那樣，拿牙籤戳戳蛋捲，抽出來的牙籤若是乾爽的，即表示蛋捲已經熟了。

這種蛋捲可對半切，上下兩層之間或頂端上可加各種醬汁或餡料：西班牙醬汁、雞肝、吃剩的奶油濃汁小牛胰臟、雪莉酒燴蘑菇……等等。

或者在蛋捲上頭澆上一點蘭姆酒，灑上糖粉，即成精緻甜點。亦可在表面塗抹蔬果香辣醬或任何美味的果醬，再用旺火稍稍炙烤一下，當做奇特的尾盤小菜。（住在迪戎的讓妮．波納穆以前一烤起乳酪酥浮類，就像優秀酒保調起不甜的吉布森雞尾酒，因為早已習慣成自然，加上絕對的自信，看來一副胸有成竹的樣子。她很仔細，只用濕潤新鮮的瑞士乳酪、非常新鮮的雞蛋（6枚）、牛油（6大匙）和牛奶（1杯）。她先在1只小砂鍋中混合了牛奶和少許麵粉……不過，在任何聲名卓著的一般法國烹飪食譜集中，都找得到她的食譜。〕

義大利香煎蛋餅是一種滿布蔬菜的派或煎餅，一如各式蛋捲，午、晚餐來上一份，口味不拘，都很不錯。煎蛋餅用的是橄欖油，不是牛油（可能的話）。不管你要加哪種調味香草和蔬菜，都得等到材料變冷了，才能加進蛋汁中。

§節瓜蛋餅（比方說）

3大匙橄欖油（或可靠代用品）
1顆洋蔥或3根青蔥
1瓣蒜頭
5條小的節瓜
1個大的新鮮番茄或1杯完整顆粒罐頭番茄

鹽和胡椒
1小匙調味香草……歐芹、甜牛至或百里香
9顆蛋

在長柄淺鍋中熱油，以小火煎炒洋蔥末和蒜末10分鐘。再加進切成薄片的節瓜，加進去皮切塊的番茄，用鹽、胡椒和香草調味。蓋上鍋蓋，燜煎至蔬菜變軟，將鍋子移開爐火，等菜冷卻。

蛋稍微打散，調味，加進冷蔬菜混合後，倒回煎鍋中，緊緊蓋上鍋蓋，用小火燜煎至可自鍋邊提起蛋餅邊緣的程度，假如蛋餅中央鼓起，用長尖刀戳一戳（……要是能用大湯匙自鍋邊提起餅緣，好讓中間的蛋汁向外分散，更好）。

一旦蛋汁都凝結了，把整鍋蛋放在已預熱的烤箱中，置於炙烤火力下，以低溫烘烤一下後，像切蛋糕似的把蛋餅切成幾等分，立刻上桌。

義式蛋餅是道佳餚，可用的配料包羅萬象，幾乎什麼都成，比方四季豆、豌豆、菠菜、朝鮮薊；還可灑些乳酪在上頭。（眼下我年長幾歲，應該不大費力就可以變得聰明一些，加上當前的日子寬裕多了，我每回只要煎蛋餅，幾乎都會在打蛋時，在蛋汁裏加上一整杯上好的帕米森乾酪，往往也會加點濃的鮮奶油。由儉入奢易，這話真有道理啊！）不同種類的香草，好比九層塔、夏季風輪菜等等，都足以徹底改變蛋餅的風味。配上一杯葡萄酒，來點貨真價實的好麵包，便是一餐。吃完這麼一頓，你會覺得，不論命運有多險阻，你都會毫髮無傷，因為你已實實在在地享用一餐了。

芙蓉蛋和義式蛋餅其實是一體兩面。兩者之間最大的差別在於，依照東方的做法，菜得切成丁且不可炒軟，而須保持清脆，如此方能讓整道菜的口感令人驚艷，就像所有美味的中國菜，爽脆軟爛皆有之。這道菜當然可加味精，（不知有多少編輯看到我對吾輩誇稱為味精的這玩意兒的意見，都嚇壞了。我在此要重申一次，而且是僅此一次，偶爾用用味精，無傷大雅，不過可別無菜不加，且不可加進糖果、咖啡和新鮮的嫩豌豆。）還有烤豬肉丁（即火肉）、去皮切丁的荸薺（即馬蹄）、筍丁（竹筍），以及中國店裏販售的其他多種美味材料。就算以上材料一樣都沒加，也行，味道還是和任何一道道地的中式蛋捲一樣好吃又奇特。

§基本芙蓉蛋

4顆雞蛋
3大匙好油
½杯洋蔥
½杯西芹
½杯青椒
½杯蘑菇

用油將洋蔥炒至略黃，把切小塊或切末的蔬菜，拌進蛋汁中，讓蛋在鍋中凝結且變金黃，偶爾攪一攪蛋餅中央部位。切成數塊，立刻上桌。

中國字有多少，這道菜的做法便有多少種變化。加蝦仁，加白飯，加雞丁，加炸過的杏仁（……或剁碎的豬肉火腿牛肉小牛肉魚肉）。試試看混合所有的材料，然後用熱油煎成一小塊一小塊的蛋餅。一切就看你老家在哪兒，是廣州、長沙，還是西好萊塢。

除了在我心目中世上最美味的蛋，以及菜名洋溢異國情調、幾乎同樣可口的其他雞蛋佳餚，好比義大利香煎蛋餅、什錦香草酥浮類、芙蓉蛋，尚有一千道菜餚是用母雞在不知不覺中便以純熟的手法生產的產品烹製而成，做法各有巧妙不同。世上的好廚子，幾乎每位都至少各有一道拿手好菜，烹調時儼如在進行儀式，往往還有點扮戲的意思，好不神氣！下面列出三道食譜，保證好吃（不過其中一道毫不經濟，要是狼似乎賴定不走了，不妨在正式場合供應這道菜）。

§地獄蛋

（義文菜名Uova in Purgatorio，法文菜名 Oefus d'en Bas，等等）

4大匙橄欖油（可用他種油取代，罪過呀）

1瓣蒜頭

1顆洋蔥

1杯番茄醬汁（能用義大利的最好，即使用美式番茄醬也行，但是如此需減少香草的用量）

1小匙什錦香草屑（九層塔、百里香）

1小匙歐芹屑

鹽和胡椒

8顆雞蛋

烤過的薄片法國麵包

取1只鍋蓋密合的煮鍋，在鍋中熱油。將蒜瓣縱切為2，每半邊各插上1支牙籤，小火煎之……加進洋蔥末，煎炒至金黃。接著加進番茄醬汁、調味料和香草，邊煮邊攪15分鐘左右，然後取出蒜頭。

把蛋打進醬汁中，舀取醬汁澆在蛋上，蓋緊鍋蓋，文火煮至蛋熟，需時約15分鐘。（如果用的是厚底鍋，可以熄火，讓金屬鍋中的材料燜個15分鐘。）

等菜煮好了，舀起蛋，小心地放在乾的烤麵包片上，澆上醬汁。（弄得到的話，灑點帕馬乾酪屑，會相當可口。）

這道食譜的做法變化太多，我自個兒腦袋裏就有好幾個，因此無法一一寫下。記得我們以前暫居洛桑和蒙特勒（注④）兩地之間遍野是葡萄園

注④：Lausance & Montreux，兩者皆為瑞士城市。

的坡地時，曾在一間現代化到怪異程度的廚房，用其中一個做法來做這道菜，燒菜的時刻總是不早於凌晨兩點，不晚於四點。我們把鮮奶油和英式辣香醋倒進一口小砂鍋，煮至冒泡時，打進雞蛋，熄火。我們臉上長出了黑眼圈，腦子裏還響著維也納舞曲的樂聲，一邊啜飲著香檳，一邊等著蛋熟。然後，我們拿著湯匙，把蛋吃掉，上床睡覺。

有位年輕的墨西哥畫家，發明了一道叫做障礙蛋（Eggs Obstaculos）的菜，不管講的是哪種語言，此一菜名都絲毫沒有雙關語的意思。懷想起久遠以前的美味時，這道菜是相當不錯的代替品。

§障礙蛋

2大匙牛油或食用油
¾杯辣番茄醬汁（墨西哥辣醬）
¾杯番茄醬汁外加8滴塔巴斯可辣汁（tabasco sauce）

8顆蛋
1杯啤酒
熱吐司

在淺鍋中熱油和醬汁，晃晃鍋子，使醬汁流至鍋邊各處。醬汁煮至冒泡時，打進雞蛋，以小火煮至蛋熟，啤酒入鍋，連同熱吐司，立刻上桌。

就像大多數好食譜，這道菜有許多種做法，不過它有一點倒是和多數好菜不同，那就是，只要你張羅得到材料的話，它所費並不多。

它的路數雖然多少有點迂迴曲折，可在我看來，烹調雞蛋的最佳方法，就是這個了。（有個做法除外：在炎炎夏日，將蛋煮至全熟，把蛋殼在自個兒的腦袋瓜上敲破，然後灑上鹽和胡椒，配上一杯冰啤酒。）

人類自從造出鍋子，便開始烹製並屠殺炒蛋，這件事無庸置疑。眼下難得有人瞭解炒蛋這道菜的基礎，我之所以可以自得地講上面這句話，是因為我問過各色人等，為數至少一百個，包括一個三歲大的愛爾蘭小童和一位桂冠詩人。（我也試著教四位廚子炒蛋，其中三位是職業廚師，另一位則僅是愛好下廚。我得比較不那麼自得地補充一句話，一個也沒教會。）（這會兒，我更無法自得了，一如所有誠實的廚子，我碰過雞蛋發生種種稀奇古怪毛病的事，還得應付出乎意料竟不大新鮮的老蛋。不過我依舊認為，要是你喜歡偶爾吃點非常細緻又香濃的菜餚，這個食譜好極了。）

§炒蛋

（這道菜不怎麼經濟，但是它既營養又美味，偶爾放縱一下也無妨。）

8顆新鮮雞蛋

½品脫濃鮮奶油……或更多一點

（……沒錯，就是上好的新鮮雞蛋和濃濃的鮮奶油……不過，只要烹飪的時間夠長，我也曾經用小店裏買來的舊蛋和加水稀釋的煉奶，做出委實好吃的炒蛋。有人跟我說過，炒蛋的精髓就在時間。）

鹽和現磨胡椒

乳酪屑、調味香草等等，若喜歡的話

把雞蛋輕輕地打進冷的平底鐵鍋中，注入鮮奶油，不急不緩地攪拌，等蛋和奶油混合均勻即住手，絕不可用力攪打。用文火加熱，鍋底中央若有凝結成大塊的情形，稍微攪個幾下，次數宜少不宜多，切忌讓蛋熱到冒泡，加調味料，最後再拌一兩下。

這大概要花上半小時，急不得。

蛋炒至欲凝不凝時，舀在熱吐司上。要是想加香草、乳酪、蘑菇（或雞肝等），則得在蛋炒至半熟時入鍋。

要是有人以為只有早餐才能吃蛋，說這話的人可就太可憐啦。蛋有各式各樣的做法，數也數不清。這種人大概就像一顆剛落地的雞蛋一樣，天真無知，渾然不知有種種的偽裝，遑論各式精巧的發明、裝置，都能引誘他和那枚雞蛋。那麼，就隨他沉思考慮，倘若他不論明智也好，愚蠢也罷，在各形各色的蛋餚中，選擇將一顆蛋敲開，盛在杯中，拌上一點檸檬汁、胡椒和手邊正好有的別種調味料，並稱之為生蠔（注⑤），我們就只能指望，他前一晚酒喝得歡暢，覺睡得就算不香甜，也夠滿足了。

注⑤：混合一顆新鮮生雞蛋，不打散，淋少許英式辣香醋，來點威士忌或白蘭地，隨個人口味，可加可不加一滴塔巴斯可辣汁——或艾凡吉琳辣醬。

（Evangeline）——或墨西哥式辣醬（火辣程度依次遞增）；對不少疲憊的醉漢來講，它代表第二天早上的最後一條生路，但我可沒有同感。我每回得做某件令我不快的事情以前，比方說，去看牙醫前……總會為自己調製一份。我自十九歲以來，便稍微有點瘋狂地愛上我的牙醫，可是我去他的診所以前，依舊需要吞下一份草原生蠔。

如何活下去

胃口，普世的惡狼。

——莎士比亞

用不著瓦斯時就該關掉，像這樣有用的提示，有時真夠蠢的，因為瓦斯已經永久地停了，或者至少在你付清帳單前，都不會恢復供應。你也不想知道讓麵包保持新鮮的訣竅，就是把一個蘋果切開，放在麵包盒中，因為你不但沒有麵包，當然更沒有蘋果，管它有沒有切開。盤算著要保留蔬菜罐頭的汁，亦屬多餘，因為罐頭並不存在，因此蔬菜汁也就不存在了。

換言之，門縫裂得更開了，而狼堅定地伸出一隻爪子，探進門縫中。這固然令人不安，不過且讓我們理所當然地認定，此一情況絕非長久，我們應付得過來。

要是你身無分文，首先得去借點錢。五毛錢就夠了，應該足夠應付三到七天，時間長短全看你的口味有多奢侈。（眼下，這段話聽來真是殘忍又荒謬！）（何瑞斯．傅萊契醫生（Doctor Horace Fletcher）主張把食物咀嚼到都化掉了，這樣有助預防衰老、蛀牙、胃痛和其他數種同樣教人討厭的毛病，他多年來每天只花一毛一分。我還認得一個人，大學時代有兩年期間，花的錢比那更少，不過他偶爾會作弊一下就是了。）

一等你張羅到五毛錢，找位好心人借你一個爐子和食物研磨器（如今叫做「食物磨碎機」，任何一種過得去的機種，都很有用，可以磨碎煮熟的蔬菜等等……除非你跟我一樣，很討厭那種安全無虞、像咀嚼過的質感……），還有一口大鍋……爐子得借三小時左右，而最後一樣東西呢，只要菜沒吃完，就沒法歸還。如果你得付爐火錢的話，電力和瓦斯大概要花上一毛錢，那麼你就只剩四毛錢。

不加肉的話，你可以煮出一週分量的糧食，若有肉，則大約夠吃四天。假定你選擇走富貴路線，那就向可靠的肉店買上一毛五左右的絞牛肉（確定那是牛肉，而非名為漢堡、聽來不怎麼悅耳的玩意兒）。這麼一點點的肉雖然不怎麼滋補，卻能讓食物美味，而且肉的脂肪能刺激你的身體，幫助保暖。（在這裏我不妨出自至誠，品頭論足一下，上面那段話固然傻氣十足，又不大中聽，但只要人腦筋尚清楚，又有某種程度的孤注一擲心態，那個建議基本上是可行的。而清楚的腦筋和孤注一擲的心態，正合乎當時戰爭部的指示……用來對抗狼或其他人類。）

買一毛錢左右的穀物，幾乎所有大雜貨店都售有散裝貨。其色帶褐，質地像粗粉，帶有宜人的堅果和澱粉香。

餘款拿來買蔬菜，可以的話，上大市場去買。這類市場多半會有一個專櫃，出售可能是前一天賣剩、稍有點枯黃的蔬菜。不然，到一般店家買賣相不佳的貨色。如果你和老闆有交情，他又喜歡你，他會把你當成自己的孩子，熱心地為你的福祉著想，幫你省錢，雙方皆大歡喜。

買上一綑胡蘿蔔、兩顆洋蔥、一些芹菜，還有一小顆包心菜或從幾顆包心菜上頭剝下的最外層菜葉，這些粗菜葉本來就得剝除不用，就算菜葉略有損傷，也無所謂：反正你把它們洗淨以後，會統統絞碎，變成一大團香歸香卻無法辨識的玩意兒。

還要什麼別的蔬菜，全看你還剩下多少錢、當時是什麼季節，或你的意願而定。瓜類不錯，比方節瓜；番茄當然挺好，豆類也成。隨你高興，芹菜只嫌少不愁多。我要極力推薦加一瓣蒜頭……如果你愛蒜味的話。蕪菁味道太強，甜菜根則會把整鍋菜弄得恐怖兮兮、糟糕透頂，變成一團顏色要粉不粉、要紅不紅、極端可怕的菜糊（……最後顏色還變得灰灰的）。用不著加馬鈴薯，穀物含的澱粉足供你所需，分量也紮實。

配集好你有的蔬菜，統統磨碎，倒進鍋中。把絞肉捏散開來，放進鍋裏。在鍋中注入似嫌太多的水，蓋住材料。煮沸以後，讓它保持微滾燉上一小時左右，然後邊加邊攪進碎穀物，攪拌均勻，以文火再燉煮兩小時，可能的話，煮更久一點。冷卻後，儲存在涼快的地方（要是你家裏沒冰箱或借不到冰箱，夏季時可藏在地下室）。

只要你的需求純粹是動物性的，而且阮囊羞澀，那麼這道菜盡可冷食，不會很難吃。不過要是你一天可以加熱個兩三次再享用，大概會覺得好吃多了。（切下一小片，像煎豬肉玉米粉餅那樣煎一煎，美味極了。可是這樣級數當然就變奢華了，你可得有油脂，還有火力。）

這一團東西的質地應該像僵直的冷玉米粉糊，顏色灰褐晦暗，委實不討人喜歡。就連最樂觀的人顯然也會覺得，這玩意兒只適合給飢不擇食的人吃。（有個辦法能使它秀色可餐一點，就是在肉末中加一點麵粉，搓成好看的核桃形，然後煎黃。另一個法子則是，在這名副其實的菜糊快煮好，然而尚可充分攪動時，添加一點老牌「香廚」調味醬（Kitchen Bouquet）。」這道菜真的管用，因此如何以最少的花費活得盡量像樣的急迫難題，從而有了一道簡化過後的解答。我有親身的體驗，曉得此法可行，菜糊裏有足夠的維生素和礦物質等等營養素，可令職業大力士、舞者或甚至大學教授，保持身心健康。

就像任何一種強制實施且簡單至極的飲食，此法有個大問題，就是單調且一成不變，因此應視之為不到最後關頭，絕不採行的辦法，就好像乙基汽油，在美感上絕對無法滿足買家或要用這油的汽車，但是它能讓車子跑得很穩，卻是幾乎可以打包票的事。

「不對味的食物，會像鉛塊一樣，沉甸甸地留在胃裏。」美國有位名叫亨利・芬克（Henry Finck）的美食家，在一九一三年如此斷言。他的想法雖無甚新意，卻很有道理，而且讓人更清楚地瞭解到，除非萬不得已，否則這套與狼共同沉淪的辦法，實在是很容易便會像鉛塊一般沉重。

所以，如果不吃它便得挨餓，儘管疲倦、蛀牙、皺紋和頭髮枯黃等無法避免的後遺症會接踵而來，可是只要情況依然緊急，你還是會一天三餐都吃這個，說不定甚且會從中衍生出某種美學上的滿足。令你滿意的，不是食物本身，而是你自個兒的好見識。

當然還有其他種刻苦度日的辦法，這些辦法至少有一度是相當成功的。有位主婦有五個嗷嗷待哺的子女，她在目前仍被稱為經濟大蕭條的時期裏，有五個月的時間，每月只花五塊錢餵飽孩子、孩子的爹和她自己。她甚至據此寫了本書，書中附有合家歡照片，一家人體型稍胖，一副尋常人家的模樣。（不幸的是，眼前我們比一九四二年時更熟悉一副景象，那就是有些人明明在挨餓，卻長得胖嘟嘟的。）

我偶爾會想到她以及她的那套辦法，並且稍微有點像被虐待狂似的，只想知道，倘若不是五個月，而是五年都只吃澱粉類蔬菜、便宜的義大利麵和麵包，她那五隻小雞的牙齒和五臟六腑，會變成什麼德性。據大多數營養學家表示，那可不會是一副美好的景象。（我認得一個男孩，在孛艮地淪陷區物資最缺乏之時正值發育期，他如今長得太高，而且非常無精打采。還有一位眼下正在發育的少女，當時是個快樂的小寶寶，她脾氣壞透了，而且以她的年紀看來，實在是太貪吃了。）

我認得的那位兩年期間一天只花約七分錢的仁兄（那是三〇年代初期在加州大學的事），的確直到現在，仍一副健美、高瘦挺拔的樣子……至少在生理上如此。〔他在精神上則是亨利．米勒（注）的信徒，看在有些人眼中，挺病態的。〕容我斷章取義，引述愛因斯坦有關飢餓和政治的見解，那就是，空空如也的胃或許並非優秀的文學顧問。（我想，應該在這裏而非前面，加上括號和括號裏那段多餘的文化議論。有些批評家依然認為，此說言之有理。）

他的那套辦法很簡單，不過我前頭說過，他不時會作弊。

他會到飼料穀物店買全麥粉，配上一週一次減價奶品店買來的一加侖牛奶，當成一日三餐。他幾乎天天都會從住處附近一個華人小販的推車上，偷一樣水果。（他畢業以後，寄了一張十元鈔票給這位小販，後者找還他四元，還附了張措辭客氣的字條，邀請他到舊金山的唐人街參加除夕

注：Henry Miller，一九八一—一八九一年。與海明威並列二十世紀美國文壇最重要的作家，作品內容多與性愛有關，在當時亟具爭議性。

晚會。他也去了。）

每隔三個星期左右，他會到兄弟會會所的宴會或諸如此類的社團狂歡派對上，打工當服務生。他必定會攜帶一只籃子和一綑繩子，趁著夜色，把籃子吊到後巷去，裏頭裝著甜麵包、牛油、橄欖、派餅，甚至還有雞啊肉的，林林總總，教人眼花撩亂。頭一兩次，他還來不及取回籃子，巷子裏的貓就已捷足先登，讓他好生難過。他學了乖，研究出把籃子包裹嚴密的法子，除了他本人以外，什麼強盜小偷都搶不走，接著一等散工，便忙不迭地趕回住處。

事隔多年，他才坦白承認，從來就不覺得那些東西好吃，每一次得回頭再吃煮麥粉加牛奶時，他都會鬆了一口氣。可是在那兩年期間，他狼吞虎嚥地吃下那些偷來的剩菜殘羹，就像那是他與美食之間僅有的聯繫。

他的運氣好，所選的讓自己活下去的辦法，就算不能充分配合他的飲食本能，至少也沒和他的腸胃作對。餵一家人吃熟澱粉足足五個月之久的那位太太，運氣說不定一樣好，她起碼讓全家人得以存活，對忠實的母親而言，這一點理應已幸福至極。我自己呢，若有需要，會選擇我自個兒特有的菜肉穀物大雜燴，因為我和那個學生、那位母親以及其他所有人類一樣，都以為自己的那一套辦法最棒……除非我又想到另一套更好的辦法。（我還沒想出來，眼下我比以前更加堅信，新鮮牛奶、現磨的全粒穀物和長在有機培養土裏的蔬菜，的確不錯。如果我一定要吃肉，我會希望拿來餵養禽畜的草葉，也長自同樣的土壤。至於魚嘛……按照我的飲食觀，除非我們用分裂的原子打擾魚族，否則牠們高興生活在哪裏，就活在哪裏吧。）

我要引用伊索的至理名言，對大家說一句：「你已經把頭伸進狼口，又毫髮未傷地縮回頭。對你而言，那已是綽綽有餘的獎賞了。」

如何像新鮮麵包一樣奮發向上

「主耶穌基督，求您發發慈悲，救救我！上帝啊，讓我睡得像石頭那麼沉，起床時像新鮮麵包那麼奮發。」布拉東作完禱告，翻個身，便睡著了。

——《戰爭與和平》，托爾斯泰

長久以來，你非得像是曠野中吶喊的聲音（感謝上帝，現在那裏熱鬧多了），才有膽量批評那些魚目混珠、揚言為麵包的玩意兒。這會兒，因為戰爭，因為我們說不定腦筋越來越清楚，而開始重視起維生素，還有維生素與一口壞牙、神經緊張等毛病之間的關聯，話雖如此，我們對國內那些愚蠢的麵包，卻依然寬容以待。（儘管前頭的注解語氣樂觀，這情況照舊。）

在政府的允許下，報紙告訴我們，一磅賣五分錢的小麥，都被「精碾」到滋味盡失、營養價值幾近全無的地步，汰除的小麥胚芽另行出售，索價至少一塊半。到了最後，胚芽又被放回麵包裏，以製造出「超級維生素」

或「活力」麵包，如此價錢才能比一般行情高一點。

自從二次大戰爆發以來，英國糧食部便設法鼓勵子民，別再購買每一家自重的麵包坊都在賣的那種去勢過的慘白玩意兒，而改買全粒穀物麵包。然而，階級勢利作風顯然再次壓倒明理的見識，儘管糧食部煞費苦心，提出種種證據，以證明白麵包會導致齲齒、視力惡化、背脊無力和身體疲勞，不列顛人卻依然故我，照吃多年以來就算不是在飲食上，但起碼在社交上意味著精緻和「高尚品味」的白麵包。（在瑞士，至少在我住在那裏的時候，每一家麵包坊每天都得依據總產量，出產一批「聯邦配方麵包」。我的房東方斯華每回託我去買摻了堅果、又黑又濕的配方麵包，而不是味道較溫和、色澤較白的白麵包時，都一副好難為情的樣子。）

我們這兒的人大概沒那麼頑固，因為美國是由許多不同的民族所組成，祖先當初在祖國時，多半都屬於低階層。此外，國內凡是稍具規模的村鎮，幾乎都會有一位匈牙利、波蘭或法國裔的麵包師傅，懂得怎麼烘焙香噴噴又健康的圓麵包，而且至今依然在烘焙。

每個大城市，都有好幾家餐廳，多半是猶太館子，會在每張桌子上，擺上一淺籃子的各式麵包，那些麵包顏色又黑、外皮又脆，味道十足，好吃極了，不管客人是猶太人，還是漂泊的非猶太人，侍者都得又跑又跳，才來得及添麵包。

儘管如此，儘管我們對像樣的麵包那股與生俱來的渴求，似乎越來越高，我們不管身在何方，卻還是照樣買那些可怕的玩意兒，那些無味的麵包早已分切並包裝妥當，臥在全國各地的麵包櫃台上。接著下來，我們會花上更多的錢，去買那些維他命藥丸，而先前我們已花了不少代價，只為了剔除小麥原本含有的維生素。（這會兒麵包師傅在鬧罷工，我光顧的那家店只賣由一家法義小工廠生產的一千零一種麵包。這些香噴噴的麵包一無包裝，二沒切片，就這麼堆著，所有的家庭主婦都呆呆地瞪著它們，幾乎要哭了，問道：「可是，三明治麵包到哪裏去了？」）

說句公道話，這真是太可恥了。

說不定是由於那套似乎太自相矛盾的宣傳辭令，這一陣子以來，只要你能克服對那些裝在透明包裝裏、切得整齊的厚片麵包的疑慮，想要買到稍具滋味的麵包，已更加容易了。有些雜貨店一週會進一次酸麵糰麵包：

雖是那種香味撲鼻的老式麵包的效顰之作，但起碼方向是正確的。

要對我們遲緩的步履，感到心平氣和，實在很不容易。偶爾，當你路過城內「外國」區裏一家小工廠，聞到烘焙真正的麵包那一陣陣實實在在又教人興奮的香味，你會想起童年的某個片段，事實擺在眼前，這整個國家竟如此縮手縮腳，硬是不敢痛快地接受它本身的單純樸實，對此，你像個孩子一般，徬徨無助。我們多年來一味講求虛飾精美，如今要我們承認客廳裏華美的簾子、蒼白的麵包，根本就不適合我們，也很難了。

這場戰爭說不定會使得我們較易重返昔日，回到我們尚未來到這片土地、尚未發大財以前的舊時路。說不定，我們甚至會記起來，如何再度烘製好吃的麵包。

這樣花不了多少錢（比普通連鎖店的貨色貴一點，不過，偶爾做做麵包，卻不失為穩健的投資），而且很怡人：就像某種古老儀式中的舞蹈，幾乎有催眠效果。它讓你心裏一片祥和，家裏處處飄揚著甜甜的香味。不過，烘焙麵包很花時間，只要撥得出時間，其他的就簡單多了。就算實在沒空，也得硬生生抽出空檔，因為世上不論哪種脊椎按摩療法、哪種瑜伽練習或在樂音悠揚的教堂裏靜思，說不定都無法像烘焙製麵包這項家常儀式那樣，將你的惡念愁緒一掃而空。

你得準備四個麵包烤盒，要是你沒有一位女親戚在樓梯間的櫥櫃裏頭，塞了好幾個，通常亦可向收破銅爛鐵的買。（我原來有四個曾是我外婆所有的烤盒：一位好友靜悄悄地解放了其中兩個，一位敵人則解放了另外兩個。我仍有外婆的鐵鑄「鬆餅烤模」，且打算保有它們。我很久沒烤空心鬆餅（popover）了，可是等哪一天我想烤，就非得用到這些「烤模」不可，別的都不行。）你甚至可以買玻璃烤盒，它們雖然沒那麼浪漫，卻很實用。你也需要備妥一個大碗。

有了這些道具，還有足夠容納四個烤盒的烤箱，便可安心地開始行動。起碼在頭一回，經驗會很慘痛，卻很有趣味，而且說不定會帶給你一段平靜安詳的美好時光。

§白麵包

4杯（1夸特）牛奶
¼杯糖
4小匙鹽
2大匙酥油
1塊餅狀酵母，或1包顆粒狀乾酵母
¼杯溫水
12杯篩過的中筋麵粉（大致的分量）

一等你收集好所有材料，舞蹈便上場了。舞大概得排練好幾次，不過我曉得，頭一回演出，身手便平穩俐落得教人意外，甚至令人迷亂，這種事也不是沒發生過。

首先來熱牛奶，然後加進糖、鹽和烤酥油，讓整鍋東西漸漸冷卻到微溫的程度，接著加進已用少許溫水浸軟的酵母。

開始邊加邊攪進麵粉，緩緩地、充分地攪拌。等到形成揉得動的麵糰時，把它移到薄灑了一層麵粉的案板或桌面上，開始揉麵，揉到麵糰變得光滑。

揉麵的意思是說，要用雙手的手掌和手指，溫和且有節奏地揉搓麵糰，每揉搓一下，便得將麵糰轉個方向，輕輕折疊起來，再揉，再搓。整個過程富有節奏感，具有鎮靜作用。等過了8到10分鐘，當麵糰看來光滑如絲綢時，便可停手。

接著將揉好的麵糰塑成光滑的麵球，放進薄薄地抹了油的碗裏。（我一般提到油脂時，最愛用的是新鮮的無鹽牛油或精純的花生油。不過，做麵包時，用培根油也好，鵝油也罷，只要是好油便可。）在麵糰表面很快地刷上一層融化的油脂，碗口罩上鍋蓋或厚布，置於溫暖的處所，讓麵糰發漲成本來的2倍，最簡單的辦法就是隔一夜。用手指輕按麵糰，如果表面留下凹痕，就表示發好了。

朝著這團柔軟潔白的麵球一拳捶下，捶得越深越好。接著把凹洞周遭的麵糰折進洞裏，將麵球光滑的那一面翻轉朝上，罩起碗口再發1次。

等麵糰再發到用手指按下會有凹痕的程度時，再捶它一拳。然後用利刀將麵糰切成4等分，稍微捏一下，把每一等分捏成光滑的球體。蓋好，靜置約15分鐘。

小麵球分別塑形，先壓扁，然後又折又拉又搓，再拉再折，直到它變成條形，大小正可放進抹了油的烤盒中，麵糰的最後一道接縫朝下，光滑面朝上。（一位因神經過敏而暫時退伍的中校，靠著替朋友烘焙麵包，來鎮定自己。他烘出的長條麵包是用石磨磨的麵粉做的，扁硬而可口，我們稱之為舊約麵包。他把其中3條麵包，放在大號的餅乾架上。它們真的很有聖經時代的風格，讓人更加明白「擘餅」（breaking bread）的意義。）

在表面刷上融化的油脂，將麵糰置於溫暖的處所，發到漲成2倍。接著放進中溫的烤箱（四百至四百二十五度），烤40至45分鐘。

當麵包烤至金黃，將其取出烤模，置於任何一種材質的架上，讓麵包冷卻。

即使是頭一回試做，你都可以站在那裏，端詳著它們，心頭湧現一股幾近玄秘的自豪與自得其樂的情緒。你聞著麵包香，記起一拳捶向麵糰時，拳頭被那結實的冷麵糰圍裹住的奇異感受，在那一刻，你會明白古人早已知曉的一個道理，那就是，麵包是神聖不可侵犯的。你會瞭解為什麼在古代，有些單純的人倘若一時失手，將桌上的家庭麵包掉在地上，便會向麵包道歉的道理。

等你試過第一道食譜，至少坐在安樂椅上讀過以後，另一道好吃的麵包食譜，說不定也會勾起你試做的興趣：

§熱麵包

1品脫牛奶	1塊酵母
1個煮熟的馬鈴薯	1小匙鹽
1½大匙豬油	麵粉
1大匙糖	

將馬鈴薯搗碎後，打至鬆發。牛奶煮沸後，加進馬鈴薯、豬油、糖和鹽。等薯糊變溫時，加進用了少許馬鈴薯煮水調開的酵母。篩進足量的麵粉，使成柔軟可揉的麵糰，然後充分加以揉搓，放進大碗中，置於溫暖的處所過夜。

次日將麵糰倒在灑了麵粉的案板上，揉搓2到3分鐘，塑成圓形，放進抹了油脂的豬油桶裏，讓麵糰發個2小時，然後放進中溫烤箱中，烤到外皮金黃。

這個古怪但有趣的做法，來自一本古老的維吉尼亞烹飪書，而我見識不足，竟不曉得豬油桶生做何等模樣。不過，這倒使我想起，有個法國人跟我講起他小時候家裏烘焙麵包的事，他說，他們總是用乾淨的陶土花盆來當麵包烤模！烤出來的麵包之新鮮之香甜，別種麵包統統比不上……「試試看，便知道。」他說：「你可以烤單人份的小條麵包。清洗乾淨的陶土盆會改變你的麵包，你會覺得它的美味只應天上有！」（這個訣竅害我差點失去一位摯友：她顯然替陶土盆抹了太少的牛油，或者那盆子根本就浸得不夠濕……麵包黏住了。她原諒了我，並不時送來溫熱的新鮮麵包，她按照得體的老規矩，用一條破舊但乾淨的亞麻餐巾裹住麵包。）

下面便是食譜：

§艾笛的快烤桶子麵包

1塊酵母
1杯溫水

3大匙酥油

1夸特全脂濃牛奶

1½大匙鹽

3大匙糖

10至12杯中筋麵粉

油脂、牛油

用溫水溶解酵母。酥油在牛奶中加熱融化，切勿使其沸騰。將這2種液體倒入大碗中混合。混合鹽、糖和麵粉，篩入另1只大碗或鍋子裏。把混合液徐徐倒進麵粉碗中，混合均勻至可揉搓的程度，然後揉至光滑。將麵糰放進抹了厚厚一層油脂的烤盒中，上面蓋1條乾淨的餐巾或毛巾，置於溫暖的處所，讓麵糰發至原來的2倍。

稍微揉一下以後，再發1次麵糰（一共3個半小時左右）。捏成幾個長條形（艾笛用利刀將麵糰切成數塊，然後像教訓壞孩子似的，又拍又打，替麵包塑形……不過，凡是好食譜都包含這一道必然的程序，只是有的比較沒這麼活力十足罷了），放進塗抹了許多油脂的烤盒中，以華氏三百五十度烤1小時左右。當麵包烤至表面金黃時，在頂端刷上牛油。把麵包移出烤盒時，再刷一次。

這種麵包用普通的烤盒烤就行，不過艾笛用的是兩磅裝（或一磅、三磅裝）的咖啡罐。置於罐底的一球麵糰，可烤出約四倍高度的條形麵包，帶點奶油香，很可口，用來做烤吐司、三明治，或者上面加個水波蛋，做成類似班乃迪克蛋（注）等等……小孩子愛煞了它圓滾滾的模樣。

在我看來，這個食譜可貴之處不僅僅在於它使用的烤盒既怪得有趣，又很實用，也在於它所花的時間，短到令大多數廚子無法想像，烤出來的麵包卻美味極了。

不論是花盆也好，現代玻璃烤模或老式南方豬油桶也罷，甚或是咖啡罐，統統都可以拿來發麵包、烤麵包。這是什麼緣故呢？為什麼不能做成圓麵包，說不定表面再劃個十字花紋？你以前在法國時，深夜看完戲回家，常透過一扇通到地下室的門看到這種麵包。那少年麵包師傅一臉的白，眉毛、皮膚毛孔上盡是麵粉，說不定肺裏頭也有，他拿著一把長鏟，神情緊張但身手穩健，長鏟稍微一動，麵包便滑進開放式烤爐的火焰中。那麵包身無贅物，像臀部結實、用不著束褲支撐的女人。麵包烤一個小時左右便可出爐，圓圓的，外皮呈均勻的褐色，配上實在的餡料，當成第二天的早餐正好。這麵包著實好吃，而且你自個兒也做得來。

大可忘掉每天早上從三百萬架自動烤麵包機裏冷峻跳出的無味且未烘透的麵包。（不管是那時還是眼前，是什麼緣故讓我說三百萬哪？我自己也有一架，這麼一來，便至少有三百萬零一架，這架烤麵包機無一處令我稱心，難得會有一片麵包好像同機器裏頭的那個機器人挺合得來，因此跳出來時竟金黃得恰到好處，並且脆得恰到好處。）願意的話，改切上一片你自個兒做的麵包，你曾經親眼看到麵糰像奇蹟一般地發成了兩倍大，並在你的手裏捏塑成形。這麵包不但聞起來香濃，吃來也美味，就你記憶所及，沒有什麼別的能比它更香、更好吃。有至少那麼一時半刻，你會覺得重獲新生，活在一個較現世美好許多的世界裏。

注：Egg Benedict，早餐菜色，在兩片烤過的英式鬆餅上，蓋上一片火腿或培根、一顆水波蛋，再淋上牛油蛋黃醋汁即成。

如何餓中作樂

腦子裏打轉的僅有省錢的念頭，不但局部又短暫，且讓人心煩又苦惱。

——《貪得的社會》，理察・亨利・唐尼（注①）

你真的很餓的時候，獨自吃飯比較不像是件大事，而只是機械性地在執行生理功能而已：你得吃東西，才能活下去。（我如今完全不同意這個說法，而且我說不定會寫一整本書來證明我現在的看法。眼下我認為，不管肚子餓不餓，獨自用餐都挺不錯的。）可是一旦你和其他一兩個人一同用餐，甚或只有你所關心的小動物為伴，整個情境就會變得高貴莊重，轉瞬之間古意盎然，宛若擘餅、分鹽的莊嚴儀式。不論你是否餓火中燒，是否蠢蠢欲動，巴不得伸手抓取熱呼呼的食物，你並不是孤單無伴的這個事實，使得食物變得更有滋味，並且可能形成某種達觀又悠緩的氣氛。

注①：Richard Henry Tawney，一八八〇——一九六二年，英國經濟史學家。

多。

慢慢吃，是好事：大概是因為吃東西的時間比較長，食物會顯得比較多。

有很多辦法能讓人以少充多，自古以來，人類便一直在盡量不傷尊嚴的情況下，遵照辦理，偶爾加以變化或重新改造。這樣的行為，有時不得不教人敬佩，因為這些人窮歸窮，可是除非事情已到「令人心煩又苦惱」的地步，否則他們絕不願滿腦子全是貧窮這檔子事。

眼看著狼在你家門外紮營，顯然賴著不走了，當然得拿出一點與生俱來的機智，優雅地應付這個難題。那過程可能令人身心俱疲，而且就算伴裝漠視守在門外的狼，那種單調無變化的處境也具有某種危險的性質。

對一般的避狼者而言，健康的身體說不定是人生要事。只要頭腦清楚，牙齒清潔（現下的牙膏含有葉綠素，畜牲則照舊咀嚼青草），排便功能亦正常，一切便都顯得不怎麼悲慘可怕了。

另外還有一點就是，和別人分享心事，能讓我們在天天或時時思及那些不得不採取的措施時，尚且支撐得下去。我要強調，這並不代表對人絮絮叨叨、大吐苦水，而意味著與另外一個善體人意的人類為伴。說不定用不著開口，對方便已瞭解你遭遇到什麼基本的營養問題。（我的律師朋友說了，此一論點依然適用，這仍是眾人最衷心期盼的事。不過，就像一切能夠思考的人，歷經歲月滄桑，我已學會了妥協。）一旦建立起這樣的情誼，腦子裏晦暗的念頭便消失無蹤，於是，如何燉上一鍋菜，好供四餐食用，就變得比較不那麼像是個噩夢，而像是某種感官的娛樂。

不過，有過那麼一位人物，讓我長了見識，我那些靠著運氣逃避惡狼的試驗性招數，到了她面前，便兵敗如山倒。她的行止實在高雅，以致我想到她時，總覺得朦朦朧朧的，彷彿她是個夢中人。

她叫做蘇，體質纖弱……並不是有病在身，而是從來就不像大多數人那麼強健。她成天像隻夜蛾一樣，輕快地飛來飛去。灼熱的陽光總令她一陣恍惚，可是她一舉一動皆慎重又穩健，所以很少會一頭撞上緊閉的門扉，或讓尖銳的桌角碰傷她纖細的骨骼。

就眾人所知，她始終獨身。她偶爾會邀人到她家用餐，除此以外，根本無法設想她會和別人有任何更熱烈的接觸。她一定也年輕過，這固然是個事實，但這一點並不能改變她現時的冷淡：你就是無法想像芳齡十七的她，會比七十歲的她，熱情到哪裏去。

儘管她的神情態度孤僻漠然，人依然纖細卻不失強健。她很愛吃，而且三不五時顯然很愛和別人一起吃飯。她每回請客，都變成傳奇。當然，這得看轉述過程的人是誰而定：有時僅只是怪異而已，或甚至好笑，有時則聽來像是南加州的《第十二夜》（注②），裏面有奇怪的遊戲和魔法饗宴。

蘇住在一間斑駁的小屋子裏，高踞於風化斑駁的大斷崖上。你一走進屋裏，起先會覺得屋裏空盪盪的，但過了一會兒便會發覺，就像所有寂寞老人的住所，屋裏塞滿了一千件陳年遺蹟。有惠斯勒（注③）坐過的椅墊，而今已髒得不得了，棉絮都結塊了。還有一把費福（注④）設計的椅子，在一個狂風暴雨的夜裏，被王爾德兩三腳踢散開來，權充引火柴。這把椅子現時用橡皮筋綑綁固定，當然不是要當成椅子給人坐，而是布置成雖稍嫌馬虎卻意義重大的一處祭壇。

到她家作客吃飯時，不論席間有兩人還是八人，一律只有一根蠟燭照明。年輕的美國人想必會覺得這真是浪漫至極，實情卻是，她窮得供不起多點幾根蠟燭或電費。

在污濁黑暗中逐漸看清楚，四壁原來掛滿了一流畫家的三流蝕刻版畫，還有幾乎沒沒無聞的蘇親手繪製的幾幅一流作品。屋內隱約有股陳腐的氣味，像早夭的生命一樣纖細。

不過，屋內飄揚的氣味大致上是怡人的；燉肉那種大剌剌的香味，則從來沒有過。（但是我記得有一回，我大概看來有點憔悴，蘇一反常態，在我的盤子上擱了一些許的煮肝，說：「欸，試試看把這個統統吃下去！」那一撮東西僅及一塊錢銅板大，我懷抱著某種敬畏的心情，起碼分做十二口，才把它吃完。）

那裏始終散發著一股令人激動的幽微香味，來自揉搓過的藥草，是蘇從小屋周遭的草叢間現摘下來，要用來拌沙拉。

屋裏通常有鼠尾草，她就像個土耳其人或亞美尼亞人似的，幾乎每道菜都少不了得擱上一點。她在山坡上採集了鼠尾草，紮成一束束，吊在爐

注②：*The Twalvech Might*，莎士比亞喜劇，敘述貴族階級託人求愛與錯愛，情節錯綜複雜。
注③：此處應是指十九世紀美國名畫家J. M.W.histler。
注④：此處應是指Duncan Phyfe，美國十九世紀初傢俱設計師。

子上風乾。雖然美食家如今在哀嘆，加州的鼠尾草全有股松節油的味道，她的卻從來沒有。她悄悄地承認，只認得一百種左右的藥草而已，有人跟她講，村後的山丘上至少還有五十種她不認識的藥草。

蘇只有幾只盤子，沒有餐刀。到她那兒作客時，不管吃的是什麼菜，一律盛在大號的斯波德（注⑤）湯盤中，可是從來就不顯得凌亂邋遢。餐刀呢，根本用不著，因為盤上沒有需要切的東西。

我這會兒還記得，她整套烹調方式帶有東方風味。有一小碗一小碗切碎的生菜和熟的菜葉，有她從野地採來的新鮮與乾燥的藥草。有一大碗飯，供人各自取用。（或馬鈴薯，說不定是蘇前一晚從峽谷的菜園裏偷拔來的。）一定有茶，偶爾會有一顆新鮮雞蛋，無疑也是偷來的。蘇總是把蛋放在茶壺中渥著，使它熱透，然後撥殼擺在最大盤的菜餚上頭。

我坐在她散發著異味的黝黑屋子裏，吃著以往從未嚐過的奇異菜色，怒濤拍打著崖底，惠斯特的栗色塔夫綢靠枕軟軟地抵住了我的背脊。有人說，蘇常在夜裏翻垃圾桶尋寶，她當然沒有這麼做。不過她的確常踏著輕快的步履走來走去，到別人的菜園裏摘採菜葉，或像海邊的女巫似的（注

⑥），在崖頂和岸邊飄來盪去，就著夜裏的燈火，搜尋海菠菜和粉紅色的松葉菜。（如今斷崖上別墅林立，野生藥草早已沓無影跡。我在記憶中仍嚐得到它們的滋味，聞得見它們的香氣，而且觸摸得到松葉菜那一串串緊密又冰涼的葉片和花瓣。）

她用這些稀少的小野菜拌的沙拉、燉的菜，著實奇異。但是她調製烹煮的手法是如此高明，以致這些野菜原有的鮮、鹹、脆，一絲一毫都沒有流失。她費盡思量，懷著感恩的心，將菜聚合在一起，而且似乎從未察覺到除了她以外，每個人都覺得她烹調的菜色，真是怪異又浪漫得緊呀。我懷疑她一年頂多花上五十塊錢，為自己和她恍惚迷離的客人備妥餐食，不過當她端給你一湯盤切片的仙人掌葉、檸檬莓（注⑦），和壓碎的乾海藻時，那副優雅卻心不在焉的舉止及神情，卻會令你以為，那盤中也可能是一隻填了餡料的蒿雀，而且，好吃。

注⑤：Spode，英國陶瓷品牌。

注⑥：原文為Lolly Willows，為英國近代女作家Sylvia Towsend Warner小說中的人物，是位老小姐，後來變成女巫。

注⑦：lemon-berries，並非漿果，而是原生於加州的一種灌木。

我十分懷疑，除了蘇以外，還有誰能有此等巧手。世間少有人能像她這樣，如此精通藥草之奧秘……就算還有別人，用起藥草來，也不會像她那麼瀟灑。

然而，凡是有智慧、靈魂和知識的世人，都能像蘇一樣，如蒙神啟，忘卻貧窮的醜惡嘴臉，過生活。不需要像她一般，在夜色中徘徊，獵尋草葉、漿果；重點在於她有足夠的真心，才會邀約朋友一同用餐，而且在為她自己或一打賓客上菜時，心裏十分篤定，知道自己是對的。

雖然她身體不是很健康，又孤零零一人，沒有能給她安慰與溫暖的伴侶，可是她長久滋補餵養自己和許多人，始終默不作聲，心裏懷著一個想法（這是很重要的一個想法）：人類是需要食物沒錯，可是那並非一種可怕又讓人心煩苦惱的偏執心理，而是一種高貴且甚至令人愉悅的享受。受到她滋補的，並不僅限於人的血肉而已，這和她提供的奇異養分無關，而是因為她這個人是如此的庸容鎮定哪。（這一點，亦非常重要。）

如何宰狼

肉布丁應在九月至四月間食用；在不帶R這個字母的月分（注①），則應改吃肉派。

——莫杜伊子爵

（老實講，幸虧從來就沒人問過我肉派和肉布丁有什麼差別。我哪知道啊？）

1

法國淪陷以前，有好幾年期間，巴黎各家派別互異的報紙，從《時報》（*Le Temps*）到《不妥協報》（*L'Intransigeant*），都常刊登一些措詞憤慨慘烈的讀者投書，投書者為老派的廚師，他們以斬釘截鐵的語氣預測說，除

注①：指五至八月，不論英、法文，拼字裏皆無R。

非年輕人聰明一點，停止窮趕時髦，不再拚命從事戶外運動、大啖炙烤牛排配西洋菜，而回頭食用盛行於父祖時代的油潤醬汁菜餚（cuisine des sauces），否則法國就要遭殃了。

這種教人驚愕的胃口，不僅把大廚趕進了貧民院，而且很不法蘭西。在高尚的館子裏，點上一大塊牛腰肉大牛排（帶生的），顯示民族精神已蕩然無存，背離高盧文化的一切菁華；原本大可吩咐來一份以巧妙的手法加了紅酒煨煮的乳鴿，燉汁裏有松露、這個那個，或許還有蘑菇……以及很多的香料……和一兩種油脂……臨起鍋前，說不定還澆了點酒渣白蘭地（marc）或白蘭地。

永遠也無從得知，這些大廚要是還能發言，這會兒會怎麼說。青春男女穿著體育休閒服，坐在巴黎咖啡館，吃著炙烤牛排，他們就像巴黎咖啡館本身，亦是難以捉摸的秘密。那些高貴餐廳和大廚的魂魄，說不定在吶喊著：拋卻民族精神和精緻文化，不但出賣祖先，也對不起尚未出生的後代子孫；那些年輕人的魂魄，則可能還嘴表示：油潤和精緻只不過是法國文化的燐燐鬼火，而卡漢姆、瓦泰爾（注②）等大師留給他們的廚藝文化，早已衰敗了。

魂魄才不會為狼群煩惱。一般人哪會在意，炙烤牛排或醬汁牛排對一個國家的氣質會造成什麼心理影響，至少我們喜歡作如是想。（我替愛吃肉的客人燒菜時，往往會準備一大條重約四磅的菲力牛肉，以表敬意。我把肉醃在橄欖油與醬油各半的蒜味醬汁裏，至少三小時，然後放在烤架上，在高熱的烤箱中烤半個小時，接著切成一吋厚的肉片，每兩片間夾上一大塊領班牛油（注③），並在整盤肉上澆一大杯的紅酒，連同集結各味的熱肉汁一同上桌，就連魂魄……）不過，對非得進食才能維持生命的活人來講，要張羅到牛肉的確是個問題，管它是用哪種方法烹調。

肉類在戰時供應日漸稀少，有好幾項或多或少合理的原因：軍人需要吃肉、牛隻變少了等等。那麼多的人就靠著那寥寥數種的肉類補充每日的體力，真是不幸哪。其中有不少人是因為身子虛或害了病，而必須吃肉，其他人則純粹是慣於吃肉。是習慣也好，不得不然也罷，在戰時，買肉花

注②：Careme和Vatel皆為法國史上名廚。
注③：maitre-d'hotel butter，即摻了歐芹、檸檬汁等調味料的香草牛油。

費之高，真教人煩惱，因此，寧願有菜色天天一成不變之虞，也務必用最少的費用，買到最多營養。

從前的人以為，就連最沒用處的一塊肉，只要放在水裏煮得夠久，便能粹取它所有的精華，煮出滋補身體的高湯。現代大多數的食物專家（……包括布伊亞—薩瓦蘭，他逝於一八二五年，才不過幾年前而已），對此一舊有的看法存疑。他們表示，等你喝到肉汁時，那些精華早已死光光，對人體組織毫無助益。專家轉而建議，想要吸收肉裏一切的礦物質和維生素，最迅速簡單的辦法就是，把肉剁碎了，生吃下肚。

巴黎大廚的魂魄聽到這野蠻又簡單的法子，怕要嚷得更大聲，直想再投書給《不妥協報》。不過我記得，當我還住在巴黎時，有好幾回累壞了，一心只想迅速恢復元氣時（或者當我吃了太多他們巧手烹調的醬汁時），師傅便會替我做韃靼牛肉。當然，他們竭盡所能，用心調製，就像美味的印度咖哩，滋味每一回都稍有不同。以下是基本做法：

§ 韃靼牛肉

每人¼磅牛肉（或更多）
每人1顆雞蛋
檸檬汁

橄欖油
歐芹、細香蔥、九層塔、任何調味香草
鹽、胡椒

切除肉肥的部分，絞成粗末，稍微整一整形狀，堆成小山或塑成肉餅，每人1份，按壓頂端，製造凹槽。

小心打蛋，把蛋白、蛋黃分開，蛋白留做他用，蛋黃連同半邊的蛋殼，放進每小堆肉末的凹槽。

將各種調味香草分別切碎，分置小碗中。將橄欖油盛在調味料瓶中，在每堆肉末邊上飾以切為4等分的檸檬各1瓣，碟上尚可擺些醃漬小洋蔥、蒔蘿漬酸黃瓜末之類的東西。

要吃的時候，把蛋黃倒進凹槽，看你喜歡哪幾種香草，就撒在整堆肉末上頭。淋上橄欖油、檸檬汁和調味料，稍微拌一拌。

這道多少有點野蠻的菜餚，配上脆麵包和一杯普普通通的紅酒，最是對味。它容易消化，而且餘味怡人——只要你吞得下去，有些人可是情願餓死，也不肯吃上一口。〔……或者說，你沒碰上一位急於炫耀身手的侍者，他氣喘噓噓，巴望著用這道菜來證明，只消多把幾種顏色（或味道）的食材和在一起，便可製造出這種灰撲撲的色澤。〕

半生不熟和生之間的分野十分微妙，全看個人自由心證。不少人光是想到吃韃靼牛肉，就覺得噁心（真可惜，因為這道菜用廉價且往往富含營養的牛肉便做得成）所以寧可刀叉齊下，攻向厚厚一塊半溫不熱、還帶著血的「上好牛肉」，然後覺得自個兒坐在像樣的館子……甚至是亨利八世的飯廳裏，正安安穩穩地享受傳統美食。

美味的烤肉的確美味，這一點無庸置疑，對一般盎格魯薩克遜人來講，它說不定是最令人滿意的肉食。可是烤肉越來越稀罕，相對的，也貴極了。

儘管如此，張羅得到的話，偶爾烤一條肉，奢侈一下，也不為過，因為一條肉可供一般家庭吃上好幾頓，而且只有頭一回烹調時需用許多燃料。（冷的烤牛肉可配沙拉，然後做三明治，接著可做成莫雷諾式牛肉

（注④）或其他同類菜色，再過來也許可以做成肉末雜燴，（肉末雜燴也可以做得很細緻美味的，最糟糕的情況就是用絞肉機來絞肉；凡是用刀剁得碎的東西，就該用剁的），或甚至拿來做咖哩；要是你負擔得起「油炸鍋」，而且愛吃炸奶油肉捲（注⑤），或可炸上一些角錐形肉捲……等等……也說不定，烤肉轉眼間就一掃而空了！果真如此，你在短時間內最好別再買烤肉，除非你那位有錢的乾爹撒手人寰了。

開始動手烤牛肉或任何一種肉，有兩種明確的做法。最近這幾年以來，政府專家敦促婦女把肉放進華氏三百度的烤箱中烤，從頭到尾就以這個溫度烤，每磅肉平均烤二十分鐘。據說這麼一來，肉的體積幾乎完全不會縮小，味道也較好。肉的外表會慢慢地變焦黃，烤好以後，顏色好看極了，就像烤肉該有的樣子。

老派的做法卻截然不同，就算沒那麼經濟，但至少合乎傳統習慣。這

注④：Boeuf Moreno，食譜參見「如何實施真正的節約方法」一章。

注⑤：Croquette，一種將肉末混合奶油麵糊，塑形後裹蛋汁和麵包粉油炸而成的法式菜餚。

一派人士認為，烤肉接受火刑的頭二十五分鐘，最是重要。烤箱的溫度得在五百度左右，這樣才能灼燒肉的表面，肉汁才不會流失。接著需把溫度降至三百度，和前面那個做法的溫度相同。（肉烤得好不好，得嚐嚐它的味道才能確定。儘管我素來景仰老派廚藝大師，仍要冒昧地說，我覺得新派做法味道最好。）

除開頭的溫度以外，兩種烤肉法幾乎一模一樣，烤肉宜用肉質上等的肉，最好能用連有兩根肋骨的肉。先用濕布或切開的檸檬，仔細地擦拭肉面，接著再用鹽和胡椒揉搓肉的表面，喜歡的話，也可抹些摻了少許油的新鮮調味香草。宜將帶肥的那面朝上，鋪在烤架上，下方放置一只無蓋烤盤（切勿用封閉式烤肉器，那玩意兒名不符實，只會把肉蒸熟），邊烤邊不時淋澆質純的油脂，直到肉烤好為止。（目前我用的是有專利權的V型烤具，那是種經過改良的烤架，幾乎什麼肉都能烤。我幾乎再也用不著在肉上淋澆油脂，而只要把肉用加了調味料的動物油或橄欖油滾一滾，醃個一小時左右，接著把肉放在烤架上，肥的那一面當然得朝上，這樣子就行了。）

淋澆烤肉的汁液絕不可含有水分，老實講，除了上好的牛油、牛脂或油外，別的都不成，因為別的作料會使得肉表上被灼燒的毛孔張開，致使鎖在肉裏的肉汁外洩。希朋夫人曾就此提筆為文，提出睿智高見，她承認，在烤大塊的肉時，可在烤架下方擺一點水，如此澆肉的油才不會黏在烤盤裏，形成浪費。

不論你的祖母會怎麼說，最好的濃肉汁當然是不摻麵粉的。它的做法是，一把烤肉移出烤架，立刻將少許熱騰騰的高湯或水，像畫圈圈似地，淋到香味四溢的烤盤中，讓汁沸煮恰好五分鐘，輕輕撇去浮沫，加少許新鮮的牛油使汁變濃，濾進熱醬汁盅裏。

很久以前，在孛艮地，我們每逢星期天吃烤牛肉或羔羊肉時，波納穆夫人（Madame Bonamour）總愛先在沙拉裏加上一大匙這種熱醬汁，才開始拌。我們很愛吃，沙拉碗中要是有闊葉苦苣或我們很不雅地稱之為「尿床」（pisse-en-lit）的蒲公英，更是美味。

捲式烤肉乍看之下似乎比較經濟實惠，因為你用不著花錢買肋骨。可是請務必記住，骨頭有導熱作用，能縮短烤肉的時間，每磅肉少六分鐘，從而省下不少烤肋肉的燃料費。何況，要是你想奢靡一下，享受烤肉這樣的上等菜色，幹嘛不乾脆選用最好的肉，只因肉原已可口，而連骨帶肉一起烤，更能讓肉美味至極。

以往所謂較廉價的肉類，比方臀肉，有好幾種烹調法，不過每種做法的烹調重點，都和任何一本優良烹飪書所提示的鍋燒肉或燜烤肉做法相仿。這一類的肉有個問題，那就是它們多半都被人草草煮食了事，先用隨便一種油脂煎煎，然後加水燉煮，直到把肉燉到半軟不爛，咀嚼起來挺費牙口。然而，燒這類肉時，比做烤肉更需小心調味，更得時時注意火侯，誰教它們的先天條件比較遜色呢。

烹調這種肉類並不實惠，因為它們既費時又費心。當然啦，燒好的肉可能美味可口（有哪位嗜食肉者不愛吃艾斯科菲耶的特製燉牛肉呢？），但是這類菜色到了第二、三天，能變的花樣，可沒像烤肉那麼多，它從而變成奢侈品，而不是你可能仍以為的必需品。

除了紅潤的烤肉，大家最愛吃的牛肉，就是炙烤牛排。哪種牛排最好吃，全看個人口味：丁骨、馬伕房、菲力等等。你無疑也會有自己偏愛的調理法，至少在作夢時是如此……因為這樣的一塊肉，可是遠在天邊，讓避狼者可望而不可及啊。

當然，你可以買上一塊便宜的肉，比方圓骨牛排（round-bone steak），請肉販放進一種叫做嫩力士（Tender-Lux）的奇妙小型電器裏，取出的牛排看起來整個都經過處理了，理應像最棒的丁骨牛排一樣美味。（眼下流行吃一種小小片的冷凍瘦牛肉，一直有人向我打包票說，這種「薄片牛排」很好吃。我試了好幾次，以示合群……要是我能同意大夥兒的意見，那該有多方便呀！……但我總覺得那肉老而無味，只教人感到喪氣，因為它又一次證明，我們大家都逐漸步向平庸，在這過程中，我們被迫吃下那麼多難吃得要命的食物，以致竟誠心誠意、無限雀躍地奔向平庸。）

或者用一份油、一份醋調出油醋汁，用力抹進一塊肉質堅硬的牛排裏，靜置兩小時，並且全心堅信，這麼做會讓肉變嫩，而肉大概也真的會變嫩。（如今我改用油和醬油，來醃幾乎所有的肉類和魚類。這個奇怪的秘訣是向一位日本廚子學來的，他一定會先用這種醃醬塗抹魚身，才把魚放進冰箱冷藏，這樣一來，魚連一點魚腥味也沒有。有需要的話，魚也可以保鮮較久。最棒的是，吃來絲毫不帶醬油味！）

你也可以把好幾天的買肉錢攢起來，然後一次買上一大塊菲力，用獨到的做法炙烤一下，然後拿出做人的氣概，吃下這塊肉。

就美學而非日常伙食的觀點來看，上述菜色當中，最讓人吃得心滿意足的，大概是最後的那一道，除非你是某一種可憐人，天天都非得吃到肉不可，只因你向來每天都會吃到某種形態的肉。倘若如此，此份說明捕狼秘訣的小目錄並不適合你，而且不管什麼明智的見識或俗世戰爭的作戰原則，都無法平息你那嗜肉欲狂的飢餓。

這年頭，大家說到廉價二字時，往往付之豪情一笑，揚起頭來，一副我才不在乎的模樣。不過，就因為這兩個字，牛身上的各個部位到底在哪裏，定義不斷在變來變去，比方肩肉或臀肉，這兩種肉被當成可供炙烤的牛排來賣，價格已經貴得不能再貴了。

要利用廉價肉品還有另一個方法，就是購買那樣會遭人譏嘲輕視的玩意兒——碎圓牛排。「牛絞肉」更便宜，可是划不來，因為裏頭含有太多脂肪，一煮就縮水，所以不但對你沒好處，也不實惠。

有關碎圓牛排，第一項須知是，它根本和圓牛排八竿子打不著邊。圓牛排肉質很好，可以論條買，像做鍋燒肉那樣，整條燜燒，或用各種費時卻美味的手法烹之。傻瓜才會把這種肉絞碎，因為花較少的價錢就可買到其他部位的肉來絞，甚至更好吃。

肉販通常都是些可愛的人兒，他們只不過在人生的某個時期，刻意選擇以屠宰賣肉維生罷了。他們好心得不得了，會幫你省錢，並且附和你的意見，表示一塊「瘦肉」或牛腩，只要修掉軟骨和肥肉，用絞肉機絞個一遍，便是人人都愛吃的好肉了。

有骨頭的話，要上一兩根餵狗或熬湯；肥肉稍後可以剁碎了，煎到脆脆的、焦焦的，拿來搭配包心菜或煎蛋捲。亦可做：

§ 油渣麵包

1杯油渣，切丁
1份玉米煎餅粉
或
1½杯玉米粉

¾杯麵粉
½小匙蘇打粉
¼小匙鹽
1杯酸奶

油渣指的是肥肉經煉過油後所剩下的渣（南方用的是肥豬肉）。把現成的煎餅粉調成麵糊，或者，將所有的乾料混合過篩後，注入酸奶。將油渣拌進麵糊中，做成長橢圓形的餅狀，放在塗了油的烤盤上，在熱烤箱（四百度）中烤半小時。

這是老派的食譜，不過要是圖方便，大可發揮時新的巧計，用品質可靠的現成玉米煎餅粉便成。這個廢物利用的辦法，既便宜又實用，且至少能讓人覺得一頓飯吃下來，有了油水，分量也紮實，要不然的話，可能就只能啃玉米麵包、喝牛奶了。（管它是不是油渣，都是可口的一餐。）

回到你買了絞牛肉的大事：這下子有肉了，你手裏拎著肉，打道回府，解開包裝，烹之。要是你打算把肉放進冰箱一陣子，烹調前的兩個小時，務必取出肉，使它的溫度升至室溫。接著稍微整整肉的形狀，使成一塊塊肉餅，一人一塊，肚子餓的話，把肉餅做得大一點，因為一大塊肉餅吃來比兩三塊小肉餅美味。（如果你愛吃全熟的肉，則是例外。我要是想弄成別的樣子，非自己動手不可。）

把一口厚重的平底鍋燒至灸熱，熱到滴一滴水下去，水珠就會在鍋裏跳動並迅即消失的程度，鐵質的鍋面看起來可是比你以為的更有彈性。

牛肉餅入鍋，剎時濃煙密布，因此，可能的話，請開窗。大約兩分鐘後，用鏟子，說不定再加上套了防熱墊的手指來幫忙，將肉餅翻面。此時油煙味會更重，保持大火再煎兩分鐘，或煎到肉餅表面整個都焦黃了。接著緊緊蓋上鍋蓋，不論你用的是哪種燃料，一律熄火。要是愛吃半生不熟的肉，從現在起動作要快，不過不管你喜歡哪種熟度，鍋裏的餘溫都綽綽有餘。（比較聰明的做法是，還沒開始煎肉，就備好調味香草。特別是在燒烤BBQ時（煎厚牛排時亦然），我至少會提早一小時，便將香草、葡萄酒和一大團牛油，放在碗裏，然後把整碗作料倒進熱得冒煙的空鍋裏，不蓋鍋蓋煮一下，前後不到一分鐘，等牛油融化便可，然後再澆在牛排上。）

細香蔥末（或一小根切成蔥花的青蔥）、歐芹、九層塔，凡是你喜歡的香草，新鮮的或乾燥的皆可……每塊牛肉餅約需兩大匙香草。替每一塊肉餅準備四分之一杯的紅酒、番茄汁或蔬菜高湯，倘若用的是後兩種，需添加少許的英式辣香醋。（偶爾用用濃烈的新鮮咖啡也很美味，每塊肉餅需要四分之一杯。）

肉餅煎至即將達到你喜愛的熟度前，就得起鍋，移至熱的盤子上或熱的淺砂鍋中，因為肉餅本身的熱度自會將它炊熟。香草和湯汁接著下鍋，這時又會油煙四起，滋滋作響，迅速蓋上鍋蓋，以捕捉芳香的原味，過了五十秒左右，徹底攪拌鍋中醬汁，好讓肉的精華都融進汁中，加一點牛油，用湯匙把醬汁舀至肉餅上，立刻上桌，配上熱的法國麵包和鮮脆的生菜沙拉，負擔得起又想喝的話，再佐以紅酒或啤酒。

把肉餅端上桌前，在每塊上頭加一小塊香草牛油，再好也不過了。

（我在此處的意思顯然是說：「乾煎牛肉餅上不加香草紅酒醬汁，改用這個，再好也不過。」）香草牛油做法簡單，混合無鹽牛油、少許檸檬汁和你喜歡的香草細末，攪成乳脂狀後，裝進罐中，蓋好，收進冰箱可無限期保存。一旦學會這個做法，便可拿你識得的各種香草，來製做不同種類的香草牛油，隨你的口味，任意取用。（好比說，把小番茄挖空了，填上一小匙的九層塔牛油，炙烤五分鐘……配上羔羊排，好吃極了。）

香草牛油幾乎可搭配任何一種肉類或魚類，嚐起來更加美味。它雖不是必需品，但是有的話，會很美妙，如此一來，吃肉這件事不再一如呼吸、通便，只是一項生理功能，反倒會令人通體舒暢，甚至連知性都獲得滿足。

2

當然，食用畜牲禽獸之肉，不光只有生食、烤之、炙之、燜之幾種簡單至極的法子，而還有其他多種做法。有些人認為，其他的這些做法才是正統，因為野蠻人也能消受生肉那甘甜又血水淋漓的滋味。而這些人中，包括了那些哀聲嘆氣的大廚魂魄，他們曾統領巴黎廚房，並投書給《時報》（*Times*）。

肉有一千種烹調法，所有的做法都收錄於各有勝場的烹飪書中。其中大多數做法都有個問題，就是太耗時，而且花招太多，肉本身的價錢好像不貴，但是一道菜林林種種的成本加在一起，花費可就高得出奇了。

比方說燉肉吧：它理當是道最簡樸的菜餚，在古代說不定真是如此，那時你只消把一塊肉和若干的水扔進鍋裏，就這麼混煮到堪食了為止。現下的燉肉材料可多了，而且確實可以燒得令人垂涎三尺，內有煨爛的肉和多種蔬菜，摻了香草和葡萄酒的濃肉汁，更把肉味和蔬菜味結為一體。燉肉原本的低微地位，已被我們提升了，真教人自豪。可是在這同時，我們卻在自我欺騙，假裝它仍有當初節儉的好處，只因從奢入儉難，我們的味蕾在嚐過新滋味後，已受不了古早味了。

然而，要是有閒也有燃料，為了靈魂故，燉上一鍋肉吧。這會令人心滿意足，而且對人、獸皆無害處。想到燉肉，人人心中都各有一份不同的食譜，不過大體上的烹法如下：

把肉切成小塊後，用油脂煎一下，視口味加香草調味（這裏指的是胡椒、月桂葉，說不定還有插了丁香的洋蔥。新鮮香草則要到菜快上桌前才加進去：比方，九層塔、迷迭香、牛至和歐芹），注入充足的高湯、蔬菜汁、水或葡萄酒，蓋過肉面，小火燉至肉已熟爛。將蔬菜煮至半熟（……能先炒過更好），看你愛吃什麼蔬菜，除了甜菜根外，都行，因為甜菜根會讓整鍋東西顏色變得髒兮兮的。稍微收乾鍋中湯汁，加入蔬菜，讓整鍋菜餚靜置數小時……若能擺上一天更棒（不是更棒，而是最棒），接著重新加熱至沸騰，上桌享用，能用湯盤來盛更好。這一道菜顯然有各種不同的做法，而且顯然都很好吃。

有個好辦法能讓人在燉一鍋肉時不會覺得太奢侈，就是同時在烤箱裏多擺幾樣可用同樣的溫度烹調的菜色。我見過的現代烤箱，在擺上一條烤肉以後，就沒剩多少空間可用。不過有其他的幾種肉，可以盛在淺烤盤或砂鍋中烤。下面的這道菜就很不錯：

§烤火腿片

1片1吋厚的火腿（買得起的話，厚一點無妨！）
每人1個甘薯
1杯紅糖
1把歐芹
2小匙辣芥末
每人1顆酸蘋果
1杯熱水（或蘋果酒，或白酒）

削除火腿上的肥肉，剁碎後和歐芹屑、芥末混合，抹厚厚一層在火腿上。

蘋果不用削皮，切成半吋的厚片。甘薯削皮後，縱切成半吋的厚片。

把火腿放進烤盤中央，外面先圍一圈蘋果後，再圍一圈甘薯。加進熱水，灑上糖。

在三百二十五至三百五十度的烤箱中烤至甘薯軟熟，烤時需不時把湯汁澆在火腿上。（把材料放在淺砂鍋中，前半小時加蓋烤，可縮短烤的時間。）

只要你負擔得起，又想在烤箱的菜色裏再添上一道菜，一起慢慢地烘烤，那麼用另外一個做法燒火腿也很不錯，就是像在做三明治似的，在兩片火腿當中夾上香辣醬或任何一種吃剩的蜜餞果醬，放進烤盤中，在頂端抹上現成的芥末醬，灑點紅糖，倒一點白酒或甚至陳年的啤酒到烤盤中，烤約一小時，需不時用盤中湯汁淋澆火腿。

奶油汁烤火腿是一道較油膩的菜色，但是偶爾吃吃，真的很棒。甜紅椒粉分量要足夠，真該像匈牙利人那樣，一大把一大把地撒，並不時用湯匙舀取在淺平烤盤上慢慢烤黃變濃的奶油，淋到肉上，逐漸形成粉紅中帶著焦黃的醬汁，有時醬汁裏會出現小塊的疙瘩，但不致整盤湯汁都凝結。

這道菜頗有幾分豪華氣派，不妨瞭解一下它是怎麼回事。

§奶油汁烤火腿

把整條煮熟的火腿切成半吋長的肉片，每1片對切為2，像夾三明治一樣地疊起。放進烤盤中，加一點紅糖和大量的甜紅椒粉，不時用鮮奶油淋肉片，在中溫的烤箱中烤25分鐘。佐以蜜漬梨、無花果或蜜棗上桌。

（適合搭配加了牛油、麵包屑和炒蘑菇的砂鍋麵條。）

牛腩部位的肉排理應是較便宜的肉品，接下來這道食譜，雖然挺繁瑣的，但它用的就是這種肉和中溫的烤箱，但我們希望烤箱裏會放滿別的菜色。這道菜的做法當然可以有多種變化：

§仿鴨肉

1塊牛腩肉排，切得很薄
2杯麵包屑
1顆雞蛋

填料調味品：鼠尾草、胡椒等
3大匙食用油或葷油
水、高湯或葡萄酒

按個人口味和習慣，調製濃味的填料，打個雞蛋進去，混合均勻。

將填料置於肉排上，捲成筒狀，用繩索綑綁固定。肉捲用熱油煎黃後，置於烤盤中。看你喜歡什麼口味，就把什麼汁液倒入盤中，蓋過肉面：番茄汁、紅酒和水、蔬菜高湯……不時淋澆湯汁，烤到肉爛，在烤了1小時後，視肉捲的厚度決定剩下所需的時間。上桌前拆掉繩索。

這道菜宜搭配新鮮四季豆或簡單的沙拉，還有糙米。看你喜歡，肉汁勾不勾芡都行；我個人覺得，只要加一點點牛油，做一點改變，便已足夠。

我有道拿手菜——蜜棗燒肉，適合做冬季晚餐，食譜介紹在下面。其他廚師對我說，這個食譜不完全可靠：蜜棗有時會煮得爛不成形；醬汁有時太稀，有時太稠。這樣的情形，我自個兒一次也沒碰過，可是我的確知道，世上沒有哪一則食譜，能不受到潮汐、月亮的盈缺和烹調時身心狀態的影響。凡此種種，統統都考慮到以後，剩下的就是肉和蜜棗的問題了。對此，我只有一句話要講，那就是，這兩樣東西須品質優良，但不必到奢侈浪費的地步。燒肉是盛在大淺盤上，整條上桌，在桌上現切成厚片，澆上大量的醬汁，配一大盅牛油麵條和一大盅清脆的生菜沙拉，還有上好的麵包與葡萄酒，繼而再來點乳酪，便是一頓美味大餐。這頓大餐既香濃，分量又紮實，一頓下肚，世界似乎也顯得更加真切了。

§蜜棗燒肉

4至5磅烘烤用臀肉
2小匙鹽
胡椒
2杯沖洗過的乾蜜棗
2杯熱開水

½杯蘋果醋
½杯水
1杯黃砂糖
¼小匙丁香粉
1小匙肉桂粉

用爐火熱1只厚重的深鍋，把肉放進鍋中，邊煎邊翻面，將肉塊各面都煎黃，灑鹽和胡椒，加進蜜棗和水，加蓋後，小火煨煮至肉爛（約3小時）。把肉自湯汁中撈出，移至溫熱的大淺盤上。在鍋中加進醋、水、糖、丁香和肉桂，攪拌一下，用大火煮至湯汁濃稠，把醬汁淋在肉塊上面和周圍，立即上桌。可供8至10人享用。

大部分的烹飪書，特別是二十世紀初無遠弗屆的婦女會和其他教會組織所出版的那些可愛的平裝食譜選集，都收錄了類似的食譜。閱讀這些書時，應該注意一下烹飪時間，因為燃料費越來越貴，而且時間也不該隨便就浪費掉。

這類選集中的食譜通常很可靠，不過還有一點要分外留心，那就是調味料；說得含蓄一點，那對你具創造力的味蕾，可是一大挑戰，因為食譜中不是提到需加「鹽、胡椒」，就是光加「鹽」而已。顯然在一九〇二年時，其他作料都被聖詹姆斯女紅聯誼會的會員當成異質甚至是褻瀆上帝的玩意兒。不過，要是你愛吃這類的菜餚，這類書籍的食譜的確可靠。

3

有個辦法可以拿來嚇唬盎格魯薩克遜人，而且十個人當中有八個都會嚇一跳，那就是，叫他們去吃禽獸身上除了帶纖維的紅肉以外的部位。他們恨透了心、腰子或甚至胰臟和胸腺這類的東西。這可真糟糕，因為有不少營養又有趣的做法，可用來烹調各種肝和肺。它們可以變成奇珍佳餚，而非強力毒藥，這麼一來，你在食用一個塞了餡料的烤牛心或炙烤羔羊腦、「山牡蠣」（注⑥）時，便用不著強忍著噁心，硬是把它們吞下肚，好讓自己變得更勇敢、更聰明或更具雄風，而會欣然享用。（我對這一點如今更是深信不疑，可是這一仗我打得比以前更累了。現下，我想吃英國肉販口中的「下水」時，都得等到大夥兒統統去參加童子軍大會或烤肉會了，才能替自個兒弄上美味的一餐。）

我得承認，土生土長於美國的我，頭一回見到小牛頭這道菜，著實覺得受不了。最大的困擾大概在於，它根本不是一整個小牛頭，而是半個。

半張牛嘴裏，垂著半條僵直的舌頭；單邊的眼睛，閉著，像在眨眼；單只耳朵，鬆垮垮地垂著，半個前額剩下的那些零星的皺紋上方，隱約泛著粉紅色。而就在蒼白的單邊鼻孔旁，冒著三根僵硬的白毛。

剛開始時我覺得這簡直太教我難以消受了，納悶著該如何不失優雅地離場。不過，我敢講，一定是我的善良天使叫我留下，吃將了起來，並要求再添一份，只因那小牛頭啊，一旦用高明的手法烹調過，實在是一道既細緻又令人興奮的好菜。

「我很少出門在外。」我有位德裔美國友人這麼說，縱然如此，我一生當中有四分之三的時光，是在美國度過的，而我在祖國這裏，從未吃過類似的菜餚，哪怕只有一點神似也沒有。這道菜毫無虛飾，擺明了就是水煮小牛的頭。我所食用過最接近的東西，是兒時的夏日在午餐時分吃的頭皮肉凍，清涼而美味。即使這樣，菜名還是被我的英國親戚改得比較文雅了，叫「涼凍」，她實在是勇氣十足，竟敢為南加州人做這道菜……直到

注⑥：mountain oysters，非牡蠣，乃牛、羊或豬睪丸。

我長得夠大了，自個兒也會做。在此先介紹她的基本做法，可視個人喜好調整口味，接著介紹我自個兒以小牛頭的傳統做法為本但稍有出入的食譜：比方說，據艾斯科菲耶指示，須用「白色宮廷高湯」，我卻偏好用比較沒那麼細膩講究的湯來煮肉……我喜歡將頭切對半再煮，這叫 a l'anglaise（英式風格），不過上菜時配油醋汁，而非恰當合宜的「歐芹醬汁」……等等。

§葛雯姨的涼凍

1個小牛頭，切為4等分
鹽、胡椒、月桂葉，喜歡的話也可加香草
½杯檸檬汁
或
1杯不甜的白酒

切掉大部分的脂肪以及腦（留待做別的菜）、耳朵、眼睛和口鼻（好心的肉販會為吹毛求疵的人代勞）。牛頭用冷水浸泡半小時後，沖洗一下，加冷水淹過表面，小火煮至骨、肉開始分離。用1只大型濾盆，濾去汁液，盆下放1口鍋子好接收煮汁。將肉切丁（葛雯姨指示：「切成好看的小塊。」），將湯汁淹過肉丁，酌加調味料，輕輕攪拌一下。小火煮3刻鐘，加進檸檬汁或倒進模具裏，上面罩一塊布，壓一件重物，冷藏至涼透。切片吃。（葛雯姨用麵包烤模當模具，用磚塊加壓……而且大盤上少不了會擺黃瓜片。）

§小牛頭

1個小牛頭
2至3夸特水
1根胡蘿蔔
1顆洋蔥

1整棵小的洋芹或大的洋芹3根
1顆檸檬，切為4等分
鹽、胡椒、2片月桂葉、6粒丁香

小牛頭切對半，在冷水中浸泡1小時。將水和其他材料同煮10分鐘，頭自冷水中撈出，加進煮汁中，蓋上鍋蓋，小火煨煮約1個半小時，或直到下巴肉爛了為止。(可預先割下舌和腦，前者可和頭一起煮，後者則在煮至最後1刻鐘時，才下鍋同煮。把這兩樣東西修整收拾乾淨，切成片，隨小牛頭一同上桌。)頭瀝乾，置於盤上，圍以歐芹，立刻上桌，附上1盅油醋汁，油醋汁成分為1份醋、1份煮汁、2份油和必需的調味料。或者……頭撈出瀝去水分後，用泡過檸檬汁的布仔細地擦拭，以防肉變褐，冷藏至涼透。上桌時盤邊圍以青蔥、酸豆、歐芹和黃瓜片，視個人口味，佐以油醋汁。)

最後，看到動物的腦袋被烹調一番，以祭我們的五臟廟，為什麼就比看到一條腿、尾巴或肋骨要糟糕呢?倘若我們要仰賴也住在這世上的其他生物維生，那麼就不該緊抱著不合邏輯的偏見不放，而應當充分享用被我們宰掉的禽獸。

有人以為吃羔羊的下巴是粗鄙不文的事，吃羔羊排則非，這種人就像中古世紀的哲學家，光會追究針尖上可容多少天使跳舞之類的細枝末節。要是你懷有這些偏見，不妨捫心自問，是不是有人在你年紀尚小、沒有主見時，便把這些想法灌輸給你。可以的話，教教自己怎麼去享用以非凡手法烹調的動物各個部位。

當然，小牛胸腺或胰臟則多少有點派頭、美名在外，而且果真名實相符，可惜好貴。

肝臟亦然，要是你有貧血的毛病，肝臟更理應是世上最有益處的食品之一。要吃就該吃成牛或小牛的肝，豬肝太肥，味道也太重，而且據有些專家表示，豬肝有很多雜質。

調理肝臟的好食譜真不少，不過肝的烹調時間宜短，以免質地變老。吃剩的肝第二天配上其他剩菜，醬汁中淋些雪莉酒，佐糙米飯吃，味道不錯。（要是你和我性情相同，冷肝灑點現磨胡椒和幾枝歐芹，配上一杯啤酒，也很好吃。）

比起動物身上其他機能器官，吃舌頭在社交上當然比較能讓人接受。舌頭做為食物的一大缺點是，它並不實惠，烹調時間太長了。它的味道太溫和，需佐以摻了不少調味料或葡萄酒的重口味醬汁，才會好吃。

在我看來，大部分菜單都把腦和炒蛋混在一起，實在可惜。這種組合很不討好，因為兩者的質地太相似。我認為，應該把腦燒得香脆一點，配上口感酥脆的東西吃，好烘托對襯內裏綿細的口感。下面這一則巴塞隆納食譜，是個好例子，配上新鮮的青豆、熱吐司和水果，好吃。

§小牛腦

1對小牛腦　　歐芹，5、6枝
¼杯好醋或1顆檸檬　　鹽和胡椒
3大匙牛油或上好的食用油

用沸水川燙小牛腦，剝去外層的皮膜，小心不要弄碎裏面的組織。用冷水浸泡1小時，瀝乾後，淋醋或檸檬汁，靜置半小時。

瀝乾小牛腦，灑鹽調味，用熱油煎至金黃後，置於溫熱的碟子上，把歐芹也煎一下。將剩餘未用的醋或檸檬汁倒入煎鍋熱透，淋到小牛腦上，以煎過的歐芹做盤飾，灑些現磨胡椒。（如果你愛吃油炸菜色，可變變花樣，用麵糊裹小牛的腦、胸腺或胰臟油炸，很不錯。）

牛心是另一個極重要的部位，它所含的維生素和礦物質豐富得不得了，卻少為人知。大的牛心應填上一般用來填禽肉的餡料，香味四溢的餡裏有新鮮或乾燥的香草，放進烤箱中，溫火慢烤至肉軟爛，烤時需不時用油脂或油分充足的高湯來淋澆牛心。烹調的過程相當長，不過如果你能在烤箱裏同時烤些其他東西的話，便值得做做這道菜餚。

小一點的牛心可以對半切開來，煎一下，放進厚平底鍋裏，加些培根片，進烤箱溫火慢燒至軟爛，接著置於炙烤火力下，烤到焦黃。

小牛或羔羊的心則可切成薄片，用熱油快煎一下，接著加高湯、蔬菜丁和香草，小火慢燉成味道十足的燉菜，配飯吃。臨上菜前攪進少許雪莉酒和酸奶油，更是美味。

大的牛心還有個做法，比整個去烤省時多了，就是先把它絞碎了再做菜。將碎牛心和洋蔥末混合，喜歡的話，再加點芹菜末，打兩個蛋進去，倒點冰箱裏現有的任何一種高湯或番茄汁，要是看起來太濕的話，摻些麵包屑，灑些現磨的胡椒、少許蒔蘿和一些甜牛至……隨你高興，用什麼香草都行。把混合材料填進麵包烤盒中，或者塑成長條形，在中溫烤箱中烤一小時，或直到菜熟了，中途需不時淋澆油汁。（這會兒我會交代說：「至少烤兩小時。」溫火慢烤能使得這道菜更美味、質地更紮實，且較易切片做成自助餐冷盤或夾三明治。）

腰子的名聲比其他的內臟好，主要是因為替我們裁決有哪些食物好、又有哪些食物不好的英國人，愛吃炙烤腰子的關係，而他們愛吃得有理。什麼也比不上熱得滋滋作響的串燒羔羊腰子，串針上還有培根、蘑菇，說不定也有幾個小巧的番茄，整串浸過牛油，在炙熱的烤架上烤五分鐘左右，將表面烙出格紋：沒什麼比這更好吃啦，我是說，要是你愛吃腰子的話。有些人就是不愛吃腰子，根本深惡痛絕，以致絕對不會受到誘惑。對此我們顯然無計可施，記住不要端腰子給那些不幸的人吃就對了。

有一道很不錯的基本食譜，做法千變萬化，適合盛在保溫鍋中保溫或直接用這種鍋子烹調，也適於露天燒烤。那就是：

§雪莉酒燒腰子

2大匙牛油或上好的食用油
1個甜洋蔥，切末
1對小牛腰子
調味料

½杯雪莉酒
西洋菜
烤吐司、白飯，隨便什麼都行

將腰子洗淨，切成小塊。用油炒黃洋蔥後，把腰子下鍋，加進調味料（鹽、胡椒、現切碎的歐芹、九層塔或任何你喜歡的香草）。倒進雪莉酒，小火微滾煮5分鐘。飾以西洋菜，趁熱端上桌。

這個食譜源自西班牙，不過各地的做法都一樣，只是用了不同的香草，或者不加雪莉酒，改用檸檬汁，或在將起鍋前倒些酸奶油（倒進雪莉酒後，再加一杯濃酸奶油：配烤過的蕎麥飯或野米，很好吃，很有捷克風味），亦可加點白蘭地到鍋中。炒洋蔥時可以加蘑菇，一起炒黃。酸豆和杏仁片則需在上菜前，才拌進菜裏。也可將煮好的雪莉酒腰子，填進挖空的番茄裏炙烤一下。

換句話說，高興怎麼燒就怎麼燒，但是務必牢記，腰子帶有很重的騷味，得用味道更重的香草和酒來壓過這股騷味才行。

有道菜燒起來非常省時，成本又低，配上沙拉和乳酪、咖啡，便是一頓正餐。那就是：

§香腸派（或沙丁魚派）

½磅香腸（或培根）（或半罐沙丁魚）
番茄醬汁

比司吉粉（biscuit-mix）
1小匙洋蔥末或青蔥花

在派盤或淺砂鍋中薄薄鋪上一層香腸（或培根、沙丁魚），放進熱烤箱中加熱，把流出來的油盡量倒乾（沙丁魚的油則毋需倒掉）。

取半包普通的比司吉粉，不要用牛奶或水，而改用番茄汁調勻。（……或用肉湯，全看個人口味而定。如果用的是培根，則可用牛奶來調比司吉粉，外加半大杯的乳酪屑，很好吃。）把洋蔥和任何你喜歡的香草加進麵糊中，倒在香腸上面，在熱烤箱中烤到麵糊凝固且焦黃（……約20分鐘）。

這道派用蝦仁來做也不錯；說實在的，這道菜來自葡萄牙，以前那兒的蝦子多產到幾乎俯拾皆是。

對付吃剩的肉一向是件有趣的事，其中之一最好的辦法，就是拿來做義大利麵捲。不知何故，這道菜總能給人驚喜。義大利麵捲有點像墨西哥捲，其實就是用不甜的小煎餅，來捲食譜上小心翼翼地稱之為「任何一種可靠的綜合餡料」：肉、魚、香草、蛋黃，等等。

煎餅捲好餡後，放在淺烤盤上，喜歡的話，麵捲底下可先鋪菠菜泥。然後灑些乳酪屑在麵捲上，大火烤黃。〔這道菜有個優點就是，可事先在幾個小時前便做好煎餅（煎餅宜薄，像法式的可麗餅）。「綜合餡料」亦可事先做好，但是必須到最後一刻才捲麵捲，如果餡中摻有奶油雞肉之類的醬汁，則做好的麵捲下也應淋些同樣的醬汁。〕

當然，咖哩菜色是一定少不了的，並不是正宗的咖哩，而只是用加了咖哩粉的濃肉汁來煮剩肉而已。（這個定義太恐怖了，還好下一句解除了我犯下的美食罪過。）看做菜的人是誰，可能美味，也可能難吃得要命。下面這個食譜雖然平凡，卻很可靠。

§ 英國咖哩

1個洋蔥，切片
3至4大匙動物油或2片培根
1½大匙辣咖哩粉
¼杯醋
¼杯水
1杯番茄醬汁
剩肉和濃肉汁

用動物油或切碎的培根將洋蔥煎黃，咖哩、水和醋入鍋。（用大火煮一下，這樣才能讓咖哩入味。）加進番茄醬汁，煮5分鐘。把肉切成小塊，連同濃肉汁一起下鍋，煮到熟透。讓整鍋菜靜置數小時，會比較好吃。（並不會好吃很多，真正的咖哩才會，讓我再多打自己的嘴巴一下，這道急就章的菜成敗只在一舉，就看它的成分究竟好不好。）應配白飯和帶汁的糖漬水果（無花果、桃子）吃。

除了歷久彌新、絕不容輕視的「第三日肉末雜燴」（Third-Day Hash）外，還有個利用剩肉的好法子。和咖哩一樣，這道菜煮好後，要嘛不錯，要嘛一敗塗地。那就是：

§土耳其肉末雜燴

2大匙牛油或動物油
1顆洋蔥，切碎
½杯生糙米
1杯水或高湯
1½杯熟肉丁

1整球蒜頭
1杯番茄，生熟不拘
1大匙山葵（可省）
鹽、胡椒，你喜歡的香草

用厚底鍋翻炒牛油、洋蔥和米至焦黃，加進其他材料，充分拌勻，蓋緊鍋蓋。一等鍋中材料熱到冒煙了，便轉文火，煮20分鐘左右，到飯熟。

林語堂曾不只一次地寫道，他看到一般的美國家庭竟花那麼多錢來買肉，簡直嚇了一跳。他說，只要我們學中國人做菜的法子，多用點蔬菜，便能省下一半的菜錢，果真如此，那可真不少呀。

在他看來，問題的癥結在於，應該在廚房裏就讓肉味和那些綠色東西的滋味行百年好合之禮，而不是「讓它們各保光棍和童女之身，端上桌去」，到了那兒才頭一回打照面。

然而，儘管有種種的發明和想像，還堅決地運用了良好的常識，肉類卻依舊是現代飲食中最昂貴的一個環節。

人人都得發展出自個兒的一套飲食系統，盡量吃他想要及需要的食物。至於我自己，要是能像我們許多的弟兄那樣（在此只提一提比較幸運的那些人）（今日猶然，只是幸運兒變多了），一天配給到二兩肉，那麼我大概寧可攢下一週的量，煮上一鍋可口的燉肉，或者用別的做法烹之，這麼一來，至少會有一頓飯，讓我覺得自己回到富裕的年代，再度感到安全、油水充足。

別人不見得會同意我的做法。然而不論我們大家的口味有何不同，只要我們能調整心態——即使我們一向不大相信這套說法，承認一塊滋滋作響、又嫩又生的炙烤菲力牛排，並非人生必需品，而是奢侈品，那麼我們的日子就能變得簡單一點，而狼也不會嚎叫得那樣震天嘎響了。

如何令鴿子吶喊

這隻鴿子烤得多漂亮啊，牠在吶喊，快來吃我吧！

——《文雅的談話》，史威夫特（注①）

好幾個世紀以來，人類食用其他動物的肉，並不只是為了滋養自己的身體，也為了補充疲倦的精神。比方說，牛心可以帶來勇氣；據口耳相傳，牡蠣不但能靈活腦子，還能增強某些沒那麼有智慧的部位。而總是輕柔低鳴、鼓著神奇的雙翼輕盈地飛翔的鴿子，一向是和平的象徵，更是悲傷的人兒的可口點心。

這說不定是婆婆媽媽的講法，也說不定是我們的食慾使然，而為什麼有這個胃口，參考《金枝》（注②）這本書，大概會比請教廚師或醫師，來

注①：Jonathan Swift，一六六七—一七四五年，英國作家，《格列佛遊記》是他最膾炙人口的作品。

注②：*The Golden Bough*，蘇格蘭人類學家James G. Frazer的名著，是廿世紀一部研究世界古老習俗、信仰和觀念的巨著。

得更清楚一點：不論箇中有何緣故，自古以來，烤鴿子一直都是最能激勵憂愁、寂寞的人的一道菜。它同樣也能讓膽怯不前的情人恢復信心，或安慰產後虛弱的婦女。

這年頭要找到鴿子可不容易。你知道的那些城市鴿子，這會兒都在替政府幹活。在鄉下，沒剩幾位農夫能保持鴿舍清潔，在裏頭養上一堆鴿子……更少有雇工能以適當的屠宰法，把這些漂亮的鳥兒悶死。要讓鴿子吶喊：「快來吃我！」，最簡單的辦法顯然是，向店家購買收拾得乾乾淨淨、翅和腳都已綁好的鴿子。

通常不很便宜，偏貴。（奢侈品怎麼可能不貴？每隻索價至少一塊二毛五的鳥兒，又怎麼會只是偏貴而已？可我還是要說，偶爾吃上一隻，是值得的。）不過，如果你喜歡吃鴿子，不妨省下幾天的肉錢，然後吃個痛快。吃一隻烤鴿是少數能由你獨力而為的事，即使環境污穢卑下也無妨，你還會油然生起一種積極的幸福感。（也適合兩人、四人或六人共食，同桌的人彼此熟識，不忌諱徒手抓東西吃。沒有哪一頓大餐能比冷或熱的烤鴿子配蕎麥飯或野米，再加上沒拌醬汁的西洋菜與上好的麵包，更教人心滿意足……當然，還得用很多好紅酒來佐餐才行。）

這本書中顯然並沒有蕎麥飯的食譜，乍看之下，似乎是件不可能的事，但本書畢竟是誠心誠意為參與抗狼行動的哲學家同志而寫的。蕎麥飯是很不錯的東西。不管我方才那會兒在政治上或飲食上有沒有言外之意，我都得講一句，俄羅斯人就是因為吃蕎麥飯，才會那麼強壯（……還有包心菜和黑麵包和酸奶油和一大杯又一大杯熱熱熱的茶）。在「健康食品店」中，不難買到蕎麥，起碼在美國西部是如此。務必小心遵守包裝上印的烹調指示，因為如今有些產品已先預煮過了，你要是照樣用慢蒸的老法子，會把蕎麥蒸得爛糟糟的，可怕極了。烹煮得當的蕎麥飯，會散發出一股芳香的堅果味，適合配肉或鳥禽吃。不配菜，只加一小塊牛油，就這麼吃也可口。加點蘑菇，更是有如天賜佳餚，種種美味，不勝枚舉……

§蕎麥飯

2杯蕎麥（全粒或碾碎的皆可）
1或2顆雞蛋
4杯或以上的熱開水或高湯
牛油或葷油，約3/5大匙
鹽、胡椒

把蕎麥放進厚重的平底鍋中，把蛋打進去攪拌，直到每一粒蕎麥都沾裹了蛋汁。以文火不斷翻炒，直到穀粒閃閃發光，好像堅果一樣。將汁液徐徐加進鍋中，把油脂倒在蕎麥中央，蓋緊鍋蓋，煮至蕎麥既鬆又軟（約3刻鐘）。調味，喜歡的話再多加牛油。上桌。

我在不同的地方吃過很多的鴿子，而我知道其中最好吃的一隻，是我在一個簡陋的住處，利用一口廉價的荷式烤鍋，在單嘴瓦斯爐上燒出來的。當時狼無疑就在門外，他那辛臭的鼻息透過鑰匙孔滲進屋內，形成一抹隱約的白煙，直到我讓整個屋子充盈著熱牛油和紅酒的氣味，才嗅不到那股狼臭。

燒這一頓飯需花上半個小時（我是可以快點燒好菜，但沒事何必急呢），還沒等到我準備好把那隻熱氣騰騰的棕黃色小鳥，放在我僅有的一只康佩（注③）碟子上，並替自己斟第二杯紅酒，便已早早聽到一聲哀嘆，接著是逐漸消失的狼爪滴滴答答聲，他漸漸退出走廊，沒入濃霧籠罩的夜色中。我打敗了他，只因我旁若無人、不顧一切地烤了一小隻鴿子，並以高明且奢華的手法替鴿子調了味。

我是用下面這個法子，來燒那隻無辜的棕黃色小鳥。打從那時候開始，就時常用大同小異的做法，來燒鴿子請客。

注③：Quimper，法國不列塔尼的陶瓷名鎮。

§烤鴿

1隻鴿子
1顆檸檬
2片培根肥肉（或2大匙牛油或食用油）
歐芹
紅酒（或蘋果酒、啤酒、橙汁、番茄汁、高湯……），約1杯的水
鹽、胡椒

將油脂加熱融化。（如果用的是培根，將之煎脆後取出，留待上菜時置於小鳥旁邊、上面甚或墊在鳥身下面。）鴿子的毛務必拔乾淨，用切開來的檸檬和調味料抹遍鴿子全身。把歐芹塞進鴿腹中，用熱油煎鴿子。

加進汁液，立刻蓋上鍋蓋，小火煮約20分鐘，中途需用汁液淋澆鴿子2至3次。如果要冷食，需用有蓋的容器盛裝鴿子，以防鴿肉變乾。（要是打算熱食，替每隻鴿子烤上1片香脆的吐司，麵包需塗上充足的牛油（或抹一點上好的鵝肝醬，大請客！），再把鴿子放在麵包片上。把1杯左右不甜的上好紅酒和2大匙牛油加進鍋裏，邊煮邊攪動一下，立刻用湯匙將這醬汁舀至鴿子上，端菜上桌。此醬汁為4隻鴿子的分量。）

這隻小鳥（我是趁熱吃的）可佐以做菜剩下的紅酒，我用的是一夸特售價二毛六的風磨坊紅酒（Moulin a Vent），以及一片頗乾的麵包，用這來吸乾盤上的醬汁，再好也不過。還有三顆光滑如緞的長形苦苣。我想，配以芹菜心也會一樣地好吃，或幾乎一樣好吃。

另外一樣令人滿意的野味，就算沒和人終於接受天命一事扯上關係，向來也和朋友間深厚的交誼甚或餘興遊獵，連結在一起。兔子或野兔（法文叫lievre），不管用什麼做法來燒，只要記住，在烹調之前需以一兩道巧妙的手法處理兔肉，就可燒出味濃但細緻的好菜。

野兔肉一定得先浸在摻了檸檬汁或約四分之一杯醋的鹽水裏一小時左右，抹乾了以後再燒。一小塊肥豬肉，用鹹豬肉或新鮮肉都行，加進兔肉中一起烹煮，能使兔肉的滋味豐腴許多。嫩的野兔（就此事而言，或是家兔）則可像雞肉一樣，用油煎一煎，不過兔肉肉質較乾，因此配上醬汁通常比較好吃。幾乎所有的兔肉食譜，第一道步驟都是先把肉浸泡一下再煎，接著加入醬汁以小火慢煮，要用什麼醬汁，全憑己意。我一向愛吃下面這道菜：

§砂鍋兔肉

1隻大的或2隻小的兔子
熱開水
鹽
檸檬汁（或醋）
3片肥培根
4大匙牛油
4大匙橄欖油或別種油
½杯麵粉
鹽、胡椒、少許丁香等
1杯高湯或水
1杯紅酒
1把新鮮香草（歐芹、鼠尾草等），切碎
1杯番茄汁

兔肉切塊，浸泡在摻了檸檬汁的熱鹽開水中1小時以上。將培根切成小片，用牛油或食用油煎。

把麵粉和調味料裝進1只紙袋中，把肉抹乾，放進袋中，搖一搖。用熱油脂煎沾了麵粉的肉塊，不時翻面，煎至各面焦黃。

高湯、酒和香草入鍋，緊緊蓋上鍋蓋。以小火煮約1小時，或至肉爛。

把肉移至砂鍋內，將番茄汁倒入煎鍋中，不斷攪拌，直到醬汁濃稠，冒著氣泡，淋在兔肉上，端菜上桌。

這個食譜當然可以隨著你張羅得到什麼材料，還有你打算花多少時間與金錢來做菜，而加以調整變化。另外尚有道好菜費時較久，卻值得一試，它綜合了法式（菜名：civet de lievre）、德式（菜名：hasenpfeffer）和英式做法。那就是：

§陶瓶兔肉

1隻大的或2隻小的兔子
水
醋或葡萄酒
1顆洋蔥，切片
鹽、胡椒、丁香、月桂葉
牛油
食用油
1杯酸奶油

將兔子剁成塊狀，置於陶瓶中。注入同分量的水和醋或酒，淹過肉面；加進洋蔥和香料。醃泡2天，中途需替肉塊翻面至少1次。

取出肉塊，用牛油和食用油將肉塊煎至通體焦黃，注意需不時翻面。當肉煎至焦黃後，把醃汁倒進瓶中，想倒多少，便倒多少。燉約半小時，或至肉爛。上菜前，把酸奶油攪進燉肉中。

就像其他貨真價實的燉肉，這道菜最宜佐以麵條、米飯或法國麵包，好利用它那深褐色的美味湯汁，另外再來一道田園生菜沙拉。（經典的配菜有孢子甘藍、栗子糊、西洋菜、塗了酸果醬的油炸麵包、各種口味的西班牙醬汁、檸檬片、炸玉米糝、這裏或那裏灑上一點新鮮蒔蘿、小麵餃、燉蜜棗或梨子、烤蘑菇……！）要是醃汁中加了紅酒，則可用另一種同樣粗獷而實在的紅酒來佐餐（因為，當然，你才不會把不堪一喝的酒，加進菜裏）。如果醬汁只用了高湯來燒，則適合以重口味的啤酒佐餐，因為它和菜裏濃濃的香料味，十分搭配。

優秀煮狼人的櫥櫃裏，看來或許絕不會有像松雞這類的鳥禽，不過偶爾朋友會送你一隻，或者市場上會出現一小批貨色求售。

接下來的食譜是尼維爾內省（注④）一位農婦給我的，她也是法國一所大學的希臘文名師，這一點連她自己常常也覺得挺意外的。任何禽鳥或看來好像有點乾老的野味，都可以用這個做法來燒，不過它本意是要用來

注④：Nivernais，法國舊省名。

烹調松雞或雉雞。我曾經用這個做法，來燒一隻上了年紀的雞，和一隻同樣很有閱歷的兔子。

§ 松雞或雉雞佐酸包心菜

鹽和胡椒
2隻小的或1隻大的鳥禽（或1隻兔子）
培根片
3大匙牛油或上好的食用油
1½磅酸包心菜
1杯削皮切片的蘋果
1杯不甜的白酒（或用半杯酒對半杯水或蔬菜高湯）
1大匙麵粉

用切開的檸檬片擦拭鳥身，抹上鹽和胡椒。用培根片圍裹鳥身，用細繩綑牢。油燒熱，將鳥煎黃。

沖洗酸包心菜並瀝乾水分（要是菜的酸味很淡，則不必洗，瀝乾泡菜汁即可）。在砂鍋底面鋪酸包心菜和蘋果片，把鳥嵌進菜中，上面再鋪剩餘的菜和蘋果，注入酒汁，蓋緊鍋蓋，文火慢燉2小時左右。

把鳥移至溫熱的盤上，用麵粉勾芡酸包心菜，在菜的表面挖個洞，再把鳥放上去，即可上桌。

自從我自甘受害，每年一度慷慨解囊買冷凍雉雞以來，就愛上了另一道更好吃的食譜，附在下面。可惜我得講一句，我在國內從未親手處理過一隻現宰的野禽，不過我已退而求其次，對付著用一些枯槁至極、幾乎雌雄莫辯、顯然長生不老、羽毛腐爛得教人噁心的鳥禽，且盛裝鳥的袋子裏鼓鼓的都是氣體，淨是雖然看不見卻仍在發威的「乾冰」。我用這些鳥做了可怕的事，然後承認自己勇氣可嘉，並把自己的成就吞進肚子裏。（有一次，我把鴨子和雉雞放在同一只烤盤上烤……我以前從未坦白承認，可是真的很棒。）要是想吃日期（生日、忌日，凡此種種）可疑的鳥，很適合用下面這個食譜來燒。就我所知，用時日恰當的鳥來烹調，多少會好吃一點。

§諾曼第雉雞

用牛油將雉雞煎黃，切成4塊，剝皮剁碎。取6顆中等大小的蘋果和3顆小的洋蔥（切碎），用熱牛油稍微攪拌了一下後，倒進陶罐中，把雉雞肉末鋪在上面，淋上約半杯的鮮奶油，蓋好，進中溫的烤箱烤半小時左右。

想用經濟實惠的做法來烹調家禽或野味，到頭來十之八九難免會變成某種原始型式的燉煮菜色。箇中有好幾項道理，人們因為想花最少的錢和時間，吃到最好吃的東西，遂幾乎是出自直覺照章辦理。

舉例說，除了像鴿子這一類體形較小的鳥禽，整隻烤得花上兩個小時左右，烤時還得幾乎時時刻刻拿著一把湯匙，好替鳥兒淋澆油汁。燉禽肉呢，只消先把肉煎一煎，就可以不管它，任其自顧自地在那兒燉上大約同樣的時間。（得確定火力受到控制，砂鍋裏的湯汁充足，才能走開。）

烤鳥或烤小型的動物，固然是人類所發明的至為美味的食物，可是出爐的時候，除了從本身流出的些許無法被食用的肉汁外，並無配菜，此外個頭往往還縮小了。燉肉卻不然，菜餚的分量好像大多了，因為裏頭通常加了別的食材，並吸收了肉味。同時，鍋中還有分量頗多的美味燉汁，可以配肉、配飯、配馬鈴薯或卑微卻萬能的麵包皮。

至於炸禽肉，油炸嫩雞只要調製得當，有誰能拒絕它的美味？說實在的，要是你相信美國各地的菜單，那麼講到大多數人「外食」時最愛點的菜，炸雞和炙烤牛排可說是並駕齊驅、勢均力敵。

另一方面（從狼的那一面！），要用好油替一家人炸上足夠的嫩雞，配上濃腴的肉汁、馬鈴薯泥、牛油豌豆、熱比司吉加蜂蜜，最後再來份派或冰淇淋，可昂貴著呢。自從我們的國家站穩雙足以來，這樣的一頓飯便意味著宴客或週日大餐。

一隻雞要是先前沒被人捉去炙烤，等長到約三磅重時，便適合油炸。要是讓雞繼續長下去，到五磅重時，可以拿來做烤雞。要是又逃過一劫，按馬扎夫人的說法，這時的雞「還沒老、還嫩，但已成熟，滋味最是飽滿」，這時牠便可準備（縱使是心不甘情不願）「沉著優雅地替一鍋燉菜添製高雅的風味」。用如假包換的好油把牠煎黃了以後，有好多種可口的醬汁可以拿來燉漂亮的雞塊。一想到這裏，便教人不由得納悶，以前怎會以為烹雞只有一個好辦法，就是把牠放進油鍋裏炸。

野鳥也好，家禽也罷，烹調禽類時有一點務須牢記，一定要用切開的檸檬，絕不可用水，將之好生擦拭一遍，如此能讓肉較為鮮嫩，味道也不會流失。另外一點是，最好用牛油混合蔬菜油來煎肉，這樣子肉會黃得比較均勻，也比較好看。

要是你買了一隻雞，或是有人送了你一隻雞（這年頭，要是有住在鄉下的大方朋友，出乎意料送你一份小禮，可真是太好了！），把牠剁成一塊塊，用檸檬擦拭一下，灑點調味料，除了無所不在的鹽和胡椒外，不妨試試看灑少許的肉桂粉和牙買加辣椒粉。把雞肉煎黃後，加進一大把香草末（歐芹、迷迭香、九層塔、百里香，看你的興致，能摘到或買到什麼，就加什麼），以及一瓣切碎的蒜頭。注入一杯左右的番茄汁，新鮮的或罐裝的都成，還有一點不甜的白酒。把整鍋菜攪拌一下，蓋上鍋蓋，小火燉至肉軟爛。

以前在義大利，這樣的一道可口佳餚，菜名就叫做燉雞（pollo in

umido)。（有道美式的替代菜餚，我一直沒法喜歡，對它始終懷抱著漠然的興趣，那就是燉母雞配小麵餃與肉汁。這道菜燒得最好的時候，我說不定吃過，燒得最差的時候，則肯定吃過，可我還是覺得這菜實在沒味道。）每個地區或村莊的做法，都略有差別——老實說，根本是每家的做法都不大一樣——不過醬汁和肉一定是分開來盛，配義大利直圓麵（spaghetti）或玉米粥（polenta）食用。

說不定，你看得出來這菜會非常美味，它是那種「天生即美」的事物，不論哪張餐桌上，都有它的一席之地。仲夏日在無風的陽台上，可以上這道菜；多風的月分在爐火旁也可以上菜。不管用餐的環境如何，都能讓人吃得心滿意足。同時，即便你燒菜時加了葡萄酒、蘑菇，說不定還加了一大撮酸豆或金蓮花籽，它對你的荷包構成的負擔，還是比同分量的馬里蘭雞小多了。

你也可以隔天再吃……並且愚弄那匹狼……有必要的話，讀讀下面這段怪異的文字，聊表安慰，此段話摘錄自衛斯克的《自然的秘密》（*Wesker's Secrets of Nature*），出版於一六六〇年：

取一隻鵝，拔掉羽毛，在她周圍生火，火不可太近，以免煙燻了她或太快燒焦了她；火不可太遠，以免她逃之夭夭。擺上幾杯盛著摻了鹽和蜂蜜的小杯清水……以及幾碟蘋果醬汁。用牛油淋澆鵝身，她會飲水以解渴，吃蘋果以清腸與排便。用海綿保持鵝首與鵝心的濕潤，當她因四處亂竄而頭昏眼花，腳步開始蹣跚時，就是烤好了。拿出來，置於賓客面前：你切下她的任何一個部位時，她會嚎叫出聲，還沒等她死掉，就幾乎已被吃個精光了……這真是一副賞心悅目的奇觀哪。

如何祈求和平

祈求和平、恩澤與精神食糧，
祈求智慧與導引，這些皆為美好的事物，
但是切勿忘了馬鈴薯。

——《禱告與馬鈴薯》，佩提（J. T. Pettee）

人很容易便會想到馬鈴薯，幸好，就算阮囊羞澀的人想到馬鈴薯，往往也覺得篤定。在戰時，馬鈴薯會是最後消失的事物之一，說不定這正是為什麼我們在天下太平時，也不應該忘了它們。

除非情勢急轉直下，時局演變得比悲觀主義者預測的還惡劣，那麼幾乎隨便在哪個市場，都買得到袋裝的馬鈴薯。它們名稱各個不同，都很好聽：愛達荷如瑟、白玫瑰、賀伯隆晚香玉。它們是一種蔬菜，內裏潔白，外披一件褐色外衣，細滑如絲，像一層薄薄的軟木。將它們沖洗乾淨，連同其他東西煮來吃，可比別種蔬菜美味多了。

就像別的蔬菜和動物，馬鈴薯一旦被剝了皮，很快就會一命嗚呼，所以你要是偏好吃削皮的馬鈴薯，最好連皮整個一起煮或烤熟，再去除那層細緻的外皮。

然而，倘若你的味蕾著實開化，那麼有樣東西堪稱人間至極美味，就是一鍋中等大小的連皮馬鈴薯，在熱水中沸煮至熟，瀝乾以後，在火上「搖晃」一分鐘，直到褐色的外皮迸裂。這時要嘛拋進一把歐芹、牛至和細香蔥（或青蔥）之類的香草末，還有牛油，晃一晃，使每顆都沾到作料（將做法變化一下，便可做成一道天賜佳餚，就是把新鮮的豌豆用一點雞湯或水快煮一下，瀝乾後拌上分量充足的無鹽牛油，還有分量為豌豆一半的小顆新品馬鈴薯——當然是連皮煮熟的，以及分量為豌豆和馬鈴薯一半的油煎小洋蔥），要嘛把馬鈴薯直接倒進溫熱的碗裏，然後學瑞士人，每吃一口便加上一大片乳酪、一大塊無鹽牛油還有粗鹽和胡椒。再來杯牛奶或一點白酒和水果，便是美食盛宴了（注）。

如果你的烤箱溫度會達到華氏三百至三百五十度，把幾個大小相仿的馬鈴薯洗淨，擦乾，再抹上一點油或牛油。要是趕時間，可以把馬鈴薯切開，切面當然得塗抹牛油，一等馬鈴薯烤軟了，便用叉子戳一戳，以防馬鈴薯變得又黏又濕（……我現在可曉得了，把它們放進烤箱時就這麼做，更好），餓的話，拌上許多牛油，還有鹽和現磨的胡椒，當場就吃吧，別忘了把像堅果一般細膩可口的褐色薯皮也吃下肚。

或者輕輕地動手把它們挖空，把白色的肉和一顆雞蛋與若干調味料一起快速攪拌，再放回殼中，在上頭加點乳酪或兩根小香腸，用烤箱的上方火力烤黃。（最後這種馬鈴薯，可在準備炙烤前數小時預先做好，冬天吃來特別美味。）

真糟糕，有那麼多人要嘛是迄未和可口的馬鈴薯湯，建立有益健康的情誼，要嘛就是早年嚐過像漿糊一樣難喝的複製版本，從此不敢再碰。我認識的人泰半都劃歸為這兩大類，直到我在某個冬日的午餐、週日的晚餐，或諸如此類的輕鬆宴席上，端上一大盅熱騰騰的湯，做法大致以下列規則為本：

注：原文直譯為「足堪給盧卡拉斯（Lucullus）吃的一餐」，盧卡拉斯為古羅馬的大將軍，以宴客時排場之大、之豪華而著稱，其名到後世遂成為奢侈美食饗宴的代名詞。

§快速馬鈴薯湯

（家父以譏刺的口氣，稱之為窮人湯……）

¼磅好牛油
4顆大的馬鈴薯
4顆大的洋蔥

2夸特全脂牛奶
鹽、胡椒、喜歡的話，歐芹末

在大鍋中或在可直接端上桌的耐熱砂鍋中融化牛油，把洗淨的馬鈴薯刨成絲加進鍋中。（我喜歡保留薯皮，不過如果在起鍋前不加點新鮮香草末，替天然的白色湯底增添些色彩，以掩飾湯中的褐色皮屑，那麼湯看起來會沒那麼賞心悅目……）洋蔥剝皮後刨絲……或切成極細的薄片，下鍋。邊煮邊攪，將鍋中的材料煮至熱得冒泡後，轉小火力，蓋上鍋蓋煮10分鐘左右，或至菜料軟卻不爛，需不時搖晃鍋子，以防黏底。

有需要的話，再多加些牛油（或雞油）。將牛奶煮至開始沸騰，不可過頭，徐徐注入鍋中，加調味料，端湯上桌。這道食譜的做法顯然有各種變化，家父最喜愛的做法之一，是在臨起鍋前加進一杯左右切碎的熟蛤蜊肉。在倒入牛奶前，先加進半磅的蘑菇末，也不錯。凡此種種，不勝枚舉。）

煮湯的步驟如此簡單，別種烹調澱粉類食物的方法，也很容易，可是一般人卻把這類東西煮得一塌糊塗，幾乎令人驚愕。比方說米吧，它是世上最原始簡單的糧食之一，想想看，有多少未受教育的人都在食米飯哪：可一般吃下去的米飯，往往要嘛又黏又不好消化，一點也不好吃；要嘛一再淘洗，直到味道盡失，活像漿糊，而且說不定還比不上漿糊有營養。

煮飯有兩個正確的方法。（做人還能比這更武斷嗎？我原該說：「我認為煮飯……！」我依然如此認為，不過這會兒我長了年紀，希望也長了智慧，因此歡迎批評指教。）一個方法是，把一杯淘乾淨的米，緩緩倒進一大鍋（至少三夸特）沸煮的鹽開水中，就讓米粒在水中不停翻滾，把米粒煮到用手指捏得碎的程度即可。

只要保持大火沸煮，米粒就一定不會沾鍋。鍋裏加少許牛油（能加一點上好的油，更好……）可防止米湯滿溢，並且無損於飯的原味。飯煮到快熟時，應倒入濾器裏瀝乾米湯（要是你們一家人愛喝湯，米湯應予保留），接著用冷水充分沖洗乾淨，食用前回鍋用熱水燙一下，或把飯蒸到適當的熱度。〔我依舊偏好用蒸的，不過可以的話，我會把整套步驟重寫一遍。在此建議，不論是誰，只要有意讓人生充滿愛、幸福和健康，並認可優良的烹飪對人生的價值（亦即，凡是關心人類尊嚴的人！），那麼就該去讀讀幾本別的著作，而後根據那幾本書和本書，特別是他自個兒的一套辦法，自行作決定。〕

另一個公認可行的方法，有時被稱為中式做法，有時卻叫做印度式做法，你要是學得會，這個方法不錯。我想訣竅在於，得有一口鍋蓋密合的厚鍋子，以及火力能調到極微卻不致熄滅的爐子。

§中國米飯

1 杯米
1½ 杯水

用水淘洗米粒，反覆換水幾次，直到水不再混濁。將米下鍋，注入水，煮至沸騰，不加鍋蓋沸煮5分鐘後，將火轉小一點，把水慢慢煮乾，接著將火轉至最微弱的程度，蓋上鍋蓋，不加以攪拌，煮上20分鐘。鍋底會形成一層鍋巴，但不能燒焦。

食譜中的最後一句，是項警告。不過，要是你愛吃米飯，並且想吃到最美味的米飯，可別被這句話嚇到了。我只要用這個法子煮飯，都一定會煮出鍋巴，但是因為我很小心，從來就沒把飯煮焦過。而且我每煮一回，就覺得這法子好像又簡單了一點。（要是鍋巴並未變黃，我會在上頭加點高湯或牛奶，美味柔軟的飯粒便會逐漸鬆開，和湯汁混合，做成湯或布丁等各式各樣的菜色……用這個辦法來清鍋子，真是再美妙也不過了！）

幾乎任何一款帶有可口醬汁的菜色，都非常適合佐以不論用何種方法炊煮出來的白飯。米飯是天賜寶物，能使剩菜殘羹搖身一變為美食歷險，剩飯可以擺進冰箱保存，且經得起多次回鍋加熱。加上蛋、牛奶和葡萄乾，可製成甜點，十九世紀末的孩子，有誰不知道這道甜點的？要是你愛吃簡單的口味，加一點紅糖和牛奶冷食，便是美味的一餐，亦可當成清涼的點心……這讓你一下子似乎回到了孩提時代，真的能給人安慰。

糙米比白米更有益健康，前者保留了較多富含養分的穀殼。要把糙米煮熟，所花時間比煮別種米稍長一點。白米口感輕盈，只要烹調得當，吃來乾鬆不濕，要是你還找得到那種短圓的中國米，尤其美味。（眼下到處都可以找到一種新式的「快煮」米。我都用樸實無華的方法煮飯，因此務必採用優良的米，不過有些愛拿米來變花招，做成形形色色花式米飯的廚子跟我講，快煮米完美極了。有一回我想用這種米，一磅米足足洗了好幾分鐘，到現在我還記得倒掉的洗米水是什麼樣子：那水中充滿各種化學添加物。）

如果你覺得咱們國內煮出來的米飯都具有那種漿糊似的口感，那麼米還有另一種烹調方式，且這個法子似乎比只用水煮飯更高明一些，那就是先將米用油炒過，再加進其他材料，而不單只是用水煮熟。用這種方式燒出來的飯可稱為義大利燴飯（risotto）、西班牙粥（sopa de arroz）或中東、中東燴飯（pilaf），不過做法都是先用油或牛油把米炒黃，加入偏好的香草，然後置於厚鍋中，加入葡萄酒或高湯，不需攪拌，煮到米粒變軟。鍋中可以加肉或蘑菇；或者學米蘭的老法子，摻點番紅花絲；亦可加辣香腸；或按新加坡人在堤道尚未被炸毀以前的習慣，加杏仁和葡萄乾。

有一件重要的事情需要注意（眼下我已決定，沒那麼重要啦。年紀越長，難免變得馬虎一點，說不定有點「管它去」的犬儒作風），做各種燉飯時，先得用毛巾把米擦乾淨，加了汁液以後，千萬不可攪動鍋裏的東西。湯汁的量一定要備足，得比你預期得還多，一次加一杯下鍋，等煮到沒有汁了，再添另一杯，這樣煮好的飯才會乾鬆，看不見一丁點的湯汁。

差不多每一種稍以高明手法快速烹製且帶有許多醬汁的菜餚，都適合配飯吃，可以用回鍋加熱的剩飯，甚至利用罐頭米飯都行。（罐頭米飯？我難不成在作夢？我該不該去請教雜貨店老闆？我是怎麼回事？一切都是我的錯（拉丁文：Mea culpa）。）麵條和義大利麵也經得起瞎搞胡整，就算在冰箱裏擺了幾天不去理它，仍可回鍋加熱，做成足可搭配佳餚的佐餐良伴。

有道十分簡單的砂鍋菜餚，配烤火腿很好吃，就是把麵條稍微用水煮過，拌點鹽、胡椒和一杯用牛油或好油炒過的蘑菇。喜歡的話，可以在麵條上頭灑些麵包屑（……或一把用乾鍋煎烤至變成胡桃色的天使之髮麵碎屑，這種麵比細麵還細）。

任何一種澱粉質糧食……各種義大利麵、米飯、馬鈴薯……可以不配菜，就這麼吃，加熱了以後（我在這裏的意思單純只是在說，二度甚至三度回鍋「加熱一下」。秘訣在於，一次煮上不只一頓的分量，稍微煮一下，不要煮得黏糊糊的。吃剩的米麵回鍋熱炒，美味極了，比方中式炒飯），放進雙層鍋的上層裏，鍋中已有牛油、紅甜椒、喜歡的話亦可加少許蒜頭，還有許多手邊現有的香草。要是牛油裏加了蒜，在添加其他材料前，需先將蒜取出。

義大利直麵是深受世人誤解的簡樸食物，可是只要烹調得當，卻可以變成人間美味。首先，麵本身的品質必須優良新鮮，用如假包換的硬質麥粉製做，如此製成的生麵條才會堅實且帶角質，煮熟起鍋時才會結實、清爽而光滑。

麵條需用大量的鹽開水沸煮，邊煮邊不時攪拌。煮了大約廿分鐘後，應取出一根，用姆指和食指捏一捏，試試硬度，如是數次，這樣才不會把麵煮得過熟，變得又軟又濕黏。麵條煮到幾乎快熟時，倒一點冷水下鍋，好停止煮麵，接著充分瀝乾麵條，如此才不會沖淡用來拌麵的醬汁。

次要的一件事是，必須在麵條口感臻至顛峰之際趁熱上桌。要是你跟我一樣，愛吃最質樸的口味，請備妥一只熱砂鍋，裏頭盛裝大量融化的新鮮牛油，把麵倒進鍋中，麵條當然得保持原有的長條形，不能切斷，然後將麵條繞圈攪拌數次，立刻衝到桌前，上菜。讓你的客人就在桌上自行取食，盛到溫熱的碟子上，喜歡的話，再多加牛油、鹽和胡椒，以及帕米森式的乾酪屑。配上沙拉或水果，還有分量充足的淡紅酒，便是完美的一餐。

要是你喜歡用醬汁來拌義大利直麵，或是細麵、粒狀麵、小尖管麵等五十多種形狀各異的義大利麵，隨興調製醬料就是了——但務必牢記，應該在番茄醬汁中加入蘑菇，以及你找得到的任何香草，這樣一定很好吃。

最好記住一點，這種醬汁裏不可摻入麵粉或罐頭番茄湯，而應慢慢燉煮罐裝或新鮮番茄，讓湯汁逐漸變濃稠。還有一項重點是，煮麵以前先做好醬汁，同時請客人早早就座，麵一上桌隨即享用，因為麵一旦拌上醬，就沒法等了。當然可以在幾個小時前便做好醬汁，不過萬一得在麵已經煮好一陣子以後才能上菜，那就趁麵尚未煮透以前，便把麵撈出來，瀝乾水分後，用水充分沖洗，等到要上菜前，回鍋用滾水燙一下。

務必準備好溫熱且容量大的大盤子，來盛麵和醬汁。麵和醬要嘛在上菜前一刻才稍微攪拌一下，要嘛在盤上把麵弄成山形，山頂澆了醬汁，分給各人後，由各人自行攪拌。乾酪屑應該分開來盛裝上桌。

有道和義大利直麵非常搭配的醬汁是，或者曾經是，那不勒斯人最愛吃的口味。它的做法十分簡單，卻美味得不得了，連嗜肉成癖的人，一旦吃到嘴裏，都會忘掉他們已受制約的胃口。（同時，非常經濟實惠。）

§拿坡里義大利麵醬

5大匙橄欖油（或像樣的代用品，要是真有這種東西的話）

2瓣蒜頭

1顆甜洋蔥
1根胡蘿蔔
½個青椒
2杯番茄醬汁（2罐小罐頭）
鹽、胡椒
3大匙香草

把蒜頭、洋蔥、胡蘿蔔和青椒切碎，加進油中，用小火炒約10分鐘。番茄醬汁下鍋，加調味料和牛至、百里香及歐芹等香草屑。小火煮約20分鐘，不時攪拌。和熱義大利麵以及乾酪屑一同上桌。

我國最接近義式玉米粥的東西，大概是南方的匙麵包。後者比較講究，也比較昂貴，同時用途不像它的義大利祖宗那麼多樣。它的確很好吃，不管過去、現在，還是未來的任何一位正宗卡羅來納廚師，都會樂意向你證明這一點。可以把它熱騰騰地端上桌，配雞肉或隨便哪道現成的砂鍋菜，好不美味。也可以拿來搭配吃剩的濃肉汁或醬汁，汁裏或可加兩三罐罐頭蘑菇、新鮮香草和雪莉酒。（我常在這類菜色裏加橄欖，中或小個頭的去核黑橄欖，切為二或四等分，最好先用少許油或牛油，拌一拌橄欖和蘑菇，接著灑點香草，再加進吃剩的醬汁，最後淋點雪莉酒。人人皆不疑有他，吃得津津有味，尤其是討厭橄欖的人，這種人為數還不少呢。）

§南方匙麵包

2杯玉米粉
1½杯甜牛奶
2杯熱開水

1小匙鹽
3大匙融化的牛油
3枚雞蛋

玉米粉過篩3次，倒入滾水中邊煮邊攪，直到質地均勻光滑。加進融化的牛油、鹽，用牛奶稀釋。

蛋黃、蛋白分開打至鬆發，先把蛋黃拌進玉米糊中，再拌進蛋白。把糊倒進塗抹了牛油的烤盤中，在中溫（華氏三百五十度）烤箱中烤半小時左右，連烤盤整個上桌。

義式玉米粥和這道多少有點嬌柔脆弱的淑女菜色迥然不同，強勁又直截了當，差一點就顯得粗野，是好幾百年來深受飢餓的老實人忠貞信服的一種食物。它其實就只是玉米糊而已，不過它被調製得漂漂亮亮的，很上得了檯面。它可以當成窮苦人家的主要營養來源，或者充當自助晚餐的主食，款待二十位胃口倒盡、且滿不在乎的文評家。（某人在注解某人的文字時，「它可以」的後面，竟會接上像「……且滿不在乎」這樣的句子，叫某人看了簡直痛苦萬分。某人這會兒比一九四二年時，看得更清楚了，某人臉都紅了。）

玉米粥應現做現吃，且盤子得是溫熱的，因為它和所有的澱粉食物一樣，很快就會變冷，且一冷就會失去它那股堅果般的香味。玉米粥可用厚的鐵鍋煮上一小時左右，烹煮時需不時以木杓加以攪拌。鍋子內緣會形成一層殼，不可攪碎，亦不可燒焦。也可用雙層鍋，用隔水加熱方式，不加攪拌，煮三小時左右。第一個做法較快，可是隨時都得留心。玉米粥要是變得太稠，再加點水便是。

玉米粥幾乎無所不搭，只要那醬汁是深色的，加了香草調味，並且摻了少許的蘑菇、橄欖或任何你想吃的材料，都行。看你想搭配什麼醬，就配什麼，至於要做牛肉、雞肉甚或貝類海鮮口味，則可視你荷包大小而定，無一不可。什麼都不搭，不配畜肉、禽肉或魚肉，就這麼單吃，也行，我就常常這麼吃。想要的話，可在前一天把玉米粥預先做好。

應該記住的要點大概是，玉米粥用的不是一般的玉米粉，而是「輾得較粗的種類，在任何一家義大利雜貨店或大多數大型市場都買得到。

§義式玉米粥

3杯冷水
3杯熱開水
2杯玉米粥粉
2小匙鹽
帕米森式乾酪屑
（1杯切丁的蒙特瑞（Monterey）乳酪或溫和的山羊乳酪，可省，但加了會

很好吃）

把玉米粥粉和冷水緩緩攪拌成光滑的糊狀，將其緩緩倒入加了鹽的沸水中，不停攪拌，以免形成疙瘩。如果用雙層鍋，則不要攪拌，煮3小時。如果用的是厚重的鐵鍋，用木杓不時輕輕攪動鍋內的玉米糊，煮1小時，攪拌時，小心別碰到在鍋子內沿形成的玉米糊硬殼。

玉米粥煮好之後的質地，應該和匙麵包幾乎相同。如果太稠了，再加點熱水。

喜歡的話，在最後一刻加進乳酪丁，接著盛至盤上，使成山型，上面灑乾酪屑。

醬汁分開盛裝，用什麼醬汁都行。或者在同一只盤上先放醬汁，再把玉米粥圍在外圈。

§佐玉米粥的牛肉醬汁

¼杯橄欖油或別種好油
1個大的洋蔥，剁碎
1瓣蒜頭，切碎
1杯西芹末
1根胡蘿蔔，切薄片
1大罐整粒的番茄
1片月桂葉

1整粒丁香
2粒胡椒
鹽和香草適量
½杯乾蘑菇
1杯熱水
2½磅牛肉，切成1吋見方的方塊

（我認為牛肉的分量太多了，切得也太大了一點。我會減少一半的量，把肉或切或剁成比較小塊。我並已認定，在鍋裏加1枝新鮮或乾燥的迷迭香，煮到最後再把它撈出來，會很不錯。我也愛擺些切絲或切片的青椒進去。）

用油將洋蔥、蒜頭、胡蘿蔔和西芹炒鬆炒黃，加進番茄、香料和香草（百里香、牛至、九層塔）。

用熱水把乾蘑菇泡軟，切成小塊，擠乾水分，統統加進醬汁中。蓋上鍋蓋，小火煨煮3至4個小時。

用少許動物油脂或食用油煎牛肉，注入少許熱開水或高湯，小火煨至肉爛。在預備上菜前的1個小時，把肉加進醬汁中，融合兩者的味道。

盛至大盅裏，以便把醬汁倒在（這裏應該講用杓子舀比較好）每人盤中的切片玉米粥上。

若用雞肉做醬汁，調味則不要太重。要是用野兔肉來做，不加水，改用不甜的上好葡萄酒，會比較可口。其實，視個人的口味和偏見，不管用什麼肉，都可以以酒代水。〔如果用的是熟蝦仁，則應在上菜約十分鐘前，才加進醬汁中。小的蛤蜊肉、蠔或蝦，是生且去殼的也好，還是生且冷凍的（當然也去了殼！）也罷，皆應以小火用牛油煎至蜷曲，在上菜的前一刻才加進醬汁裏。凡此種種，不勝枚舉……所需要的是常識與勇氣兼具！〕

和麵包一樣，玉米粥亦是亙古不變的主食，它從人類轆轆的飢腸一躍而出，似乎毫不費力地便能讓人一吃下它，便油然生出一股力量、尊嚴，並且感到安寧。

要是阮囊羞澀，做玉米粥花不了多少錢。或極盡奢華之能事，用葡萄酒之類的好東西，將之烹調得香味四溢。亦可秉持頑強不屈的心態來烹調，豎起一隻耳朵，注意在門檻下方嗅聞個不停的那匹狼。或者把它做成一道營養豐富的菜餚，好對其他一些比較單純的日子，作一番表示。不過，不論其中變了什麼花樣，它簡單大方的本質不變，如一曲綿亙優美的賦格，或春天的一個暖晨，令我們的肚腸和靈魂都得到滿足。

如何滿足於如蔬菜般平淡的愛情

如果他滿足於如蔬菜般平淡的愛情，當然不適合我。怎麼說呢，這位純潔的少年，鐵定是純潔至極，令人難以消受啊。

——《忍耐》，吉伯特（注）

純潔和如蔬菜一般平淡的愛情，或許脫離不了關係，可是幾乎可以肯定的是，它和愛吃蔬菜八竿子打不到邊，因為眾所周知，至少有一位不知悔改的罪人，能被法式嫩豌豆勾起最卑下的情感、最高尚的情操。

在艾斯科菲耶和其他許多烹飪書中，當然載有如何製做這道既質樸又細緻的菜餚的一流食譜。而我跟其他多位廚子一樣，鮮少注意到它，而是便利行事：要是沒法從如今已消失不見的自家菜園裏摘豆子，我索性捨市場上那些大小不一的鮮豌豆，而購買大小一致、品質平庸的冷凍豌豆。如

注：W. S. Gilbert，一八六六—一九一一年，英國輕歌劇劇作家。

果我有上好的紅蔥頭或洋蔥，我會用它們。如果我有自家種的萵苣生菜，我會高興都來不及。可是我往往逆來順受，將就著用一小顆葉片緊密、無滋無味的「阿拉斯加」萵苣（在無沙拉不歡的舊金山，竟被稱為洛杉磯萵苣，真是太無禮了！）。因為需要甜味，我用含鹽牛油，還有一些其他的東西。我每回吃自個兒燒的，多少帶點法式風味的嫩豌豆時，都很開心……只要我能想辦法不讓電話鈴聲在豌豆正要煮好的那一刻響起，害得一鍋豌豆變得又白又皺就行了。

§ 法式嫩豌豆

½杯水
1顆萵苣
6根青蔥
1把歐芹

2磅豌豆
¼磅上好的牛油
鹽、現磨胡椒

把水倒進厚砂鍋或鍋子裏；把萵苣切成粗條，下鍋。把蔥切2吋長的段，只用蔥白的部分，下鍋。把豌豆鋪在萵苣和蔥段上，其上再放牛油塊。蓋緊鍋蓋，慢慢煮至沸滾，不時晃動鍋子。轉小火力，煮約5分鐘，立刻上菜，攪拌均勻，視個人口味調味。鍋裏應該幾乎看不到汁，喜歡的話，可在起鍋前再加點牛油。

有關蔬菜做為一種飲食享受的形式，最簡單明瞭的說明就是最好的說明，因為事情一旦脫出基本範圍，要用什麼食譜，全憑你的意願以及你需要什麼來決定。

大多數的蔬菜都不錯，不過仍有人不大敢領教歐洲蘿蔔（我也有同感）。（我現在一點都不懷疑了，我知道它不好吃。蕪菁甘藍也加入這個令人無法領教的行列。）

所有的蔬菜，不管它是軟是硬，外皮是厚是薄，一旦剝除了外皮，就死了……就同你我一樣。因此，最好是連皮一起煮，至少煮到半熟，然後再依各自的打算加以烹調。

除了包心菜和硬得不得的、八成無法食用的蕪菁外，煮蔬菜時，用的水量越少越好。（我這會兒知道，我能用一杯的水來煮四分之一顆的包心菜，而已切成小片的包心菜，則根本不必加水，加一小塊牛油或一點上好的油脂便可。（至於蕪菁嘛，讓我坦白講一句……何必操那份心呢？）用蒸鍋來蒸挺不錯，新式的壓力鍋也十分經濟，只要你買得起。

蒸煮蔬菜剩下的汁和水，如果不加點牛油攪一攪，做成醬汁的話，應該倒進瓶子裏，收進冰箱。可以混合各種蔬菜煮汁，使用前搖晃均勻即可。

煮汁有以下的用途：煮清湯、做熬醬汁的湯底、疲倦時喝一點以便迅速恢復元氣（加一點檸檬汁和等量的番茄汁，冰涼飲用）。各種不同蔬菜的天然鹽分，使得煮汁不必加鹽和胡椒，便已是香濃可口的高湯。

罐頭蔬菜的湯汁也是如此：絕對不可倒棄，應該珍惜它們的價值，把汁瀝進原已盛裝著各種精華的高湯瓶中。

罐裝蔬菜通常挺不錯的，且往往比自家煮的同種蔬菜，含有更多必需的維他命和礦物質。這多半是項事實，因為罐頭蔬菜是在罐中煮熟的，因此營養價值並未流失。此外狡詐的填裝工人，急於讓罐頭斤兩足夠，都會盡量多裝點水，等罐頭到了你的手裏，裏頭的湯汁早已又香又濃了。

冷凍蔬菜也很好，應當小心地遵守包裝上的指示，不過煮豌豆、豆子或玉米的時間通常應比指示來得短，才會好吃。

就此事而論，沒有一種蔬菜所需的烹調時間，會像你以為的那麼長。當然，這部分得視海拔高低、燃料和鍋具而定，不過大體上的實情是，蔬菜幾乎總是被煮過頭了。

有人愛在水中加鹽，我自己則偏好到最後才加上我喜歡的任何調味料。這樣蔬菜似乎嫩些，甜牛油和現磨胡椒的味道也比較鮮明。

新鮮香草自然不能如此處理：而應該一開始便下鍋，如果你在上菜前想把香草撈出來，則應該事先把它們綁成一束。（我的口味改變了，並不是所有的香草都耐煮，有些不可久煮。比方說，迷迭香可以加進雞肉鍋或醬汁鍋裏久燉，百里香和月桂葉亦然。不過牛至、歐芹、大茴香……我會留到最後才下鍋。這顯然是個人偏好和口味使然！）香草不論是混合或單獨使用，都能帶出千變萬化的味道：九層塔、牛至、百里香、鼠尾草、薄荷、大茴香……只要你給它們用武之地，它們便會變出令人愉悅的戲法！

一星期上大的市場買一兩次蔬菜，並一次調理完畢，是可行且實用的辦法。(這的確是個實用的構想,不過我在理論上無法苟同。大多數蔬菜的美味會與日漸減。)又洗又切又剁,然後把接下來幾天需要的菜煮熟,雖然費時,卻能令人心情平靜,而看到料理台上瀝乾的那一堆堆漂亮清脆的菜,更讓人心滿意足得不得了。

每種蔬菜皆不可煮至熟透,一等菜冷卻,收進冰箱冷藏,味道較重的蔬菜,如花椰菜,則應盛裝於有蓋容器內冷藏。你端詳著那一盒盒蔬菜,看到自己幾乎已準備好了好幾頓飯,心情真是好。你可以想出以幾樣簡單材料變出一道菜,比如把拌了牛油的熱麵包屑倒在花椰菜上,或將一罐豆芽拌上一些切碎的青椒以及四季豆。

或可做好計畫,到週末做一道大雜燴,把剩下的所有蔬菜,加些切碎的培根和番茄,一同入鍋炒熟。再不然,加上蛋做成義式蛋餅,或做成一道令人滿意的精美沙拉,按照你以前在威尼斯看到的方式,在大碗中讓熟菜和生菜交會,激盪出令人胃口大開的美味。(新種馬鈴薯是一樣無所不在的蔬菜,真教人開心,粉紅色外皮且個頭小的尤其好。加進沙拉中,好吃極了。趁熱拌上豌豆、四季豆、烤蘑菇,還有好多別的東西,是天上才有的美味。我找不出適當的詞彙來形容冰涼的新種馬鈴薯，當然是連皮的，配上一盅濃濃的酸奶油，邊蘸邊吃。）

愛蔬菜的方式有很多種，最明智的做法便是，以合宜的手法調理蔬菜。這麼一來，你會吃得心安理得，因為你曉得，你在身心方面，都配得上蔬菜佳人，而且絕不必擔心，自己的愛會像蔬菜一般平淡。

如何製造大場面

人只要節儉，做好管理，小心花用手邊現有的錢，簡直對任何人都一毛不拔，那麼就能用極少的資源，來製造大場面，起碼撐得過一時。

——《浮華世界》，薩克萊

眼下由於大夥兒頭一回領悟到，戰火已燒到美國自家的土地，因此一窩蜂地講求省吃儉用，儘管如此，卻連情緒最激動的雜誌所提出的建議，都無法像薩克萊筆下的貝琪，把事情講得這麼達觀、透徹。她的態度犬儒，並且八成有點太不帶情緒，而幾乎每位女性看待這個世界，往往都有一丁點感情用事。因為要是完全不感情用事，你該如何解釋，直到一九二五年的過去一百年以來，為何烹飪書的封底總要提出好些不可思議的節約方法？

我確定，你心底隱藏著一個強烈但秘密的願望，想要以英勇的殉道精神和行動，令你的婆婆，或說不定你的丈夫、日漸亭亭玉立的女兒，對你刮目相看，就是這個願望，促使你遵守大多數「有益的提示」，或按照一本令人目瞪口呆、名為「廚具妙計」的英國書上所說的方法行事。

燃料問題是否顯得可怕又空洞？這裏介紹一些沒試過以前難免顯得有點污穢又古怪的對策。可它們真的有效，且能令你感到既崇高又英勇。

向賣燃料的人買來一包耐火黏土，加水混合成濃黏的糊狀，捏成如柳橙大小的球（如果你腦子裏想到的是加州臍橙，那麼就捏得比那小一點），放進烤箱烤乾：反正你當晚要做烤馬鈴薯和鍋燒肉。可以的話，把它們留置在逐漸冷卻的烤箱中一晚，等土球看來乾了，便可放進火堆中。

這樣就行了。土球會被燒得又紅又熱，冒出大量的煙，只要你用火鉗輕輕撥動，當你清理壁爐時，它們會繼續燃燒「幾世紀那麼久」，書中是以相當天真無知的語氣這麼寫的。此外，亦多少嫌過於天真無知的，這玩意兒竟名為熱點！

要是你不想被潮濕的耐火黏土弄得渾身髒兮兮的，那麼在燃燒的火堆正中央，擺上一兩個空的馬口鐵罐……如果你還存有馬口鐵罐頭的話。火可以燒三、四天，並製造出量多得出奇的火力，這些火力以前顯然都從煙溜掉了。

如果在單爐嘴的瓦斯爐上擺一片十二吋見方的鐵皮，而且你有的是老式的爐子的話，那麼你便可以在一口爐子上同時燒約四口鍋子。（此一「提示」帶有十足的一八九七年風味，也就是書出版的那一年。）爐嘴有不少部位都上了美觀白搪瓷的現代爐子，要是照章行事，說不定就報銷了。

書中其他的一千條省錢訣竅，大多數也已徹底過時了。這年頭有多少婦女想知道怎樣清潔馬毛靠墊、該拿脫毛的羽毛床怎麼辦……或甚至怎樣「處理細工打造的銅床」呢？（除非當成雞尾酒會上打開話匣子的開場白。）

在書後的索引之前，通常列有一張表，叫做「小提示幫大忙」或「行家指點」，各種叫法都有。而幾乎每張這樣的表上，都至少有一條治打嗝的偏方。這好像有點奇怪，說不定這只不過是在以不大高明的手法承認，書裏有些食譜不大好消化。

「起火須知」是另一位忠實老友，諄諄教誨人如何滅火，從將一磅硫礦投進煙囪、調製務必儲藏於涼爽黑暗地窖中的複雜液體……到澆上大量的水等等，各式各樣都有。

書中對美容這樁問題，也做了不少提示，這是想當然爾的事。美白手臂、去斑水、柔軟雙腿和手指的方子……凡此種種，都讓人模糊地想起令人陶醉的往事，回憶中有風華絕代的佳人、厚重的絲絨花飾、影影焯焯的粉紅色燭光，還有邊抽雪茄邊啜飲波特酒的男士！

然而當佳人年華漸失，高高梳起的髮絲變得有點稀疏時，她們真的會一天數回拿洋蔥汁來摩擦頭皮嗎？一旦一頭染金的鬈髮終於開始大把掉落時，她們真的會天天把汽油大量地抹在頭上，並且一週抹三回椰子油嗎（或真能如此嗎）？

還是說，她們會不會退回香閨，讀起書名索性就叫做「精神崩潰」的指南，並開始慢慢發展出書中詳細記載的一切癥候？

然而，這些選集提供的家庭必需品調製法，有些的確有用，比如有個叫做怡人漱口水的方子。一位婦女幾個月前發現這個方子，她有五個子女，全都得咕嚕咕嚕地用殺菌水漱口再吐掉，不知用了多少昂貴的殺菌水，製造了大量的廢棄物。

此一配方記載於第一次世界大戰時出版的一本書，當時酒精在英國幾乎無處可尋、奇貨可居，而美國不久以後也會出現這種情形。這個方子調出的漱口水價廉物美，大體上足適取代各種品牌的瓶裝漱口水。我們所受的教養讓我們一直把瓶裝漱口水當成日常固有的盥洗用品。

§漱口水

1小匙溶解在酒精中的沒藥	2盎司硼砂
1小匙樟腦精	1夸特熱水

用熱水溶化硼砂，等硼砂水變冷了，將其他材料加進去，裝瓶。（如果孩子喜歡，可以加一點粉紅色素。）

花不了幾文錢，便可調製許多種牙粉，雖然味道不如市售牙膏粉那麼溫和與芳香，但是除了頭一回用時會嚇一跳以外，功效和市售牙膏粉一樣好。有一回我手頭不大寬鬆（這裏絕對是輕描淡寫），拿了一只瓦罐，將同等分量的烘焙蘇打粉和普通蘇打粉混合均勻，又摻了幾滴薄荷，以徹底或至少去除大部分的異味。（可怕極了，我一想到那味道，就會反胃，要是哪天逼不得已得再靠它，寧可用一根柳枝解決，或就讓一口牙爛掉。）

一本年代較久遠的書裏有一個方子則建議，混合等量的橄欖油肥皂、鳶尾根粉末和沉澱的白堊。在我的想像中，橄欖油肥皂一塊塊都是大小不齊、邊緣銳利的醜樣子，經過深思熟慮，決定不用此方，因為我認為它不但聽起來不怎樣，實際上也不會好到哪裏去。

而肥皂呢，在戰時一物難求的程度，說不定比你目前所體會到的更嚴重。各家報紙悄悄地報導，英國婦女在廚房水槽裏放置特別的濾器，以便收集油脂……這副景象固然難看，但是下列這個方子也不見得好看到哪裏去：

§仿肥皂

混合等量的軟肥皂、巴斯磨石和白堊粉，塑成大小合宜的塊狀，慢慢風乾。

你要是想保持清潔，並讓身體一部分的皮膚仍留在原位，下面介紹一個或許比較仁慈的方子：

§ 肥皂製法

5磅融化的油脂（食用油脂不宜）
1罐1磅裝的鹼液
1夸特冷水
3小匙硼砂

1小匙鹽
2大匙糖
½杯冷水
¼杯氨水

用冷水溶解鹼液，等溶液冷卻後，徐徐加入油脂，邊加邊攪拌。混合其他材料，加進油鹼溶液中，攪拌至液體質地變為濃稠，顏色變淡時，倒進鋪了紙的鍋子裏，在肥皂變硬之前，在表面做記號，以便稍後分塊。等肥皂變硬了，分成數塊，疊好，以便肥皂徹底變乾。

此一基本方子尚有多種不同的做法，據此製出的肥皂，其貌不揚，氣味更糟糕，只是堪用而已。然而，聊勝於無——要是你同意潔淨幾近於虔敬這個說法，那麼聊可大大勝於無了。（我有位英國朋友，長得十分標緻，不大虔敬，我定期寄包裹給她，裹頭有五種左右的普通好肥皂，有粉狀的，片狀的和不含香精的肥皂塊。她喜歡得很，覺得比蘭花還珍貴。）

還有一個方子，也是從一本英國書裏看來的。這本書叫我納悶已久，需要找一些精擅擺出撲克臉孔的人朗讀朗讀，好讓書中的建議聽來極之複雜。書裏講的明明是一件事，可就連頭昏腦脹如我，也覺得它其實巴望著講別件事情，同時又不願傷害道地的真淑女脆弱的感情。

§治療瘀青

跨坐騎馬的仕女或許樂見下列療方……在接觸馬背的疼痛或瘀青部位，敷上1片厚約2吋的濕泥。泥塊應較患處大2吋左右。在睡衣下用繃帶綑好，敷一整夜。

茶葉在完成其泡製茶湯的天賦功能後（且讓我謹慎地匆匆轉移話題），用途尚多得驚人。書上講，歐布松繡織毯（aubusson carpets）用了茶葉處理，就不會沾滿灰塵……管它什麼毯都成。用了茶葉，壁爐不但較易清掃，灰燼也不會飄得到處都是。書上還講，茶葉也適於用以清潔水瓶內部，可是我卻不大明白水瓶明明只用來裝水，怎麼會變髒呢。（我在一九四二年時，對水顯然所知甚少！自此以後，我逐漸發覺，水漬比什麼污痕都難處理，要讓水瓶保持潔淨光亮，最好的辦法就是使用「可奴」（Ke-Nu）之類的清潔用品。撫養了兩個寶寶以後，說不定這會兒我已長了一點見識！）

感謝老天爺，你也可以用水泡茶葉，拿來替蕾絲花邊染色。

這些來自不屬於我們的時代的烹飪書（且讓我們再次禮讚這一點），諄諄倡導種種未必總是被實地運用的原則，形成一種整體的節約氣氛。以下的一道提示，適足總括說明此一氣氛。至少有五本書，記載了這道提示，第一本書編於一八四〇年代，最後一本則由遠西教會聖馬太仕女會於一九二五年出版——沒錯，就是二十世紀，而非十九世紀。不論哪一版本，寫法都和以下所記錄的幾乎一模一樣，吾人應記取教訓。

§填針墊

用過的咖啡渣乾了以後，用來填針墊再好也不過，既省錢，又能防止縫衣針和大頭針生鏽，避免浪費，而且不會變扁。

Pax Vobiscum（拉丁文：願汝平安）！

如何擁有光滑的皮毛

我愛小貓咪！
皮毛何其暖！
只要不傷伊，
伊便無所害。

——無名氏（John Sebastian Doe）

說不定沒有別的英語打油詩，能比這首樂觀的打油詩更足以惹惱起步中的詩人。它不但故作純潔、令人厭惡，押韻也很不合理。除非你講的是德國方言，否則最後一個字應該是horm（注①），可horm是什麼玩意呢？Horm可以是一種新出品的三明治抹醬或提神飲料，卻絕對不會是咪咪（注②）會對你做的事。不過，咪咪的確會並且能夠對你做很多別的事情。（咪咪是一個乏味的名字，三十多年來，一聽見此名，我便會聯想起一副

注①：原詩最後一個字為harm。
注②：作者在這裏用的是專有名詞的Pussy，而非第一個字母小寫的pussy。

面孔，那是個虛胖的小女孩，面孔白裏透紅，碧藍的雙瞳眼神呆滯，她的影像正配這首打油詩。我認為比較像話的做法是，假定你有一隻名叫黑莓的貓，以及一隻養狗人協會取名為平秋風，而你稱之為布區的狗。）

這會兒，人類決定暫時兵戎相見，黑莓和布區會讓你多操不少心。

牠們和其他毛茸茸的動物首當其衝，頭一個遭殃。在法國和比利時，皮毛光滑細緻的乳牛在路旁痛苦哀鳴，等著擠奶，而一波波逃難的飢民卻逕自走過牛隻身旁，這副景象光想都教人難受。這次戰爭剛爆發時，英國出現一個可悲的想法，那就是寵物不該吃喝寶貴的食物，也不該呼吸地下室裏無價的空氣，只因為牠們的主人可能用得著。在另一個島嶼——檀香山，戰事初起的頭幾天，當局也做出本能反應，提出未經大腦思考的同一念頭，敦促百姓勿將糧食浪費在寵物身上。

話說英國康瓦耳有位古怪的有錢老太太，正是推理小說中常見的那種受害人典型。她在一九四〇年時遭到萬夫所指，因為她拒絕宰殺她的貓和梗犬。她甚且把自家的地下室和防空洞變成收容所，收容她自驚慌失措的村人手裏救來的每一隻寵物。看在別人眼中，這似乎太糟糕了；眼下有兒童遭到轟炸，八成還得挨餓，竟還有人在養護禽獸。在一九四〇年時，這位老太太簡直教人討厭到極點。

可是到了一九四一年，事情卻不一樣了。那時，除了她住的村子以外，許多村莊鼠滿為患，肥肥胖胖的老鼠四處亂跑，人們一改數世紀以來的習慣，看到後巷野貓又大腹便便，聽見梗犬在穀倉裏捕老鼠時，不但不唉聲嘆氣，反而笑逐顏開。所有的怪老太婆以及因為感情用事或頭腦冷靜而拒絕處置布區和黑莓的其他人，頓時被捧上了天。不管在哪座圍城，人們不久以後便得承認，和老朋友共享糧食——就算其中有些老友理當沒有靈魂，並不是最糟糕的事。

在戰時飼養動物，當然較為困難昂貴，需要多加思考，多做計畫，這一點和餵養人類並無兩樣。

養狗比養貓麻煩，因為狗兒是肉食動物，只需要一點空間來發揮那一方面的天性——對我們來講，幸好只需要那麼一點點。（然而我見過一隻俊美得不得了的狗兒，皮毛漂亮得像俄羅斯歌劇演唱家冬天穿的皮草大衣，牠一出生就吃素……還是隻警犬哩！）比起一般的家貓，照料狗兒就算不必更加費心，也得多花點錢準備狗食……貓要是夠稱職的話，不管外頭是否烽火連天，都會抓老鼠，而且只要偶爾給牠一碟牛奶鼓勵一下，同時餵點殘羹剩餚安慰一下，貓兒便能自謀生路。（大部分的貓和很多的狗都愛吃點美味的菜餚，我總是會撥一點剩菜給我目前這位貓友。牠和我各據一方，從不同的盤裏，細嚼慢嚥同樣的食物，其樂融融。這又是一個很好的論點，可說明美味雜陳的剩菜在精神上的價值。）

一如人類，狗在戰時也可能會變瘦，這不會構成危險，說不定還會有些好處。狗也跟人一樣，從外表便看得出來，較簡樸的飲食到底適不適合。如果狗的眼神呆滯，毛乾燥無光又稀薄，指甲乾裂，且似乎動不動就染病，那麼牠們就像集中營裏靠稀湯水和麵包維生的可憐人一樣，準定是營養不良。

有數不清的書籍和多半是寵物飼料商印製的小冊子，都在教你如何正確地餵狗。儘管文中熱切地想要證明某牌狗食和某牌貓食，是唯一正確的飼料，然而大多數書本都同意，理想的狗食大致上應包含三分之一的肉、三分之一的蔬菜和三分之一的澱粉質。雖然各家說法略有差異，可是歸根究柢，人類的飲食不也正是如此！

在戰時，吃變得比較不像是在享受美食，而成為求生意志的一部分。你大可用同樣的辦法來滋養自己和布區，人與狗都不受傷害。根據我的經驗，我在〈如何活下去〉那一章中寫到的菜糊，是最適合任何正常貓狗食用的大雜燴。

做給大狗吃的菜糊，口感可以粗一點，菜只需大致剁碎，不必磨碎，因為大狗的腸子比梗犬或哈巴狗的長且健壯。菜糊必須掰成小塊，放在盤子上（菜糊冷了以後質地很紮實），可是絕不可多加汁液，變得湯湯水水的。天氣寒冷時，可以的話，把菜糊熱一熱。據我所知的任何一種狗，一天只要吃上一頓，便可保持健康，形貌漂亮得讓獸醫看了都會嫉妒得直眨眼。

另外，有時得餵布區、黑莓一點點的新鮮酵母，這好像能讓牠們的皮毛更細緻，口氣較芬芳。一次可以餵四分之一塊或半塊，或許一星期餵上一兩次。你會發覺，這並不會增加多少開支，而且非常值得。

大多數牌子可靠的罐頭食品都不錯，倘若只是偶爾拿來替貓狗加菜，更好（這樣荷包也比較輕鬆）。可以把罐頭食品和菜糊混合在一起，更經吃。

有時餵寵物一顆生雞蛋，亦是上算的投資。（我自己的小孩有時會從半邊蛋殼裏生吞蛋黃，我深信她們皮膚如此光滑，原因就在這裏……她們的味蕾也更加快活！）我猜想，應該把蛋黃摻進牛奶或菜糊裏，因為蛋黃實在太滑溜了，沒法舐。

要是想餵寵物罐裝牛奶，一定要先稀釋，最好用番茄汁或你自己吃的罐頭或水煮蔬菜的餘汁。用不著多講，你的寵物跟你一樣，也需要維生素和礦物質，只要你還擔負養活寵物的責任，便應該同牠們分享你擁有的食物。

我自己呢，我一直聲明（並實踐），絕不會拿自己無法下嚥的東西餵貓狗。有時我聽從推薦，買了一罐新食品，可是一開罐頭，撲鼻而來的便是一股老肉混合人工調味料的臭味，雖說要丟棄一整個罐頭不是件易事，但是我知道，我就算試吃一口，也絕對無法把它吞下去。

不過，反過來也大可放心大膽地講，那就是黑莓也好，布匾也罷，凡是牠們碰也不碰的食物，都不適合你吃。比方說罐頭午餐肉，它怎麼看都很像狗食，只是價錢比較貴：要是貓狗連一口都不肯吃，你便可以肯定它不是太鹹了，就是顏色粉紅飽滿得不像話，因為裏頭全是防腐劑，會讓你唇枯舌燥，內臟也被灼傷。

有一回我真的是一時鹵莽，買了一大罐波蘭進口的煙燻鮭魚片，用來做了一大盤漂亮的開胃小點，接著善心大發，慷慨地分了一片到我目前養的這隻黑莓，也就是巴柴納的盤子上。

牠嗅了嗅魚，好像怕被咬到似的，向後退，並以責備的眼光，忿忿地瞪了我一眼，接下來兩天不見蹤影。過了一會兒，人這廂也發生幾乎一樣的情形，因為我捨不得白白丟棄十五塊法郎，不顧巴柴納明白的表示，還是把鮭魚端上桌宴客。

次晨，我將所有這些如紙般薄的鮮橘色美麗魚片，疊成一小堆，懷著哀痛的心情，端著它們穿越葡萄園到堆肥坑邊，倒在那些爛菜葉和枯花上頭，它們看來依舊賞心悅目。

過了好幾個月，堆肥裏一顆瓜籽歷經一整個夏季之後，長出一只碩大的甜瓜，有一天我在修剪瓜葉時，又看到燻鮭魚。

它仍在原地，在那堆爛菜葉上頭。太陽並未曬褪那悅目的色澤；歷經風吹雨打、白雪紛飛，形體依然四四方方、油潤好看。鳥兒不理睬它，或者說不定嚇得連忙飛走。就連聰明的螞蟻也沒去侵犯它。

堆肥最後被泥土覆蓋，不久之後原處長出茂密的野花叢。可是我有時覺得，要是我重返瑞士那片葡萄園下方的草地，那奇異而嚇人的鮮橘色方形鮭魚片，將掙脫泥土樹根，重現地面，兀自躺在那兒，永遠都在譏笑我，笑罵我在美食上的勢利眼作風，那一回竟拒絕聽從貓兒的忠告。（過去三十多年來，我難得有幾次對自己寫的東西感到滿意，這是其中的一次。我認為這一章寫得不錯。）

如何解憂

我來替她做布丁，她會愛吃的布丁……曾經有不少人，一看到一盤美味上桌，便憂愁盡消。

——《克蘭福》，蓋斯寇爾夫人（注①）

我們當中有些人以為，布丁只適合給嬰兒或老人家，以及凡此種種一無牙齒、二無品味的可憐人兒吃，這說不定是個好跡象。另外一些人則同意克蘭福古怪卻有趣的想法，認為布丁卻是能令人釋懷解憂的好東西，而又有誰能判定他們的看法是對是錯。

然而在戰時，布丁卻可以是令人煩惱的討厭鬼。要是那些你為他們煮飯燒菜的人覺得，由於他們兒時每天都會吃一回這類甜滋滋的點心，這會

注①：Mrs. Gaskell，一八一〇—一八六五年，閨名為Elizabeth Cleghorn Stevenson，英國維多利亞時代小說家。

兒到了中年，成天為了救民主而辛苦工作的他們，每天勢必也得吃一次甜點才對，那麼你在權衡他們的偏見和你的食物帳單時，就會遭遇難題。雞蛋、奶油和肉桂，遑論長時間小火慢烤所需的燃料，已突然轉變成稀罕珍奇之物，應該巧妙加以運用，來做一整頓的餐食或一週加菜一次的美味，而不能拿來做戰前每天燒晚餐時，例必準備的最後一道滑膩的點心。

眼下在英格蘭，不少上回大戰時教人噁心的烹調小把戲，又重見天日，如今你買得到戰爭蛋粉（「各位主婦……加點兒水攪一攪，就是今晚讓家人享用的誘人牛奶蛋糊汁！」），甚至還有一種名叫「非蛋」（Nooeg）的玩意兒，保證絕不含蛋，可是它（「淋在罐頭水果上」）油潤順口，準能討好你的朋友。

說不定英國人不像我們，並不覺得科學在對抗飢餓的戰鬥中，所得到的這些不可靠的勝利，有多麼可怕，因為儘管美國舉國上下都愛吃粉紅色的果凍布丁，然而我們卻有異於我們的盟邦，從未受到鳥牌牛奶蛋糊汁的徹底支配。（眼下的情形不一樣了，我們不但買量多得教人不敢相信的現成包裝美式布丁，如今呢，哎呀，快活的人兒在我們「比較好」的雜貨店裏，也買起鳥牌產品了！）且讓我們不帶一絲惡意，衷心期望，「非蛋」還是留在大西洋彼岸就好了。

不管是戰時或平時，有些人每天吃完晚餐後，一定要來點「在盤上不成形狀的莫名玩意兒」，對於這些人來講，最簡便、最廉價（也最教人憐憫）的答案，便是盒裝的現成吉利丁果凍甜點。它的廣告做得大，在某些圈子裏甚至頗富美名。所以，且讓我們把它和它的愛用者，統統趕出我們的腦海。

要給晚餐最好的尾聲，什麼也不上，大概是個好辦法。要是食物量多又簡樸，而且烹調得宜；要是有一兩位朋友共同用餐，氣氛安寧舒適；要是佐餐的葡萄酒、啤酒或白開水的品質優良：那麼大多數人往往選擇就這樣結束一餐，為了靈魂的緣故，說不定來一點咖啡。

晚餐後還有樣東西有助調劑靈魂，就是花草茶，法國人以前稱之為tisanes。（臨睡前來杯tisane，聽來或許有些矯揉造作，可是多少有點教人驚訝的是，很少有人不喜歡來上一杯。）花草茶其實就是用熱水沖少許的乾薄荷葉、馬鞭草、椴花或洋甘菊而已，飲用時加不加糖皆宜，並可擠點檸檬汁進去。它們能神奇地撫平你心頭的波紋，而且會讓你進入甜美的夢鄉，一夜好眠。

連最有見識的美食家，都對花草茶的神效心悅誠服，以致莫杜伊子爵在不過數年以前，以無比鄭重的口氣，提供以下這個食譜：

§鳳仙花根茶

晚間最後需飲用鳳仙花根泡的茶，接著在枕頭套底下擺1束先前已烤乾的鳳仙花根和黃芩。這是對抗失眠的治本方法。

舉個例子，要是你晚餐已好好享用了烤火腿配蘋果和甘薯，還有生菜沙拉，那麼你大概會同意，吃過這麼一頓大餐，最後來碗趁你在進餐時，連殼放在烤箱裏烤熟的核桃，真是再好也不過了。配以咖啡挺不錯，不過要是能來杯波特酒……或普通的紅酒，就更妙了。

順帶提一句，煮製咖啡時，出手可別吝嗇。要是非在這一方面省錢不可，那就少喝幾次，千萬別想著要少用咖啡粉，並且煮久一點。幾乎每家好雜貨店都售有價格非常廉宜、烘焙技術差強人意的咖啡豆，你可以按自己的喜好，請店家一次磨上半磅，這樣就不致喝到因放了太久而走味的咖啡。（你要是運氣好，可以用自家那只怡人的老式咖啡磨具或怡人的新式電動磨豆機，現磨現煮咖啡。）這種散裝咖啡豆售價約只及有品牌的罐裝咖啡的一半，而且品質不差。

如果你喝的是低咖啡因咖啡，只要出手大方，每一杯咖啡用上兩大匙的咖啡粉，便可懷抱著一絲惡意，但仍良心甚安地享受愚弄別人的樂趣。

不論哪種咖啡，管它有沒有被去勢，只要煮製時加了菊苣，就會好喝得不得了。不管許多被遣返的頑固老饕怎麼說，在本國都買得到製成褐色藥片狀的菊苣，一小片一小片的，很是便利。它的價錢便宜，易於使用，不但可以讓各種牌子的咖啡變得較好喝，而且經過若干明智的實驗，能讓一磅咖啡豆比廠商所盤算的更經喝。（如今到處都買得到一種味道不錯的「義大利深烘焙」罐裝咖啡粉，可惜的是，小片的菊苣卻似乎已經消失了，這在飲食上真是一項損失，不過顯然只有我一人做如是想！）

泡製手法高明的咖啡，不論配哪種甜點，是柑橘白蘭地酥浮類也好，還是一盅澆了蛋白糖霜、清脆多汁的酒液蘋果也罷，都十分完美。它也適合搭配一塊水果蛋糕，下面介紹一道食譜，做法簡單得連傻瓜也做得來，而且保證能夠使得狼不致前進一步，反而會退卻至少兩步。

它是上一次大戰的遺物，雖然我記得我因為太愛吃了，以致晚上還夢見它（無關緊要的注解：我在第六三頁便已難為情地提到這件事。如今我夢到的是魚子醬，要是我會活很久，以後夢到的會不會是粥和牛奶浸麵包呢？），一如其他吃過這種蛋糕的孩子，我不記得它有其他較誘人的名稱。

§ 戰爭蛋糕

½杯酥油（可用培根油脂，因為香料味會蓋過它的味道）
1杯糖，紅、白糖皆可
1杯水

1小匙肉桂粉

1小匙他種香料……丁香、豆蔻、薑等等

1杯剁碎的葡萄乾或他種乾果……蜜棗、無花果等等

2杯麵粉，白麵粉或全麥皆可

¼小匙蘇打粉

2小匙發粉

麵粉、蘇打粉和發粉過篩，將其他所有的材料置於鍋中，煮至沸騰，再煮5分鐘，等濕料充分冷卻後，加進篩過的乾粉，混合均勻，倒進抹了油的長方形烤模，在三百二十五至三百五十度的烤箱中，烤45分鐘。

也可用鬆餅烤模來烤戰爭蛋糕，烘烤的時間較短，不過長方形的蛋糕可以保鮮較久。我記得，配上一杯牛奶，非常美味。我敢肯定，就算我一輩子再也嚐不到它，還是會活得永遠幸福快樂。世間有不少事物就像這樣：你既驚訝又略感佩服地回想起自己八歲或十八歲時，那些能帶給你感官愉悅的食物，到了你二十八歲或五十歲時，同樣的食物卻不啻為auto da fe（酷刑），可是這並不表示，多年前的你錯了。戰爭蛋糕這會兒已吸引不了我，但是我知道它是不折不扣的可靠蛋糕，飢餓的孩子都很愛吃。我也曾經愛吃，對此我並不以為恥……只是覺得有點困惑不解。謝天謝地，我已不再是八歲小孩了。

還有一種不錯的蛋糕，可以單吃或配咖啡，蛋糕表面也可塗上用奶油乳酪和糖粉打成的糖霜，可能的話，糖霜中可摻少許蘭姆酒。那就是：

§番茄湯蛋糕

3大匙牛油或酥油
1杯水
1小匙蘇打粉
1小匙肉桂粉
1小匙混有肉豆蔻、薑粉和丁香的香料
1罐罐頭番茄湯
2杯麵粉
1½杯葡萄乾、堅果、碎無花果，隨你喜歡

將牛油打成乳脂狀，加進糖，徹底混合。蘇打粉加進湯中攪拌均勻，麵粉和香料混合過篩，將湯和麵粉輪番加進油糖糊中，攪拌均勻，倒入圓形或長方形烤模中，以三百二十五度烘烤。

這是種可口的蛋糕，而且耐放，吃到的人往往大惑不解，問它到底是哪種蛋糕。你可以趁著用中溫的烤箱烤其他東西時，把它也放進烤箱裏一起烤。這個做法不但明智，而且會令你油然生起一股高貴的感覺，帶來雖小卻寶貴的喜悅。

在用中溫烤肉、做砂鍋菜或其他東西時，要利用烤箱中剩餘的空間，還有個很棒的法子，我前頭說過了，就是拿來烤蘋果。蘋果裏塞了葡萄乾和紅糖，冷熱食皆宜。（也可用碎的水果乾或吃剩的果醬當填料，義大利麵捲（第二〇五頁）也是種填有果醬餡料的美味甜點。）烤蘋果加上許多塗了牛油的熱吐司，便是一套全餐。亦可附上酸奶油或我祖母的肉桂奶一起上桌，變成相當油膩但卻美味健康的餐後甜點。

§烤蘋果

蘋果……幾乎隨便哪種皆可，不過五爪和金冠蘋果特別美味
紅糖（每顆蘋果需1大匙）
肉桂、肉豆蔻
葡萄乾、椰棗、剩果醬
牛油（可省）
水

蘋果去核，放在烤盤上，用水果乾或果醬將洞填滿，喜歡的話，在頂端加1塊牛油。用適量的水溶化糖，將此糖水注入烤盤中，直到將滿至烤盤頂端，慢烤至蘋果變軟。

§肉桂奶

（配烤蘋果或蘋果麵餃）

1品脫牛奶
1小匙肉桂粉或混合香料
1大匙牛油（可省）

（我年紀越大，越不節制，如今牛油可是絕對少不了！我現在用乳脂含量較高的牛奶，並且在裏頭擱上3大匙的紅糖或1大匙半左右的上好糖蜜。別人也比較愛吃！）

隔水加熱牛奶，加進香料（和牛油），倒進溫熱的罐子裏上桌，食用法有如鮮奶油。

要是你的烤箱裏本來就有東西在烤，不妨同時烤一道簡便又所費不多的熱甜點，就是把薑餅鋪在塗了牛油的淺砂鍋裏，再倒上一罐罐頭蜜桃。（……或用香草威化餅、擺了太久的海棉蛋糕……當然啦，得把水果的汁液瀝乾才行。）在每一顆蜜桃上面擺一點牛油，這裏那裏隨意灑點肉豆蔻，要是想豪華一下，則可倒一點雪莉酒到烤鍋中。以大火炙烤，食用時配不配鮮奶油均可，這一類經過考驗的可靠甜點，口味宜偏酸而不宜太甜。（一個更有意思的變化做法是，把一罐頭切半的油桃倒在一只塗了牛油的淺烤盤中，再滿滿地鋪上剩果醬和一小塊牛油，喜歡的話，灑點肉豆蔻。我先將這盤東西炙烤五分鐘，接著為朋友或純粹只是為了好玩，在上頭倒少許的深色蘭姆酒，上桌點燃。不可加鮮奶油，這是當然。）

我母親的食譜和盒裝的美味薑餅，必定是幾乎一模一樣，只要你有空，而且烤箱裏反正還要烤其他東西，烤薑餅便宜多了。烤的時候，整間屋子都飄揚著一股怡人的香味。薑餅實在太好吃了，往往還沒冷透，便已被吃個精光，這真是太可惜了，因為這餅冷了以後，簡直好吃得不得了。

§伊笛絲薑餅

（……我相信，我在第六二頁提過了。）

¼杯酥油
¼杯糖
½杯糖蜜
¼小匙蘇打粉

1小匙肉桂粉
1小匙薑粉
丁香和鹽
¾杯滾水
¼小匙蘇打粉
1¼杯麵粉
1小匙發粉
1顆打散的雞蛋

混合酥油和糖，打成乳脂狀。香料、麵粉和發粉混合過篩。將半小匙蘇打粉摻進糖蜜中，打至質地鬆發，再把糖蜜加進糖酥油裏。把¼小匙蘇打粉摻進滾水中，將此蘇打水和篩過的乾料，輪番加進酥油糖蜜中攪拌均勻，接著拌進蛋汁，倒進塗了油、灑了麵粉的烤盒中，以華氏三百二十五度烤20分鐘左右。麵糊看來會太稀，好像做不成蛋糕，但是別像不少心存懷疑的廚子那樣，增加麵粉用量。

下面介紹的兩種醬汁，都跟薑餅很配。不過我個人以為，無鹽牛油是最好的搭配，最好用小模子把牛油壓成一塊塊，每塊的一面是乳牛圖案，另一面則是雛菊花樣。

§葡萄酒醬汁

（另一道好吃的醬汁，是混合等量的紅糖、牛油和雪莉酒，置小火上慢慢融化，邊加熱邊攪打，醬汁需保溫，但千萬不可煮沸。）

¼杯牛油
¾杯糖粉
½杯熱開水
1杯雪莉酒
肉豆蔻

將牛油打成乳脂狀，邊打邊徐徐加糖，打至均勻。加進肉豆蔻，倒進熱開水，邊倒邊攪拌，再加入雪莉酒。

§硬醬汁

¼杯牛油（或植物性酥油，我真不想承認）
½杯糖粉
2大匙檸檬汁
鹽
（喜歡的話，蘭姆酒）

將材料混合打至非常鬆發。（喜歡的話，可加¼杯碎堅果。）（或椰絲、碎糖漬水果。我最愛吃沒加料的。）置碗中冷藏起來，配熱的薑餅或其他任何一種熱蛋糕吃。

我們實在很難知道，薑餅趁熱配醬汁食用時，還能不能稱為布丁。（記得我住校時，吃過一種名為鄉村布丁的玩意兒，那是一塊顏色慘白、無味的四方形溫蛋糕，上面薄薄地澆了一層隱約帶點檸檬味的醬汁。）接下來這個食譜，可做成可口的熱甜點，名稱聽來像是蛋糕，但絕對是一種布丁，它叫做椰棗喜悅（Date Delight），會叫成這名字，可不能怪我。

§椰棗喜悅

¼杯牛油或酥油
⅔杯糖
2枚雞蛋
3杯軟麵包屑
2杯碎椰棗
1小匙薑粉

⅔杯牛奶
¼杯麵粉
½小匙鹽
2小匙發粉
⅙小匙蘇打粉
½小匙肉桂粉

將酥油、蛋和糖打至鬆發，先加進⅓分量的麵包屑和椰棗，然後輪番加進剩餘的麵包屑和牛奶。加進篩過的乾料，快速攪打1分鐘，倒進塗了油的烤模，以三百二十五度烤1小時。配上摻了蘭姆酒的硬醬汁，趁熱吃。

看得出來這道甜點相當厚重油膩，而且成本不低。應該將它當成一餐的重點，前面或可先喝點湯，吃點清淡的生菜沙拉。它適合在冬季食用，通常是男性比較愛吃。

另一種分量紮實的甜點，可利用前一天吃剩的甘薯或薯蕷來做，那就是：

§甘薯布丁

6顆甘薯
6大匙牛油（或素酥油）
6大匙紅糖

1顆檸檬或柳橙的皮絲和汁
2根香蕉（可省）
肉桂粉

將煮熟或烤熟的甘薯剝皮，搗成泥。加進融化的牛油、糖、檸檬皮絲和汁，攪打均勻。倒進塗了牛油的砂鍋中（喜歡的話，可先在鍋裏鋪香蕉片）（……或其他任何一種水果：鳳梨、蜜桃、蘋果）。可能的話，在頂端再多灑些紅糖、少許牛油和肉桂粉，以三百二十五至三百五十度烤半小時。

剩飯是另一樣可資運用的材料，做法五花八門，有多少人吃飯，幾乎就有多少種方法。有些人以為，飯裏除了加一點紅糖和香濃的牛奶，就這麼享用它原有的美味外，其他什麼都不宜多放，放了也是糟蹋，可惜了。有些人喜歡複雜一點的做法，比方我從一位瑞士婦女那兒拿到下面這個食譜：

§香料米飯

2枚雞蛋
2杯牛奶
¾杯葡萄乾
1¼杯白飯

½杯紅糖
½小匙肉桂
肉豆蔻、薑粉、鹽各¼小匙
1大匙糖粉

將蛋黃、蛋白分開，在蛋黃中加進2大匙牛奶，剩餘的牛奶隔水加熱。葡萄乾沖洗乾淨之後，加進牛奶當中，煮約15分鐘，或至葡萄乾變軟。白飯下鍋，再煮5分鐘，接著將蛋黃、糖、鹽和香料下鍋，邊煮邊攪，煮2至3分鐘，充分攪拌。將煮好的香料飯倒進預備上桌的盤中。打發蛋白，加糖粉，抹在飯布丁上，進烤箱烤至表面金黃，冰涼食用。

這道點心味道細緻，而且會令那些一想到兒時吃過的米飯布丁便不大高興的人，覺得又驚又喜。還有不少其他類似的甜點，做法說不定略嫌囉嗦，但是所費不多，只要你愛吃這類甜點的話，一定會胃口大開。（我依舊記得一種基本上相似、但幾乎和蛋糕一樣乾爽的布丁，是我在剛脫離童年時，一位土耳其朋友做的。那是把煮熟的細麵，放在塗了油的淺烤模中，小火慢烤而成，烤時需不時淋澆更多的油和分量比油更多的蜂蜜，直到細麵再也無法吸收更多的油蜜才住手。裏面說不定還加了香料。甜得讓我牙痛。）

（有道比香料米飯又更細緻許多的甜點，就是皇后飯……起碼我是這麼讀到的，而我還有些從小養尊處優、穿梭出入布達佩斯到科羅拉多泉各家豪華大飯店的親戚朋友，也不管我情不情願，老是向我這麼保證。那是一道fin de siecle（世紀末）的甜點，成本高昂，要等到上了這道點心以後，才能上溫室水蜜桃和高級雪茄……那些年歲和我相仿，但是三、四十年前曾在麗池大飯店和三冠大飯店（注②）的迴廊上追逐嬉戲的人，吃到這道甜點時，會有一種刻骨銘心的鄉愁，那樣的感受，是在加州土生土長、身為粗俗auslander（異鄉人）的我，所無從體會的。它像是一劑香脂或補品，喚醒了這些人疲乏厭倦的味蕾。而它的做法雖嫌錯綜複雜，卻是道易於入口的高雅點心……有點像是惡名昭彰、卻仍一派天真的女伶……」

（以下這個食譜十分簡略，是在向飢腸轆轆、仍在嗅聞個不停的狼，扮個鬼臉，以示譏嘲。一道香濃美味的米飯布丁，加點杏桃果醬和醋栗醬，冰到涼透後，派頭十足，顯然可用來代替我在下面做了重點說明的這道複雜的古典菜色：）

§皇后飯

把1磅最上等的白米洗淨，稍煮一下後瀝乾水分，加上香草豆莢、1

夸特熱的濃牛奶、2杯細白糖和¼磅新鮮的牛油，小火焙烤。烤模需加蓋，且不可攪拌。趁熱輕輕加進16顆打散的蛋黃（啊，快活的狼……！），冷卻以後，加1杯碎糖漬水果、1杯杏桃果醬、1品脫濃稠的英式蛋奶糊和一品脫摻了不少阿爾薩斯櫻桃白蘭地的發泡鮮奶油。在巴伐利亞奶凍模（注③）底部，厚厚鋪上一層紅醋栗醬，將前面拌好的米飯奶糊倒在上面，冰透。倒扣在盤上上桌，讓醋栗醬沿著凝結的布丁邊緣流下。（就是最後這一點，勾動了我那些胃腸疲乏的同輩的心弦，讓他們小心謹慎地緬懷起舊日時光。這些人當年動輒便享用這一類華而不實的美點佳餚，可不會吃我祖母做的「白米飯加鮮奶油和糖」。）

「要證明布丁好不好吃，得吃才行。」《唐吉訶德》書中如是有云。我自個兒對這句話深信不疑，馬上就要來份冷穀物濃粥，用「羅馬餐」（Roman Meal）這個牌子或依稀記得叫做「惠坦納」牌（Wheatena）的全

注②：兩家豪華大飯店，前者在巴黎，後者位於瑞士日內瓦湖畔。
注③：Bvarian-cream mold，俗稱花式布丁模。

麥片，煮過冷卻以後填進圈形模子裏，中空的洞裏填滿削成一片片的楓糖，並附上一大盅的鮮奶油，我吃火焰白蘭地櫻桃（Cherries Jubilee）時，也會配不少的鮮奶油。不過，儘管塞萬提斯和一大批令人敬畏的權威人士言之有理，我依然寧願捨棄製法巧妙的配料，而來點成熟的葡萄，配上少許悉心挑選的乳酪。又或者，什麼都不要……管它狼在不在門邊。

如何當智者

智者食不厭精

——中國諺語

每隔一陣子，便會有位敏感又思慮周密的聰明人，為國家感到憂心忡忡，決定附合布伊亞—薩瓦蘭的名言：「國家的命運，繫於國民飲食的內容與方式。」開始質疑。

他問道，我們這個國家為何如此不擅飲食之道？

我們為什麼會允許甚至寬容現成包裝的乏味麵包？而我國的好男兒還指望吃了會身強體壯！（以及婦女……最糟的是，還有兒童！）

我們為什麼聽任麵粉磨坊把麥子的精華統統輾掉，而後再花千倍價錢，到藥房買小麥胚芽，好讓我們的孩子長得又壯又健康呢？

我們為什麼只因為兒時習慣使然，而在吃過美味的一餐後，還要吃蛋糕和布丁？

我們在公路旁的小吃店，花一兩塊錢吃裹了麵糊，用一鍋可恥的合成油脂炸的三流蒸雞肉時，為什麼會以渴望的語氣，講起瑪蒂妲阿姨以前做的樸實美味的燉牛肉呢？

這大概是因為我們感情用事，刻意忠於只保留甜美回憶的童年往事。這是因為我們驕傲自大，不願承認自己的弱點。不過，最主要的原因還是在於，我們與幾乎所有的第二代盎格魯薩克遜美國小孩，小時候都受過告誡，不可公然提到食物，不可公開享用食物。

要是我們愛吃蛋白糖霜、一小塊腰子派的美味派皮，或只有孩子才會喜歡的，擺在巧克力杏仁布丁正中央的那顆烤核桃，大人非但不許我們開懷歡呼，甚而會蹙眉制止，並且沉痛地教訓我們說，如此明目張膽，舉止不當且粗俗，幾乎是「有失體統」。

著作等身的華特．史考特（注）兒時有一回肚子特別餓，開心地說：「啊，真好喝的湯呀！親愛的爸爸，這湯真的很好喝對不對？」他父親立刻倒了一品脫冷水到原已相當稀薄的湯裏，這一家人日常用餐，喝的就是這樣的湯。老史考特說，他這麼做是要淹死魔鬼。

對一般的美國乖小孩而言，魔鬼已經淹死了，因此他們此後一生都不加思索、不置一詞，最糟的是，也不帶興趣地食用擺在他們面前的食物。結果，我國的飲食往往所費不貲、重複單調：父母在什麼時候吃什麼又怎麼吃，我們照本宣科，完全不加思索人類生來即有的飢腸。

光讓孩子覺得餓並不夠；要是他身體還算健康，就會像正常的小豬、小狗或蚜蟲那樣，有著種種需要，只要獲得允許，他便想也不想，張口便吃。有一件很重要的事情，使得他有別於小豬、小狗或甚至綠色的小蟲子，那就是讓他打從一開始，便在吃這件事上頭，自有主張。

讓他選擇自己的食物，不是選他愛吃的，而是選擇在味道、口感和大體的口腹之樂上與他物搭配的食物。一個小男孩喜好晚餐吃烤牛油吐司配菠菜，午餐吃肉桂甜麵包配牛奶，並非華特．史考特之父所曾以為的邪惡感官慾念，而是他開始有了自己的主張，開始建立敏感且經過思考的體系，隨著年歲的增長，此一體系也會有所成長，他不僅在感官上，且在精

注：Walter Scott，一七七一—一八三二年，蘇格蘭作家，著有不少歷史小說。

神上，都會越來越有能力為自己做選擇，權衡種種的得失。

他長大成人以後，有朝一日會想起，自己曾有一次決定不要吃一條巧克力，而讓前頭偷吃的那顆蘋果的滋味，能在感激的舌頭上多佇留一兩個小時。成年的他不論必須做什麼決定，大概都會比他在多年以前吃的那顆蘋果，要更紮實有力。

人如果有能力刻意選擇自己必須吃的食物，就能夠秉持著勇氣和敏銳的眼光，對其他比較短暫的事物，作出抉擇。不要像許多人那樣勸阻孩子，而應該鼓勵孩子端詳自己吃的東西，就此做一番思考，想一想各個材料在色彩、味道和質地上的對應並置的關係……如果他有內省的性格，便會間接地思考起他為什麼會吃這個食物，以及它會對他形成什麼影響。（要是他不愛自省，他吃下去的反正也會是好食物，而且不會造成任何傷害。）

要是狼在門外，家裏沒有多少糧食，也該讓孩子知道這一點，但別用用高壓的手段。應當鼓勵孩子細細品味每一口食物，在注意食物合宜的營養之餘，也留心它稍縱即逝但珍貴無比的美學意義，這麼一來，說不定廿年之後，他會快慰欣然地想起，就在關上公寓大門，你們即將出門露營前，他和你分享的那一小塊烤得焦黃的麵包。

那是塊好吃的麵包，上頭塗了牛油。你坐在餐具室的窗邊，沐浴在陽光裏，那個小男孩分你吃了一口，對你們倆而言，被四月的天光曬暖的金蓮花香氣，從此將永遠和你們齒間融化的牛油與烤麵包的滋味，融為一體。你們也都曉得，儘管這一刻可能將不再重現，你們雙方都在充分自覺的情況下，分食了那塊麵包，而沒有羞赧又笨拙地佯裝自己一點也不餓。

（我現在比一九四二年時更強烈地覺得，培養孩子對食物的尊重，是攸關緊要的事，孩子目前對飲食的態度，和他未來與飲食有關與無關的人生，息息相關。看到當代的為人母者麻木地燒菜，然後倒掉沒人吃的羔羊排、豆子、烤麵包、光被攪得一團糟卻嚐也沒嚐一口的布丁、故意潑濺出來的牛奶，簡直令我怵目驚心。我認為應該順應孩子的天性，給他們少量的食物，讓他們按著自己的速度來吃東西，可是必須吃完，接著才能依照時下風行的小兒科醫師模式，把其他東西拿出來獻寶……孩子會學習懂得自己的食量，他們會學會良好的禮貌。最重要的是，他們學會尊重不少別的孩子哭喊索求的食物。）

所有的人都會肚子餓，事情一向如此。人必須吃東西，富人也好，窮人也罷，一旦拒絕實行飲食需求可以為他們帶來的樂趣，就無法充分地對生命產生自然而然的體會，從而截除了一部分他們原可享有的充實人生。

教導兒童佯裝自己不關心或不去談論自己吃什麼，是罪惡的事，不啻浪費人所擁有的思想、能量和深層的愉悅。等到孩子長大成人後，該有多麼悲哀呀！那時，他們大概得和人爭鬥、得去愛人或製造別的孩子，而他們不會懂得如何心滿意足並充實地過日子，因為在他們幼年時期，當他們心裏想說：「啊，真好喝的湯呀！」時，嘴裏卻只敢囁嚅地講：「爸爸，請再給我一點！」

如何引誘狼

她猛扭額前，拿下一顆鑽石，輕蔑地瞅了一眼，
從口袋取出一條香腸，又敬又愛地凝視著它。
——《珮格·渥芬頓》，查爾斯·瑞德（注①）

且讓我們心不甘情不願地讚頌狼，他要不披著人皮，要不就是能扮出一副一本正經的臉孔和光滑無皺紋的口鼻，向蓬頭垢面的廚房女傭求愛。有皺紋也好，沒皺紋也罷，他的口鼻想必都無法作用，才能不去理會她頭髮上濃重的油煙味。不管是平滑的，或是扭曲歪斜、十足狼樣，他所謂的臉孔，想必沒長眼睛，或是過度慈悲，才會不去看她泛著油光的鼻子、被咬得斑駁的嘴唇和上星期修指甲留下的片片碎屑，連至少狠心地瞥上一眼也沒有。

注①：Charles Reade，一八一四—一八八四年，英國維多利亞時代作家，作品多在揭發社會的不公。

換言之，凡是正常的狼，要是看了蓬頭垢面的廚房女傭便傾心，就是個傻瓜，因為她蓬頭垢面的這個事實，應可向他證明，她本性不愛整潔。

如果想引誘一匹不論生做何等模樣的狼，有幾個迄今為止只有少數幸運兒才知道的秘訣，現在終於能夠向一般等級的廚房女傭公布了。（有位學者一直把廚房女傭的複數形kitchen maids寫成kitchen midden——貝塚，除了這一點以外，此人原堪稱飽學之士。雖然看來不大可能，不過說不定就是他，年輕的時候曾寫過一篇文章，講述夏季在緬因州林間拾取懸鉤子的樂趣，直到他的班導師在幾近歇斯底里的情況下被帶離教室，這位未來的語意學家才獲知，兔子不但吃懸鉤子，也製造它們。）

有個辦法可以讓你在下廚時，模樣依然嬌美，並讓狼以為，即使他噴出的熱燙鼻息穿透鑰匙孔，吹亂了你的頭髮，你仍會不為所動。此一辦法就是，在廚房裏擺一面鏡子。

我自己呢，有一個挺好看的桃花心木框框，原本裝裱著一幅端莊的側面像，框框裏還有一條暗金色斑點的絲帶。它現在框著鏡面不平整的廉價鏡子，掛在牆上，每回屋裏只要有人砰的一聲關門，牆便會震動，鏡面的影像也隨之變得歪七扭八。同時，我還得在蔬菜盒上方傾身向前，像個六十歲老太太似地瞇著眼睛看，才瞧得見影像，不過我大概一天至少有五次經過鏡子旁邊時，會以打氣的眼神瞧自己一眼，或擰自己一把、輕拍自己一下，心情也因而變好了。

偶爾，我在忙著攪拌醬汁，熱得滿頭蒸汽繚繞時，會饒富自信地盯著鏡子看，覺得鏡中的我挺迷人的，這時要是前門有人在按鈴，我會突然停手，說：「嘿！」除此之外，再做別的也無濟於事，我已從雲端墜回地面了。不過，當宏亮的門鈴聲響起，我通常會注意照照鏡子，看看情況是否全在掌握當中，還是得撫慰、戳弄或整治一下才好。

就算沒人注意，我看到並發覺自己形貌有失整潔的這個事實，會使我產生很不一樣的心理反應。我始終覺得，要是威爾斯王子或查爾斯．鮑育（注②）來到我的門前，我可想弄清楚自個兒的鼻頭有沒有污點。（如今我可不怎麼肯定自己仍否這麼想。）

注②：Charles Boyer，三〇、四〇年代走紅好萊塢的法國男星。

有時，特別是在小公寓裏，晚餐客人都已來到前門了，你卻來不及穿過另一扇門，修飾一下你的鼻頭，並在豌豆被煮黑以前，及時返回廚房。因此，如果能在鏡子下方釘一個架子，那真是再好也不過啦。你可以在架上擺一盒粉餅，說不定再擱一條口紅。這兩樣東西的香味都不宜太濃，因為正在烹煮中的菜餚的宜人香氣，倘若混雜了人工香氣，會難聞得要命。

有些婦女喜歡在櫥櫃裏擺上一瓶護手乳液。（不過，碰上停電可就糟了，因為她們說不定會錯拿沙拉油或醋！）如果你平時就習慣用護手乳液，這樣做大概也無所謂。但是務必小心，千萬別依據廣告上的說法，誠心誠意又理所當然地將乳液抹在手上，然後就去摘沙拉葉或替番茄之類的食物去皮。這會造成令人反胃的後果。

你不妨按照我多年來的辦法，以一種相當經濟的方式來護手，改用任何一種氣味芬芳的食用油脂，這些油脂正四處遊盪，巴不得有人趕快來用它們。拆開四分之一磅裝的牛油以後，先用包裝紙抹抹雙手，才把紙丟掉。調製沙拉醬汁時，用手指接瓶口的最後一滴油。在用絞肉混合番茄汁、蛋和麵包屑，做某種長條肉餅時，手上沾到的薄薄一層脂肪不要急著洗掉，把它揉進皮膚裏。油脂很快便會消失不見，而你的手指會變得比較柔細光滑，指甲也變得更堅韌美麗。

一般都認為戴橡皮手套是個好辦法。橡皮手套應用在外科手術上，的確也造成一些稀罕且奇異的神效，為了爭取更多的生命，一刀切割下去的，不是死肉，而是活生生的血肉。可是，換做在廚房裏，我卻認為，說不定別戴手套比較好：沒有幾位廚子的手，像優良醫師的手那麼寶貴，或受過同樣好的訓練，況且一般雜務也沒多困難，並不會傷到極度敏感的手指。（眼下我長了一些見識，甚至認得一位優秀的廚師，因為患有糖尿病，必須用胰島素治療，使得皮膚變得非常乾燥，必須戴手套保護，不然的話，他的皮膚恐怕都會消失不見了……他是這麼說的。）

洋蔥和蒜頭的確常會留下難以驅除的惡臭味，而一般男士迄今仍不覺得這股氣味挺迷人。這個困擾的解答就是，在自來水底下切球莖蔬菜（洋蔥、青蔥、蒜頭、大蔥、細香蔥），切好以後，馬上用冷的自來水將刀子和雙手徹底洗淨。接著下來，你要是還更挑剔的話，用切開的檸檬擦拭刀子和手。再接下來，要是你活該倒楣，皮膚只要一沾到這類臭味便無法消除，索性從此不再切洋蔥之類的東西吧。

根據廣告和大部分的廣播劇，很多可愛女性得到幸福的機會，都被洗碗盤這檔事破壞殆盡。她粗糙、龜裂、教人看了噁心的雙手，嚇走了如意郎君。然而，她要是聰明，或者說不定甚至有位鄰居即時傳授秘訣的話，就會一連十天試變一項神奇的戲法，左手用普通肥皂洗碗盤，右手則用超氧化的Drift-O洗潔劑洗。

七、八天以後，她便可看出相異處：左手粗糙紅腫，教她難為情。再過一星期，或用不著那麼久，另一隻白皙光滑的玉手，戴著一枚光輝燦爛且鑲有一顆寶石的戒指，如意郎君按捺著狂喜，在她手上印下第一個、說不定亦是最後一個吻，把她的皮膚都灼熱了。一切都很美好，從那一天起，她只用湧著大量肥皂泡泡的Drift-O洗碗盤。

又或者，管對方是不是如意郎君，她都從不用肥皂洗碗。只要有一點中溫的熱水和一把硬刷子，不必花多少肥皂錢，就能不費吹灰之力，把碗盤洗得清潔溜溜，效果好得教人喜出望外。多練習幾次，雙手不沾水便可洗好碗，包括拿著杯盤的那隻手……如果你先拭淨盤子——你當然會這麼做，水槽便能保持乾淨，瀝架和你的刷子亦可保持清爽，那只刷子是漿洗店老闆送的，用了好久都沒壞，簡直要用膩了。

你握住盤子，置於水龍頭下方，一手轉動盤子，另一手用力刷洗，然後將盤子放回到瀝架上。洗好幾只碗盤後，趁著它們還沒變冷，趕快擦乾。

這套辦法印成冷冰冰的文字以後，看來像癡人說夢，可是它的確奏效。這會惹惱洗碗工夫較好、年紀較長的人士，而我說什麼也不會有他們那副身手。

我真的是這個意思嗎？他們或許年紀較長……但我願以五萬個青柯提格牡蠣（Chincoteagues）打賭說，我這一輩子從未把底部滑溜的盤子放進瓷器櫥櫃裏，可他們當中卻沒有人敢說同樣的話。當然，除了我的良心以外，一無他物可以證明我打的這個賭，而至少在乾淨的碗盤這樁事上，我的良心一如秋日天空般澄澈。我曾令不少持家經驗老到的人心情沉重，因為我拒絕泡一大盆的肥皂水，然後把杯杯盤盤統統浸到裏面……而且我仍毫不保留地感到自滿，覺得自己只不過用了輕鬆隨便的法子，先擦拭碗盤，再用一點熱水用力刷洗，便將它們清理乾淨。我並未多用水，肥皂用得絕對少很多，雙手肌膚更是絲毫未受傷害。（我到現在還會收到來信，以厭惡的口吻向這套辦法提出異議。我則仍深信不疑，並照舊實行此法，我也越來越覺得，比起我認識的其他所有的「一般管家」，我擁有的碗盤說不定一直是比較清潔的。這種沾沾自喜的態度理應懲戒一番，而且往往會得到教訓。）

當然，至少得先有供應受限的情形，此一方法才會應運而生。碰到戰時鬧水荒、水管斷裂，或出現類似不便的現象，舉凡頭腦靈敏的婦女都會找到其他的辦法。最簡便的法子說不定就是，索性停止吃東西，這法子搞不好會被強迫實施。

你要是運氣夠好，在讀這本書時，恰好擁有一間廚房，廚房裏有爐子和能煮的食物，那麼你可能也會有——這麼講吧，需要用兩大匙油煎黃一顆洋蔥的一道菜。你可能也有一頭或褐或金或黑的秀髮，要不鬆垮地垂掛在面前，要不在腦門上挽成一個樣子挺時髦卻不大相稱的髻（……眼下，則是剪得像小飛俠的頭髮一樣地短）。

無論如何，在煎洋蔥、炙烤牛排或燒每個月一次的綜合烤肉大餐時，都應該用一條可以水洗的圍巾包住頭髮。事後，甚至到了第二天，你都會迷人多多，因為烹製精美菜餚的油煙，不但極易縈迴在人的內心，也會留在外衣上，久久不散。

是的，油煙味會久久不散，事實就是如此。它們潛藏在櫥櫃裏，儘管你冒著肝炎加重的風險，用了最高明的空調設備，它們都能靈巧地穿透緊閉的門扉，在小廚房裏飄散開來。它們賴在窗簾上不走，兩晚之後，像頹靡的縷縷亡魂般，向你襲來。

對此，無計可施；你要嘛實在太愛吃煎洋蔥和熱包心菜沙拉，而不得不忍受那股氣味，要嘛就是改吃萵苣或豌豆。

或者採用折衷辦法，以夷制夷，以氣抑氣。（尚妮・波納穆（Jeanne Bonamour）堅信放兩球蒜頭和包心菜或花椰菜同煮，可以減少難聞的氣味。她的做法不啻火上加油！可是她的花椰菜還真是我吃過最美味的花椰菜。）

據主張純粹現實主義的人士說，你可以拿著點燃的皺報紙，在室內快步走動。更有效率（……並整潔……）的做法是，在熱鐵鐽上頭滴一兩滴桉葉油或松節油，然後到處揮舞鐽子。要是你想體會江湖好漢難得放鬆的浪漫心情，則可取一銀盅的熱水，在水裏滴幾滴薰衣草油。

你要是我既不認得、且就算認識了也不會關心的人，那麼你可以點上一柱香。〔自我寫了這段話以來，比方「空氣燭芯」（Air-Wick）清香劑等各種液化蠟燭已來到我們的生活當中。它們就像易燃的蠟燭，極易揮發，據我猜測，其基本的成分大概是活性葉綠素的萃取物。我覺得它們滿好的，是到最後萬不得已時一項可靠的辦法。萬年青一類的強韌植物比較好，最好長在濕潤而多孔的樹皮周遭。我寧可被頑固守舊的保姆唾棄，也要說，育兒室裏放上一些，挺棒的，可以讓室內有時稍嫌濃濁的空氣變得清香一點。〕

又或者，你儘管去烤肉、煎洋蔥，用紅酒燉蒜頭……然後請我去吃飯。說真的，只要你泰然自若，腦子是自己的，心則屬於別人，因此都在正確的位置，那麼即使你的鼻頭有點油亮，我也毫不在意。

如何與狼共飲

他們又吃又喝，和樂融融，
暢飲不朽與喜悅。

——約翰·彌爾頓

要知道一個國家是否在作戰，有個絕對靈驗的方法，那就是觀察強硬派的禁酒人士是否越來越活躍。另一個也很不錯的方法為，查閱統計數字，看一家接一家地逛酒吧的人是否變多了，按有些人的說法，亦即酒精消耗量是否增加了。兩種現象中，何者先出現呢？是先有雞，還是先有蛋……是先有衛道人士，還是貪杯之人呢？

不論何者先來，烽火無疑會造成乾旱與飢渴。數不清有多少個世紀了，每逢戰神肆虐人間，便有人會蹙眉叱責，有人則索性更喝個痛快。

這一回，我國在開戰不到一個月後，華府的禁酒人士便開始祈禱，並據此為證而表示，倘若追本溯源，那麼遑論法國淪陷一事，就連珍珠港事變都和酒瓶有直接的關係。在這同時（遑論珍珠港事變，說不定還有法國安全酒窖的淪陷），華府有另外一批人正忙著潤濕他們的喉嚨，舉杯祝賀他們自個兒和國家都能如意健康。

要是你恰好不受兒時的顧忌和長大成人以後嚴正的念頭所拘束，你這一生以來應已參加過不少次雞尾酒會，並已下了定論說，一如人類任其自生自滅的各種事物，雞尾酒會真是令人嫌惡，且昂貴又無趣，跟不甜的馬丁尼一樣，起初嚐來挺不錯；就像這種霸道的飲料，它們會先將你舉得高高的，而後重重摔下，讓你陷入厭煩、病態、消化不良的深淵裏。

你一旦有了這份認知，並且斷然決定，今後不再涉足此類聚會，那就只需要再踏出一步。接著下來，你將會下定決心，自此以後你將從心所慾，不論是要跟誰、在哪裏、怎麼喝……又喝什麼，想怎樣便怎樣。

眼下人人都以不同的方式叫窮（逢到戰時，不管你的薪水袋是否飽滿得教人眼前一亮，在每張新的薪資支票兌現的前幾天或前幾小時，你都覺得窮），有件事包準教你覺得自己更窮。那就是，養成華而不實的習慣，常往街坊那家叫做「舒服角落雞尾酒廊」的二流希臘酒館跑。就算雞尾酒的價錢沒漲，和戰前一樣，酒的品質也勢必波動。飯前到酒館裏小酌一兩回，不費吹灰之力便會累積一筆數額驚人的帳單，同時留下更可怕的宿醉。

第一件要做的事，當然就是不再上門去。第二件事則是，找可靠的替代品，因為就算是年輕人亦無法輕易便割捨燈光昏暗的街坊酒吧所能提供的慰藉。

最有效的解毒劑之一——如果非要把如此討人喜歡的東西，安上如此罪惡的名稱的話——就是想清楚你最樂於與之共飲的人是誰，然後設法安排一下，和她或他在晚飯前小酌一杯……只有你們倆獨處。兩人獨處並不見得含有淫蕩、挑逗或甚至卿卿我我的意味，因為會讓你喜歡到樂意與之共飲的那個人，應該已工作了一整天，和你一樣樂於舒服地就座，喝上一杯，讓自己很快放鬆下來，接著才用餐，暢飲不朽與喜悅。可能的話，他會是你的丈夫或真心所愛的人，在這突如其來安寧而平靜的片刻中，你們倆將找到近來偶會感到似乎遙不可及的某樣事物。（我自認比大多數婦女都有福氣，因為我認得好幾位同性的好酒伴。她們多半都已年過六十，我想，要是針對現代社會的飲酒習慣做研究的話，這項事實應有重大的意義……當中最傑出的女士去年聖誕節時滿八十二歲，她一星期啜飲一杯不甜的香檳，從而教會我一件事，就是一方面做到律己，一方面仍可享受感官的愉悅。）

倘若你（偶爾還有癸和甲，但絕不會是夾在中間不上不下的人）慣飲烈酒，至少在短期之內保持這個習慣。比起酒吧的價格，買上一加侖大瓶裝、品質一般，但可靠的琴酒，算是相當划算的。（市面上這種容量的酒並不多，雖然地方法令有所規定，但是如果一次買上一大箱的五分之一或四分之一加侖裝的酒，大多數優良的酒商仍舊會給折扣。）加州、紐約或南美生產的苦艾酒同樣可靠，而且品質絕非一般。刻意將這兩種酒混合在一起，再加點冰塊，不論從哪個標準來判斷，都算過得去的馬丁尼，偶爾換換口味，在你自個兒通風良好的閨房或好友的房間喝上一杯，都可讓人感到加倍愉快。

嗜飲威士忌的人士，（容我再創一詞）可稱之為威士忌軍團，會喝蘇格蘭、波本、黑麥或調合威士忌的人，鮮少承認自己嚥得下去一種以上的威士忌。如果你是其中一分子，要嘛立誓戒酒，要嘛選定一個買得起的牌子，等攢足了錢，便買上一箱。（凡此種種都有項先決條件，你得純為享受樂趣而適度飲酒，而不是想藉酒澆愁，非得喝到瓶瓶見底不可。）

成箱買酒的價錢，一般比單瓶購買便宜約莫一成，消失的速度一般也快上至少一成，因此你得度量一下自己的荷包和癖性。要是食品儲藏室裏擺著一箱酒，你卻仍可保持泰然，則可善加利用，倒上一點，款待自己和密友。

比較平靜的日子裏，晚餐前可以喝杯好酒，不妨來杯一比二的威士忌加水，不加冰塊。老派的酒客發誓說，對待好酒只能用這種方式。第一口會教你嚇了一跳，因為你的味蕾原本以為會喝到的是一大口冰涼稀薄的酒水，可是接著下來，你大概就會欣然接受。這種調法比較好喝，而且會使你的消化系統和預算出現讓人驚喜的改變，少了冰塊和人工氣泡後，兩者都變得比較強健有力。

要是你受門外狼的蠱惑較深，依舊愛喝威士忌調酒的話，減少幾分粗獷作風，改喝純雪莉酒（……或好的苦艾酒）。這酒起初喝來似嫌平淡無味，好像兒童飲料。過了一星期，你會期盼喝它，如果你腦筋夠清楚，運氣也夠好，弄得到常遭人中傷但其實尚可的瓶裝加州雪莉酒，記帳時心情會輕鬆幾分。

瓶裝雪莉酒自然比加侖裝的貴。至少在東部數州，加侖裝的雪莉酒簡直可恥。設法尋找優良的酒商……義大利人往往都滿喜歡加烈葡萄酒……只要你能信任他，便可相信他不會給你一大瓶半盛著化學品的玩意兒。買來以後，可以自行分裝；花一毛錢買只漏斗，再把偶爾調馬丁尼用的苦艾酒的空瓶洗淨，拿來裝酒。管它自詡為美酒鑑賞家的人會怎麼說，一加侖雪莉酒可以喝上好一陣子，所費不過一美元上下。（即使過了九年那麼長的時間，我仍然不相信我真的這樣寫了！我當時想說的一定是「夸特」，而非「加侖」……我現在還是想這麼說。）

下面介紹一款好喝的調酒，喝了可令人心情一振。

§一半一半雞尾酒

½杯不甜的苦艾酒

½杯不甜的雪莉酒

½顆檸檬
冰塊
喜歡的話，少許安哥斯杜拉苦精

將苦艾酒和雪莉酒倒入盛了冰塊的搖酒器中，加入檸檬汁和苦精，攪拌均勻，注入酒杯中，上面放剩餘的檸檬皮。

小片的鹹餅乾或一盅現場烘烤的堅果，拿來下雪莉酒或一半一半雞尾酒正好。這兩種酒品都適合用老式的馬丁尼酒杯盛裝，接著下來你可以用瓷罐或玻璃水瓶裝葡萄酒，放在桌上。

如果你的酒商賣的雪莉酒很可靠，那麼他賣的他種葡萄酒應該也很可靠，你大可安心地花上一美元出頭，在他那兒裝滿一加侖好喝且具有特殊風味的紅、白酒，酒的品質不會大好，卻也不會大壞。（你得和葡萄酒商有交情，且能夠一手拎著酒罐，進到他的酒窖去，才有可能這麼做。不過如今市面上售有好些頗像樣的調合餐酒，一加侖售價約三美元，它們讓偶爾為了慶祝某事而特意開瓶的佳釀益顯香醇。）應該選購能讓佳餚嚐來更美味的酒，這酒能在舌上留下清爽的餘味，並讓你在次日早上感到朝氣蓬勃，而非有如大難臨頭。

美味的一餐佐以葡萄酒，會讓不少嗜飲成癖的人笑逐顏開、身心放鬆，並且卸除專業上的硬殼，這一點真是令人驚訝。有些人事後堅稱，那是因為他們的身體系統受到震盪……頃刻間從五穀轉到葡萄……從而造成改變。凡是敏感的主人都看得出來，其中大多數客人一旦發覺不必按照慣例，喝下分配給他們的餐前雞尾酒時，都偷偷地或不自覺地鬆了一口氣。

有種酒可以當開胃酒，在餐後小酌威士忌以後再來上一杯也不錯，或索性佐餐飲用也行，那就是啤酒……只要你愛喝的話。在大都市裏，即使從公園大道上，都可請人送桶裝啤酒到街坊的酒館，不過紐約也好，其他地方也罷，說不定就算在公園大道上，瓶裝的啤酒都比較好喝。

啤酒宜成箱購買，一來較便宜，二來較易請人送到府。瓶蓋需保留。（我想不出為什麼非得這麼做，但是我敢講箇中必有緣故，送啤酒的人會曉得原因何在。）空瓶當然也得保留，不能拿去做其他幾樁顯而易見的事。

眼前的戰事大概會對一些事情造成影響，例如如何將啤酒從密瓦基運送到加州日落灘，是其中一項遭到波及的問題。大體說來，這或許是件好事。

本國有一千家誠正可靠的小型釀酒廠，由於資金貧乏，規模侷限一方，無法與大酒廠競爭，因而被迫關門大吉，或在大廠的招牌下營運，為大牌啤酒製造酵母、啤酒花或其他重要但無名的材料。這會兒，一列列火車不再運送淡色啤酒，而滿載著官兵和補給品。遠離大酒廠的居民，或可學學他們的父親三十年前的習慣，再度轉向他們當地的啤酒廠，並且發覺，靜靜走了三哩路送到家的啤酒，滋味勝過搭快車疾行穿越三千哩路的啤酒。（遺憾的是，結果並非如此。戰爭好像讓人得以用更低的價錢，更輕易地在日落灘上喝密瓦基啤酒。）

啤酒是好飲料。〔「滴酒不沾的人似乎跟喝酒的人一樣，終究難逃一死。」賀伯特（注）有一回在下議院開會的空檔寫道：「所以，何必封殺

注：A. p. Herbrt，一八九〇—一九七一年，英國政治家兼作家，曾任國會議員。

啤酒呢？」」張羅得到的話，葡萄酒也是好飲料，而且如今在我國，買葡萄酒時，大可放心，這酒的品質必定純正、滋味濃郁，該有的都有，就連吝嗇的試酒人都會說，這酒還可以。

琴酒和威士忌等烈酒較不易取得，要是你想省錢，尤其困難，不過實在想要的話，還是有辦法（一九四二年左右）。（就我記得，二次大戰的障礙所形成的最嚴重後果，就是大批阿根廷琴酒湧入，易感的馬丁尼男孩和吉布森女孩至今回想起來，依舊會怕得直打哆嗦……他們迫不得已，改飲龍舌蘭酒和伏特加，幸好那情況只維持數週。）要是你買不起（且願意承認，這可是很稀罕的），或可設法找到一家可靠但無所忌憚的藥房，買上一夸特質優的酒精。接著，手中握牢下面這個方子，便可製造出一款能誠正以待，且討你歡喜的強效烈酒。這個方子是從俄亥俄州少棒聯盟人士那裏拿到的，源自提弗里斯，那個城市位於曾叫做喬治亞（歐洲）的一個國家。

§伏特加

（這仍是個好方子，值得做個別研究和實驗，我的伯伯華特是我這輩子認識的人當中，最善於一大早便喝酒的，據他所說，這酒摻番茄汁，再好喝也不過了。）

1夸特水

1小匙甘油或糖

1顆檸檬削下的皮

½顆柳橙削下的皮

1夸特酒精

用文火煮頭4樣材料約20分鐘，保持微滾，離火，加進酒精，立刻蓋牢鍋蓋。冷卻後濾去果皮。

若要做成甜酒，可加更多的果皮和1大匙左右的蜂蜜。

有位佛納斯先生（Mr. Furnas），寫了本名為《男人、麵包、命運》（*Man. Bread and Destiny*）的書，談到其他男人、麵包和命運時，比大多數男人都來得多幾分智慧，少幾分浮誇，他在書中花了不少篇幅討論古往今來各種春藥的處方，提到斑蝥和辣椒豬肉等眾所周知的處方，以及許多較不普遍的魔藥。臨了，他幾乎是鬆了一口氣地下結論說，世間最具催情作用的東西，大概莫過於悠揚的音樂和適量的酒精了！（前此不久，我聽到一位現代情人陳述他心目中的純粹至福：「一角杯的琴酒、一根好雪茄，還有你，心上人。」他並沒察覺到自己這段話有如模仿奧瑪開儼的效顰之作。）

當他寫得如此有理，特別是當耳邊樂聲悠揚，身旁又有愛人與美酒為伴，很難不隨著正在和北卡羅來納州長交談的南卡羅來納州長一起說，兩杯酒相隔的時間可真長啊。接著下來，你大可放心大膽，帶著管它帶有多少酒意的真實勇氣，舉杯向狼敬酒，且心知肚明，即使明天會後悔，但是今晚你的確是個男子漢，不論在情愛上或荷包上，都不會良心不安。（我這會兒比從前更加堅定認為，應該為了樂趣而喝酒，這一點很重要。唯有如此，我們才不會害怕有朝一日會沉迷酒鄉無法自拔，而我們的儀態風度和消化系統，也才不會受到非難。）

如何不當蚯蚓

蚯蚓的行為被簡化至極到只具有功能性的意義，牠在地底盲目地狼吞虎嚥，一路吃出蜂巢般的小孔，足有十呎之深。

——《腳底下的解剖學》，康德（J. -J. Conde）

（這一整章隱約帶有腐朽凋敝、磷磷鬼火一般的幽默感。眼下我們早已知道，連蚯蚓也不是神聖不可侵犯的，正如一篇論述標槍傷口治療法的論文，這一章也已經過時了。）

別的戰爭曾使得人活得像老鼠、像狼，或像蝨子，然而直到這一回開戰——西班牙前頭那場預演或許得撇開不算，我們才開始活得像蚯蚓。

儘管眼前已失去不少我們原本一直以為理該歸我們所有的事物：陽光、自由的空氣，以及按我們的口味烹調的新鮮食物，這會兒且讓我們像遭受奇襲、進退維谷的（雖然別人還是很不贊成，但我依舊認為nonplused（進退維谷的）這個字，應該有兩個S，我也認為，既然吻的複數形是

kisses，那巴士的複數形就該是busses。什麼buses嘛，真是的！在這一點上頭，我可不覺得進退維谷」動物一樣，懷著那股激動的情緒，致力讓自己活得盡量優雅一點。我們當然辦得到，因為我們不但是人類，也是老鼠、狼、蝨子和蚯蚓。

你大概已聽說，英格蘭有位婦人在第一聲警報響起後，就躲進自家院子裏那小而整潔的防空洞，兩週之後才迷迷糊糊地出來。她對憂心忡忡的鄰居講，裏頭其實挺舒服的，不過她確曾希望討厭的空襲別老持續那麼久。

要是你曾在炸彈自天而降時，在我們得躲進去的那種可怕的小櫃子前站個一會兒，那怕只有幾分鐘，都會同意說，這個辛辣的故事裏帶有的不列顛冷面笑匠式幽默，可不光只有一點點而已。不論建築師和裝潢師如何煞費苦心，想讓它們適於人居，它們仍是令人鄙夷的處所——擁塞、窒悶又醜陋。它們只是服膺著一個目的的手段：活下去，可是它們的長處，也僅止於此。

受到燈火管制的屋子則是另一回事。它們通常是我們認得的地方，有我們熟悉的椅子和圖畫。它們並非供人躲藏的密室或坑洞，而是基於外在環境而被迫熄燈的房間，我們晚上幾乎仍可正常作息，照樣用餐、閱讀、放留聲機或打紙牌，且始終可以裝作若無其事。

當然只有晚上才會有燈火管制，晚餐時碰上這種狀況，也是常有的事。正因如此，儘管在廚房裏安裝適當的設備，以便警報聲響起時，你在鄰里和自己的常識皆受到掣肘的情況下，仍可正常作業。

在小房子裏，你可以把廚房布置成一家人起居的舒適處所……除非你運氣不好，只有所謂的小廚房（kitchenette）。這意味著廚房簡直小得不能再小，根本派不上它本來設計的用場，倘若如此，你應該設法熄滅和它相連的那間房的燈火，千萬記得，除了餐飲以外，人體尚有好幾種雖不那麼令人愉快、卻亦屬必要的功能，而方便的洗手間比任何爐子都來得重要。

本國自開戰以來，採取了眾多行動，好讓我們得以應付緊急狀態（這是含蓄文雅的說法，它指的是轟炸、侵略和其他不少醜陋事物）。不少行動正確睿智，另外一些則比較不那麼正確睿智，我們很輕易便可苛責後者，而這樣做說不定是大錯特錯。可是我們很難不去納悶，有些聰穎的女子在規劃緊急口糧之類的事情時，怎麼會如此呆板、不切實際，她們多半還是領有學位的家政專家和飲食專家哩。

許多不同的機構擬定不少一覽表，列出適合學童、醫院等使用的二十四小時緊急口糧。底下是一份樣本（我後來將之形容為「讓人反胃」，但是沒有任何字眼足以說明我在美學上和生化上對它的蔑視。這是令人震驚的一例，顯示飲食學上的恐慌，果真照章辦理的話，要不了多久便會使我們淪落為營養不良、精神萎靡的生物，造成原子爆裂，帶來傷害），列出的當然全是可無限期儲藏的糧食，連最後一片供應給五百人的蘇打餅乾都得仔細地算計。

§早餐

番茄汁
花生醬

蘇打餅乾或薄脆麵包片
熱牛奶巧克力

§正餐

番茄糊拌義大利麵
鹹牛肉
豌豆和胡蘿蔔

蘇打餅乾
巧克力棒

§晚餐或午餐

加罐頭奶的番茄湯
蘇打餅乾

水果盅
全麥餅乾

這三頓飯要煮給一大批人吃，其中絕大部分應是兒童，宣傳小冊上說，餐點「須用露天燒烤爐或權宜的室內紮營烹飪設備」來加熱！

就算在和平時期，也少有人一天三餐全吃熱食，這項明顯的事實暫且不去提它（「『能給人溫暖的食物』，並不是只有熱食而已……改掉每天煮一頓熱食的習慣吧。」不列顛糧食部在定期於報紙刊登的一篇公告中如是有云），然而光想到為了供應這些既不切實際又教人反胃的餐食，得洗多少的鍋碗瓢盆，就讓人覺得實在太愚蠢啦。

家長會諸位熱心的女士難不成忘了一件事？要是情況糟到五百人必須一同藏身於學校地下室，屆時不但燃料難尋，水也會是個大問題。用紙杯紙盤的舊有經濟制度已不復存在，想到須將至少二千五百件不同的器皿洗到尚稱清潔的程度，就教人頭痛。

妄想供應五百名昏亂的烏合之眾「均衡的飲食」，實在可悲，光是上菜就是最大的問題，此外還有更多的問題呢。自英國開戰以來，該國婦女在度過無數個夜晚後，已逐漸發展出自己的一套規矩。飲食專家必須開始師法英國婦女，心中並常抱希望，期望這一套知識永遠也不必派上用場。

在此同時，你和大多數人一樣，在甚至並未覺察到的情況下，感受到一件事，那就是如果有敵機在天空虎視眈眈，你會情願待在家裏，哪裏也不想去。如果這樣做並不會很危險，那也正是你該待的地方。雖然讓你待在家裏的原因難免令人不快，但是在燈火管制的屋裏度過夜晚，卻可以有趣得很。

能徹底阻隔他人視線的房間，本就令人稱心如意。〔我依然同意柯蕾特（注①）寫過的一篇東西，文中說，在低矮黑暗的地方進食，能給人一種原始的滿足感。這是個很能讓人打開話匣子的話題……不管是消化不良症患者、苦修者，或單純只是肚子餓的人，有誰能按捺著不去侃侃而談他心目中完美的餐室是何等模樣呢？〕它令你覺得受到保護，那感覺大概就好像小貓躲在外套袖子裏，小孩藏在毯子底下。可惜，一如衣袖或毯子，這房間可能會很窒悶，英國人就已經發現了這一點。聰明的設計師正在思考這個問題，並寫作相關文章，有些雜誌頗具助益，比方一九四二年元月號的《建築論壇》（*Architectural Forum*）。

要是你有一個通風尚稱良好的廚房，本身空間夠大或毗連另一間也施行燈火管制的房間，那麼你便可以和喜歡的人在其間生活起居，並發覺日子其實過得還挺像樣的。

注①：Colette，一八七三－一九五四年，法國女作家。

英國人已經發現，真發生空襲時，會先停瓦斯後斷電，因此大多數設備良好的私人防空洞，都備有小型電烤爐，或至少有烤麵包機和小電爐。要是你還沒把老式保溫鍋翻找出來，趕快這麼做。（接下來要做的，是希望買得到酒精，可眼下最不缺乏的，便是鬧酒精荒這碼子事。）（也可用一般的外用酒精，不過這種酒精氣味很怪，並會使銅器蒙上一層難看的垢漬。）

儘管你一秉樂觀精神，不肯相信你的瓦斯管線或你的電力線路會有所不測，但是如果你已經曉得當晚將有燈火管制，那麼趁白天盡量多煮一點食物，會是明智的做法。做些可回鍋加熱或適合冷食的菜色。

趁天亮時燒菜，還有個好理由，那就是通風情況理想的廚房很少見，因為到了晚上，門窗緊閉，房裏又聚集好些人，此時不宜煮食，以免屋內溫度過高，油煙彌漫。要是你迫不得已，得用明火或煤油爐烹調，尤其該趁白天燒菜，不然的話，空氣一下子就會變得污濁不堪。

同理，最好烹煮沒有強烈氣味的食物。比方說，不宜煮包心菜。除非事先燒好，否則腰子的氣味也嫌太膻。（不過，有膻味也好，沒有也罷，腰子倒是很適合當成保溫鍋菜色。）

昔日，在德國俯衝轟炸機和閃電戰還沒變成小孩掛在嘴邊的話題時，每本實用的烹飪指南都會勸人在廚房或食品儲藏室裏，備妥滿滿一櫥架的緊急用食品。緊急二字的內在意義已有所轉變；瑪麗翁・哈蘭和芬妮・法默（Fanny Farmer）提到此二字時，指的是有不速之客來訪。諷刺的是，你所指的，也可能是同樣的意思，但你祈求老天爺，他們永遠也不會上門來。

決定何時停止運用常識，何時開始囤積，實在是件需要慎重處理的敏感事宜。不妨儲藏一小批實用的盒裝和罐裝食品，供燈火管制期間使用，需要多少分量，全看你家有多少人而定。這並不等於大批購買瓶裝蝦仁、下酒點心用薄餅、肉醬，或甚至量多得不像話的別種較合理的食品。

如果地方上的配給制度允許，那麼儲備食品的最佳方法大概是，在你只需要買一罐蔬菜罐頭的時候，改買兩罐。列一張表，寫出你想買的東西，只要荷包負擔得起，慢慢收購。

就算荷包負擔不起，也要設法儲存至少幾罐番茄汁以補充鐵質，還有一盒方糖（吃了會覺得暖和並可迅速恢復體力）、少許茶葉、一盒密封的全麥威化餅、幾罐牛肉罐頭。

買罐頭食品時，請記得不少現成的「午餐肉餅」簡直鹹透了。燈火管制期間給家人吃這種食品，很不切實際，要是廁所距離很遠或根本沒有廁所，飲水也有限的話，尤其糟糕。

儲存一些薑餅或香草威化餅，很有用處。（我真不願意承認，不過疲憊的英國家庭主婦確已說服了我，現成包裝的布丁粉真是上天恩賜的寶物：它們含有足夠的糖分，有助恢復體力，就算只是摻水煮煮，也尚可食用，至少能討好飢餓且煩躁不安的小朋友以及老人家。）這些平凡無害的（或令人厭惡的，要是你是這麼覺得）餅乾，如果把它們和罐頭水果拼湊在一起，水果在上，以烤箱上方火力炙烤幾分鐘，一罐水果便可搖身一變為多少較具營養和色香味的菜色。一點點的牛油和紅糖，甚至少許的雪莉酒，也有助調味。

香草威化餅可能會讓若干自尊自重的老饕眼裏噙著痛苦的淚水，罐頭濃牛肉汁則會令他們嚎啕大哭。然而……原諒我承認一件事……我能被原諒嗎？……要是你家人每天起碼得聞到一次合成的肉味，否則就會覺得頭昏眼花又虛弱，那麼對你而言，罐頭濃牛肉汁便是「自然而然的東西」。如果手邊有那些可怕但很有效率的「香濃褐色肉汁」罐頭，加上幾朵蘑菇、若干剩飯和少許的葡萄酒，便可變出許多道好菜。這雖是詭計，卻既經濟實惠，又有益心理健康。要是你住得離市場有三哩遠，而警報聲又偏偏在你正打算替自行車的輪胎打氣時響起，濃肉汁更是大大地好用。

你的燈火管制食品架上，還可擺上一樣來源可疑卻很有用的食品，那就是適量的玻璃瓶裝乳酪。這樣該死的東西不過是種贗品，馬上就在標籤上不打自招……仿羅馬、卻達風味，等等。它們自鳴得意，自詡是高溫殺菌的產品。可是我認為它們有一項特殊的功能，就是能讓人覺得肚子餓。（濫用味精的愚蠢做法令人哀嘆，不過廠牌名稱五花八門的各種「加味鹽」，的確能讓基本上乏味的菜餚變得較能引發食慾，雖然這種感覺可能稍縱即逝。）

乳酪始終是雅俗共賞的食物，即使有些醫生並不覺得吃乳酪乃明智之舉，然而在危險與不言而喻的恐懼時刻，它卻能發揮麻醉作用，令你的客人和自己，都稍微受到那錯不了的乳酪味所鼓舞，並且因為知道它還存在，而對人生重拾不少的信心。要是你的烤箱還能用的話，就抹一點在鹹餅乾或香脆的吐司上。等哪一天，試試請某位疲倦的工人或情緒緊張的鄰居吃，可以的話，配上一杯牛奶或茶，然後等著看他們原本糾結成一團的緊張神經，逐漸舒緩張開。（瑞士法語區的貨運馬車伕和市場農民小販的美味午餐，是世間最數一數二的：厚厚一片麵包、一塊口感略粗的高山乳酪、一杯稀薄的白葡萄酒……我看過它創造奇蹟，讓人恢復精神和體力。）

倘若你習於小酌，酒量也行，櫥櫃裏也擺上一瓶威士忌或品質優良且穩定的葡萄酒，挺好的。一杯在手，天高皇帝遠。

要是你心血來潮，想上街蹓躂，學學不少經驗老到的倫敦人，隨身揣一只小酒瓶，因為待客親切的小酒館不但沒幾家，彼此亦相隔遙遠，而且在情報站發布不明飛行體僅在咫尺之遙的消息時，沒有一家酒館會急著開門迎賓，即使來者是老朋友也一樣。

（你還記不記得在慕尼黑那檔事發生期間（注②），在我們大家都以為次日會是動員日的那一晚，伯恩一間酒吧裏的景況？當時全市都實施燈火管制，你穿過一條兩旁垂掛著黑色漆皮簾幕的長走廊，和許多人一同在一個燈光朦朧的房間坐下，熱帶鳥在玻璃牆裏飛來飛去，無聲地鳴叫。那玻璃牆其實是牢籠，囚禁著被重重包圍的你。人人臉上都掛著等待的神情，坐在那兒。說不定不進酒吧，留在外頭還比較好。）

不僅在燈火管制期間，就算以一般「廚房常識」來看，比一餐所需的分量多煮一點，非常切乎實際。只要手邊備有一些煮好的飯、一些剩下的豌豆或一碗冷的熟肉、義大利麵或任何一種你想得到的食物（大概只有炸牡蠣除外！），便可做出不少樣簡單的菜色。

要是你們一家情況特別緊急，沒有暖氣和燈光，除了櫥櫃裏搜得出來的存糧外，其他什麼也沒有，你們大概還是活得下去。這副情景，你當然不願意去揣想，但這種事的確可能發生。果真有那麼一天，世上沒有哪本書可以救你，幫得上忙的，唯有你與生俱來的謹慎、平衡感與保護力：貓

注②：這裏指的可能是一九三八年九月德、英、法、義四國在慕尼黑簽署協定，將捷克的蘇台德地區割讓給德國一事。

咪、鳥兒或大象有時會感受到同樣的東西。所有的事物都分解成一種感覺，那就是，只要你想活下去，便會活下去，而且你身上的每個細胞對此皆深信不疑。

要是你的情況並不緊急，日子過得只不過跟別人一樣，而大夥兒如此度日已經好幾個月了，那麼就索性帶著一抹謹慎的微笑，冷靜從容地應付空襲警報和配給券，你將有能力為同住的人燒出確實美味的佳餚。只要還有瓦斯或電力，你的爐子便能發揮功能，你的廚房也會溫暖又飄香。永遠要盡量使用新鮮材料，相信自己的運氣和你的燈火管制櫥櫃，並信賴你在內心深處對人類尊嚴下的定論。

如何實施真正的節約方法

吝嗇並非節約……真正的節約方法之精髓所在，說不定是花錢，花大錢。

——《致高貴領主函》，艾德蒙・柏克，一七九六年

就算尚未寫下最後一個字，然而一本書寫到最後一章，按理應該會讓人產生一種實質的滿足感。書裏所記載的，都是絕對實用的食譜，想藉以騙倒狼，使得他要嘛保持適當的距離，要嘛被扔進鍋裏，好生燉煮一番。而在這樣一本書的結尾，寫下似已遭遺忘又依稀記得的那些奢華精緻到不行的佳餚，予人的滿足感更應加倍。那應該像是從甜蜜的夢境中醒來，發覺唇際還殘留著香味。

你的靈魂和身體偶爾都有必要享受一下這一類不可能的樂趣。節約，只能應付於一時，無法長久。（「一時」聽來意義曖昧，它的意思是說：「只要你不會一看到帳簿便覺得身體不舒服。」）

一旦你覺得再也受不了狼在門底下嗅來聞去，到了寒夜又哀哀低鳴，索性把謹慎拋到洗衣袋裏去，在餐桌上布置蠟燭，即使沒有讚賞的觀眾帶

來樂趣，也要為自己好，做一兩道本章列出的食譜。替自個兒買一瓶好葡萄酒，調幾杯雞尾酒，或者和角落裏那個男人暢談乳酪的二三事，這傢伙是個異類，雖然腦筋有點昏亂，卻依舊忠心耿耿。

接下來的食譜中有許多材料這會兒根本找不著，此事自屬正常，這立刻就讓這整整一章，躋身某一等級，和撒馬爾罕（注①）、仙納杜（注②）以及和平咖啡館的露天座同等。說不定也真的毫不遜色；就這麼一回，來點虛幻不實，不同於鹹鯷魚的事物。

且向後一靠，在椅子上坐好，讓你煩憂的心回到數年以前，任回憶之庫裝滿一百位昔日故魂，那是久遠以前的事，一九三九年，那時大夥兒隨意採購，而後隨意遺忘。（無心為之也好，有意為之也罷，任何一位戰犯或一般悲慟的囚犯，都會實行此一治療法。世上有些最教人愉快的烹飪書，產生於集中營和牢房，它們至少是透過對話方式流傳下來，偶爾還有些是真的有人動筆寫出來。）放鬆你那謹守規範的內心，想一想魚子醬、濃奶油，以及肥肥胖胖的小母雞正快步穿越生滿松露的橡樹叢間，「如麝香一般、火熱、芳香、神秘」。閉上雙眼，不去讀報上的頭條標題，摀住耳朵，不去聽警報和強力炸藥的恐嚇，改讀這些讓人油然而生思古之幽情的食譜，雖然不可能照著做，但讀讀也歡喜。

§蝦仁醬

4磅新鮮的熟蝦仁或6罐不帶汁的蝦仁罐頭

1顆洋蔥，切細末

½杯融化的牛油

3大匙檸檬汁

½杯美乃滋

鹽、胡椒、芥末粉，隨你想加什麼其他的香料

（我現在改用1整杯的融化牛油，要是醬看來太乾的話，還會加更多。）

注①：Samarkand，為中亞城市，意為富庶之地。

注②：Xanadu，為傳說中忽必烈汗的宮殿，有世外桃源之意。

將洗淨的蝦仁放在大碗中，用馬鈴薯搗泥器搗碎，邊搗邊加洋蔥。等搗到不能再細了，注入融化的牛油，攪拌均勻。加進檸檬汁和美乃滋，繼續攪拌。醬會很濃很稠。要是打算在2天內食用，可視口味添加新鮮調味香草，不過假如想放在冰箱中保存，則需用香草乾粉。

將醬盛入模型中，壓實，在冰箱中冷藏至少12個小時。準備上菜時，將蝦仁醬倒扣出來，用熱的利刀切成薄片。〔我曾在倫敦一家小巧華麗的餐廳，用小匙取食英式蝦盅（potted shrimps），是剝了殼的完整小蝦仁，盛裝在寬口小盅裏，摻了香草牛油，質地紮實。我想，用舊金山的蝦蛄來做這道能增添口腹之樂的質樸小菜，效果應該幾乎一樣地好……不過蝦仁的個頭宜小，不比蜜蜂大，不比紫羅蘭花梗厚。〕

或者盛在上得了檯面的容器中，能用長方型的最好，然後像餐廳領班似的，一片片地分切上菜，從前在「洛伊老饕」（Roy Gourmet）這種小地方、「力普」（Lipp's）這種大型小地方，還有「麗池」（Ritz）這種超大型小地方，或夏季時艾維恩（Evian）的賭場，餐廳領班都是這麼做的。世上仍有些餐廳還會自製招牌醬，有一種美味至極、幾乎閃著磷磷鬼火的蝦仁醬，基本上就是根據上述食譜製做的。不過用的並非普通的大碗和馬鈴薯搗泥器，而說不定是餐廳專業用的臼和杵，在盛進模型前，還摻了不少香醇的陳年白蘭地。

倘若摻入足夠的香料和酒，並淋澆會凝結的油脂以將醬妥善地封存於模型中，然後儲藏於夠冷的處所，這一類的醬便可保存數週或數月，甚或數年之久也說不一定。只要掌握上述三項要件，一旦心血來潮想要製做蝦仁醬，學學瘋狂的老姑婆，或仿照第一版的《罪與罰》（當然是俄文版）的作風，想做便做吧。

鯷魚蛋，容我輕描淡寫，妙哉呀！這個食譜來自一位美國婦女，她基於社會學和美學上的不同理由，在這次大戰前居住於瑞士。雖然我對她十分陌生，但我很欣賞她住的房子和她在那兒燒過的許多頓飯，那房子高踞在湖畔，葡萄園緊挨著屋子，以一種瑞士式的謹慎作風，直抵露台、廚房和寬闊的窗子……她就是我……而她的食譜不錯。

§鯷魚蛋

8枚新鮮雞蛋
2罐或一杯鹹鯷魚柳
3杯濃稠鮮奶油
1杯烤蘑菇片（罐頭貨亦可）

2大匙歐芹屑
½杯帕米森乾酪屑
現磨胡椒

把置於淺烤盤上的鯷魚柳搗碎（保留魚罐頭的油，用來調沙拉醬汁），倒入鮮奶油，混合均勻，將烤盤放進高溫烤箱中。

等鯷魚鮮奶油開始冒泡，並於表面形成金黃色的殼後，攪拌一兩下，加進蘑菇片和歐芹。

汁液收乾至約合原本的⅔時，關掉烤箱的火力，取出烤盤，把蛋小心地打入盤中，灑上乾酪屑和胡椒，再把烤盤放回烤盤的最低層，等蛋被溫火燜至凝結、嫩而不老時，取出烤盤，上桌享用。通常需燜1刻鐘左右。

此食譜的分量足供三、四人食用，配薄片烤吐司、拌了核桃油與萊姆汁並略加調味的小蘿蔓萵苣生菜，最是美味。佐以近年產的瑞士德莎蕾

（Dazaley）葡萄酒（拼法應為Dezaley，當然啦，別人不見得像我在一九四二年時那樣，喜歡用瑞士酒來搭配好菜，人人皆有不同的思古幽情！到了一九五〇年代……會不會這樣開始：濃膩的荷蘭琴酒配燻鮭魚……？）。酒的分量需充足，宜以酒窖的溫度飲用。最後來杯咖啡，量多又濃，最好盛在玻璃咖啡杯裏，飲用時，無疑還該來點色澤澄黃的瓦雷酒渣白蘭地，這酒會使客人坐的椅子發出輕微的震動聲。

第一口酒啜得文雅，第二口頑強，接下來則粗獷快活，前頭吃的晚餐精緻味淡，更凸顯此酒豪邁有勁。湖對岸艾維恩的上空燃放起夏日的煙火，在福維（Vevey）上夜班的少年麵包師傅，騎著自行車在坡路俯衝直下，經過峭壁邊的曲徑時，大呼小叫，活像個吵鬧的報喪妖精。酒渣白蘭地會令你全身暖烘烘的，那股暖流可能會持續燃燒好幾個寒冷的年頭。

和鯷魚蛋或其他的好食譜一樣，莫雷諾牛肉亦不必以懷舊的語氣多加介紹，因為你在頭一回嚐過以後，心中便已長留回憶。一如許多古典菜（……以及始終講求盡善盡美的摩西法典），這道菜材料之豐富，簡直如龐然大物，很值得一試。

§莫雷諾牛肉

2大匙牛油
2大匙麵粉
¾杯高湯
4大匙歐芹加青蔥末或細香蔥末
½杯蘑菇或去核的橄欖
2大匙牛油
2大匙青椒末或甜椒末
1磅吃剩的牛排或烤牛肉，2吋厚，切成細長的薄片
½杯酸奶油（我如今加重了分量，用1杯）
3大匙白蘭地或威士忌
熱飯或烤吐司

用牛油、麵粉和高湯做油麵糊，加進洋蔥和歐芹，隔水加熱20分鐘，調味。

在淺砂鍋中加2大匙牛油，炒青椒和蘑菇，加進牛肉片，使熟透。

徐徐將酸奶油加進油麵糊中，邊加進白蘭地邊攪拌，將此醬汁倒在砂鍋裏的牛肉片上，附上又鬆又熱的飯或塗了牛油的烤薄片吐司，立刻上桌享用。

不知怎的，有道砂鍋菜老教我想起「天下有情人」，它是用嫩雞加鮮奶油做的，藉著這道菜來開口問道：「你願不願意當我的愛人？」挺不錯的。

§伯恩式雞肉

1隻約3磅重的嫩雞，斬成一塊塊

½杯顆檸檬

混合了牛油和橄欖油的油料（或先前某頓大餐剩下的雞油……這一回若再有剩，冰了以後抹在麵包或烤吐司上，很可口。）

鹽、現磨胡椒和少許肉豆蔻
1品脫濃鮮奶油
1打大的蘑菇
3大匙牛油
½杯上好的白蘭地或酒渣白蘭地

用切開的檸檬徹底塗抹雞塊後，將雞塊拭乾，調味，用牛油加橄欖油的混合油料炸至通體金黃。

把炸雞塊放進砂鍋中，澆上熱過的鮮奶油，置於中溫烤箱中烤至肉爛。

快速沖洗蘑菇但不要剝除表皮，在每一朵蘑菇上抹一點牛油後，用蘑菇覆蓋奶油雞塊的頂層，以炙熱的上方火力烤約5分鐘，加進白蘭地，迅速攪拌，把蘑菇和酒都拌進奶油雞塊中，立刻上桌享用。

看得出來這道菜香濃又可口，需佐以冰涼且較強勁的白酒，比方上梭甸（Haut Sauternes）。不然，以香檳佐餐也很棒！

爽口細緻、味道卻不會喧賓奪主的餐後甜點著實稀少，吃過濃膩的一餐後，來點冰品很不錯，率先把冰淇淋引進法國的義大利廚師，便很明白這個道理，可是有時光吃冰似乎太過單薄。水果亦是如此，吃了像莫雷諾牛肉這種味道詭異的經典菜色後，水果的滋味幾乎顯得太自然天成也太令人震驚。然而，既然布丁和酥浮類根本是連考慮都不必考慮，何不奉上用阿爾薩斯的櫻桃白蘭地浸泡了幾個小時的厚片新鮮鳳梨呢？上菜時，在鳳梨片上加一點用萊姆汁做的雪霜（sherbet）。

我曾在一位絕色佳人那裝潢富麗卻不張揚的餐室裏，吃過這道甜點，當時喝的是不甜的香檳。就算前頭並未上一大盅魚子醬，餐桌上也未擺設像飛蛾般自粉紅色摺邊貝殼中翩然飛出的蘭花，在我的美食生涯中，那也是一次完美無瑕的經歷。

接下來的食譜年代久遠，在尚無需復古的時代，威廉斯堡常有人製做，吾人生活闊綽的祖先們，不分偉人或小人物，有多位顯然都很愛吃。

§殖民時代甜點

2杯濃鮮奶油
4粒蛋黃
1杯紅糖

鮮奶油煮1分鐘，倒進打散的蛋黃，隔水加熱8分鐘，不斷攪打。倒進將直接端上桌的淺皿中，冷藏一整夜。

準備上桌前2個小時，在蛋奶糊上鋪一層半吋厚的紅糖，以炙熱的上方火力快速烤至金黃，再度冷藏，食用時配貓舌餅之類的脆甜餅。

接下來這個古怪的食譜，可叫做用水果做的沙拉。滑稽的怪老饕保羅．雷布（Paul Reboux）在他那天下無雙的著作《聰明烹飪》（*cuisine au cerveau*）中，研擬出這道甜點，當時若要找到這些材料，不可能的程度會比現在輕微一點。他稱之為：

§七酒水果

在大碗中加進下列材料：切片的柳橙、橘子和香蕉；去核的櫻桃；木草莓和剝皮的葡萄；切片的去皮桃子、李子和熟透的梨子。灑上糖和少許萊姆汁。

倒入下列各種酒，每種都用上滿滿的1杯，不可用他種酒，混合均勻後倒在水果上面：白蘭地、櫻桃白蘭地、君度酒、本篤修士酒、馬拉斯基諾櫻甜酒（maraschino）和少許茴香甜酒（kummel）。

稍微攪拌一下沙拉，置於冰上2小時，上桌前，澆上半瓶的半甜香檳。

沒錯，簡直瘋狂，頭條標題正向你大聲疾呼，狼的鼻息穿透鑰匙孔而來，而你竟坐在這兒閱讀種種不切實際的事物。然而偶爾從現實抽身而出，喘息一下，並無害處。倘若你竟然張羅得到鯷魚，一塊帶血的厚牛排及一點白蘭地，或一碗蜷曲的粉紅色蝦仁，那真是加倍地幸福，因為在眼下這憂煩的生活中，你竟然既有能力、也有辦法，暫時忘憂。

結語

本書早在幾年前便已下了它的結語，我在重讀之際，又多得到數項結論。不過，本書和我都比一九四二年時更加同意一件事，那就是，既然我們非得吃才能活，索性就吃得優雅，吃得津津有味。

我們當中沒有多少人果真是為了吃而活著，這種人與其說是討厭，不如說是無趣。迄今為止，我真的只曉得有兩個迷失的靈魂是這樣，兩人都一副腦滿肥腸的模樣，他們置身於飲食充足但身心平衡的同儕之間，有如奇異的怪獸，像是展覽品。

另一方面，我數不清自己認識多少優秀的人才，在我看來，他們要是花點心思研究一下自己的飢腸，為人還會更優秀。我們當中有太多的人，平日眼光清楚、心思集中，偏偏沒耐性留心自己身體的需求，終其一生都在設法摀住耳朵，不去傾聽自己各種不同的飢餓所發出的聲音，卻偏偏遮不住那些聲音。有些人把用宗教慰藉做成的蠟，灌進我們的耳朵裏，還有些人則禁慾苦修，多少有點矯揉造作，佯裝對肉體的享樂不感興趣，或假裝以為，只要不去承認一顆熟透的油桃能帶來感官愉悅，我們就不算有罪……儘管那慾望小之又小！

我相信，遭逢貧窮和戰爭帶來的恐懼與痛苦時，我們可以採取一種極富尊嚴的方式，來捍衛再捍衛我們的尊嚴，那就是用一切可能的技巧、精緻的美食和日漸增長的歡喜心，來滋養自己。隨著我們在美食上的成長，我們對其他百種事物的知識和見解，勢必也會有所增長，而成長最多的，主要還是我們自己。這麼一來，命運即使被冷戰和熱戰所糾纏，也傷害不了我們。